中公文庫

夏目漱石を江戸から読む

付・正宗白鳥「夏目漱石論」

小谷野敦

中央公論新社

目次

夏目漱石を江戸から読む

はしがき

「夏目漱石、名のみことごとしう」と、『源氏物語』のフレーズを借りて揶揄したくなるほど、漱石の人気は衰えを知らない。むろん、人それぞれ漱石の作品に求めるものは違うだろうが、同時にそれは、彼の作品、小説のみならず評論、漢詩、俳句、果ては絵に至るまでが、多様な関心に応えうるほど多くのものを含んでいるということだろう。

ところで私は、もともと漱石がそれほど好きだったわけではない。今でも、漱石の小説を読んだあとで泉鏡花などを読むと、こちらのほうがよっぽど「藝術」だ、と感じてしまう。『坊っちゃん』などはご多分に漏れず子供のころ愛読したが、妙なことにそれ以外の作品では、世間の評価の高くない『虞美人草』と、こちらは評価の高い『明暗』、人によって評価の分かれる『行人』などが気に入っていた。それだけ好きなら十分かもしれないが、何より私を悩ましたのは『それから』と『こゝろ』なのである。どうやら世間で（どの世間かは知らないが）「恋愛小説」として名作の誉れ高いらしいこの両作、人によっては訳もなく感動してしまうらしいこの二つの、どこにどう感動すればいいのか、まるでわからない、といってもいいくらいだった。

のっけから個人的な好みの話をしているようだが、たとえば佐伯彰一のような批評家も、『それから』や『こゝろ』に、「共感できない」「恋愛のリアリティーが乏しい」といった違和感を表明している。ほかにも、『三四郎』から『こゝろ』に至る漱石の、いわゆる前期・後期三部作と呼ばれる作品群を拒否する人は少なくない。意見に相違が生じるなら、『それから』や『こゝろ』が好きだ、という人々と「徹底討論」でもやればよさそうなものだが、文学作品の善し悪しなどというものは、討論の対象になりにくいこと、言うまでもない。もちろん、漱石作品の研究とか批評とか称するものは掃いて捨てるほどあるけれど、「研究」はもっぱら誰も反対できない「客観的事実」を提供しようとするし、「批評」は、「いい」と決めたらいい理由を述べたてるものだし、嫌いなものはそもそも余り取り上げようとはしない。私が知りたいのは、なぜ同じ作品についてこうも好き嫌いが分かれるのか、ということなのだ。

たとえば、「恋愛小説は嫌いだ」とか、「ヤクザ映画は嫌いだ」とかいうのは、個人の好みの問題だ。だが、『それから』や『こゝろ』は、「恋愛小説だから嫌」なのではなく、「恋愛小説に見えない」から違和感を覚えるのだし、「道徳的お説教があるから嫌いだ」というのでもない。もちろん、私もいろいろ考えてはみた。これは何か「日本的」なじめじめしたところが嫌なのかもしれない、とか。だが、エドウィン・マックレランの英訳のおかげで、『こゝろ』はアメリカの学生にも共感者が多い、と聞いてこの仮説は潰れた。また『恋愛小説の陥穽』の三枝和子は、冒頭で漱石を取り上げ、ここに描かれた「恋愛」の奇妙さは、男たちが見逃してきたもので、女が読めばおかしい、という旨のことを言っている。三枝の違和感には共感できるのだが、それでは男の私や佐伯が「おかしい」と思い、女性でも『こゝろ』を賛美する人がいる理由を説明できない。

「何か分からないことがあったらそれについて一冊の本を書くといい」という格言があるそうだ。それなら、やってみようではないか。現代の日本に、優れた批評家や研究者による漱石論はいくらもあって、それなりに教えられるところは多いのだが、どうにも私の疑問にまっすぐ応えてくれそうにないから。

ではどういう方法を取るか。もっとも一般的な方法論としては、作者の伝記を調べて作品をこれに絡めるというのがあるが、もちろんこれは小宮豊隆・江藤淳という先蹤《せんしょう》がある。そして当然のことながら、『それから』『こゝろ』をめぐる読者の感性の相違については何も教えてくれない。作者ではなく、時代背景、つまり明治期の思想動向との関係で見る方法もあるし、テクスト分析というのもある。これらも、すでになされていて、それだけではあまり参考になりそうもない。

カナダの批評家ノースロップ・フライは、「批評」は文学作品の価値判断などすべきではなく、客観的に個々の作品を位置づけるべきだ、として「原型批評」なるものを確立した。そこでは、「悲劇」「喜劇」「ロマンス」「アイロニーと諷刺」などのジャンルに分けて文学作品が位置づけられてゆく。柄谷行人がやはりフライを援用しながら漱石を論じ、漱石は近代的な「小説」というジャンルに抵抗し続けた、としているが、私が考えたのは、より単純な、前近代の文学研究では当然のこと、つまり『好色一代男』は『伊勢物語』や『源氏物語』の流れを汲むとか、『南総里見八犬伝』は「軍記物語」という『平家物語』以来のジャンルに属しているとか、そういう位置づけを行うと、漱石の諸作品はどこに納まるのか、ということに過ぎない。

こんなことを言えば、漱石はもともと英文学者である、それゆえ、『坊っちゃん』や『虞美人草』のような、江戸の尻尾を引きずった初期作品はともかく、『三四郎』からあとの「恋愛小説」は、彼の読んだジョージ・メレディスやヘンリー・ジェイムズの影響を受けているのだ、と反駁されるかもしれない。しかし、アメリカ文学者たる佐伯彰一は、英米小説と比べても漱石は変だ、と言っているに決まっているし、私にも、ジェイムズやメレディスから一直線上に漱石を位置づけることはできない。

漱石は「近代化した馬琴」と呼ばれたことがある。明治二十年代、坪内逍遥が、当時圧倒的な人気を保っていた読本《よみほん》作家・曲亭馬琴を「勧善懲悪」の文学として斥け、これが少なくとも新時代を担う文学者たちの価値基準となっていったのに、漱石は依然として「勧善懲悪」であり続けた、言い換えれば、自然主義作家のように現実をありのままに描くのではなく、何らかのイデアを掲げてフィクションを形作る姿勢を取っていた、ということだろう。もちろんこの程度の概括では不十分だが、ならば漱石の「イデア」はどのような性格を持っていたのか。一般には、馬琴も依った「儒教」だと言われている。しかし言うまでもなく、馬琴も「恋愛小説」あるいはその類の作品を、書かなかった訳ではないが、馬琴の作品はもっぱら武家の治乱興亡を扱った読本で代表されており、王朝の物語類から、江戸期の浮世草子、洒落本、人情本の類とは系列を異にしている。

だが、浮世草子、洒落本、人情本と、馬琴の読本とは、何らかの共通のエートスを背負っているのではないか。それはたとえば歌舞伎あるいは人形浄瑠璃の「時代もの」「世話もの」が、「時代世話」という混合様式を産み、良く知られた例で言うなら、『忠臣蔵』のなかにお軽勘平の悲恋物語が埋め込まれているばあい、あるいは『八犬伝』に浜路の恋と非業の最期が描かれているばあい、武家の治乱興亡と「恋愛」は、一つのエートスのなかに収まっており、それを「恋愛」の側へ延長してゆけば、洒落本や人情本に行き着くのではないか。

たとえば『坊つちやん』や『虞美人草』でも、マドンナ、藤尾というヒロインたちが演じる役割は、後の「恋愛小説」に通じるものを持っている。もしこの両作品が「江戸的」なものだとすれば、「女」の持つ意味、あるいは男女関係のとらえ方は、彼女たちから美《み》禰《ね》子《こ》、三千代、お直、静《しず》に、「江戸的」なものを伝えているのではないだろうか。

明治二十年代、北村透谷ら『女学雑誌』のグループが、英語のｌｏｖｅの訳語として「恋愛」を作りだしたことはよく知られている。しかし、一国の伝統文化というものは、いい意味でも悪い意味でも、その地下水脈において容易に変わるものではない。そこで、ひとまず「夏目漱石を江戸から読む」と題してみた。野口武彦の『「源氏物語」を江戸から読む』の顰《ひそ》みに倣《なら》っているのは言うまでもないが、野口のように実証的な研究を行おうというのではない。ただ、落語の三題噺よろしく、「漱石」「江戸」という二つの題を自らに課して、そのなかでどの程度のことが言えるか、試してみようと思ったのだ。なお、ここで「江戸」と言っているのは徳川時代のことで、都市としての江戸ではないことをお断りしておく。『坊っちゃん』『虞美人草』『三四郎』『それから』『行人』『こゝろ』『明暗』の七つの作品にそれぞれ一章を割くことにしたが、『三四郎』から『こゝろ』までの四作品を扱った部分が、『それから』や『こゝろ』に描かれた「恋愛」がどうにもおかしい、という私の違和感に直接答えるものになっている。

ともあれ、題は与えられた。あとは、「漱石、江戸、漱石、江戸」と頭のなかで繰り返しながら、高座へ上がらせていただくほかはない。

第一章　『坊っちゃん』の系譜学——江戸っ子・公平・維新

反・教育小説『坊っちゃん』

『坊っちゃん』には、その舞台が松山であり、松山中学であるなどとは一言も書いていない。大抵の読者は、作者夏目漱石がひところ松山中学で教えていたことを知っていたり、ドラマ化されたものでここが「松山」だという知識を前もって植えつけられていたりするから、うっかりと見過ごすが、これは意外な盲点である。そこには「四国辺の中学校」としか書いていないのである。

ところで、最近、『坊っちゃん』の主人公は「悪玉」の狸や赤シャツをやっつける痛快な「善玉」というより、ただ高慢で独善的な男で、生徒に対しても愛情をもって接しているとは言えない、教師失格ではないのか、といった評価が出てきている。そう言われてみればそうかもしれないが、良く考えると、だからこそ『坊っちゃん』は名作なのである。「校長＝教頭＝教師＝管理者＝悪」「生徒＝被管理者＝無垢な子供＝善」という安直な図式が良識的なメディアのなかで大手を振ってまかり通り、「イジメがあるのは管理教育に問題があるからだ」などと言うけれど、実は子供のなかにも厳然として「悪」は存在する。

こうした、あくまで子供を「無垢」な存在にしたてあげようとする陳腐で偽善的な図式とは、『坊っちゃん』は無縁なのだ。善良なる生徒の味方となって悪辣な教師と戦い、「せんせーい」などと涙を流しながら手を振る生徒たちに見送られて去ってゆく坊っちゃんなどという青春ドラマじみた物語は、ただキモチ悪いだけではないか。もしそうなら、『坊っちゃん』はこれほど読まれはしない。

そうではないのだ。大人であれ子供であれ、人間が集団を作るときには、必然的に、異質なものを排除する動きが現れるものなのだと、『坊っちゃん』という作品は、あるいは「個人主義者」漱石は語っているのである。確かに坊っちゃんは、うらなりに同情し、山嵐と行動を共にするけれど、そこには彼らに対しても真に心を開いてはいない坊っちゃんの孤独な姿が窺える。いったん事があれば、うらなりも山嵐も坊っちゃんの敵に回るかもしれない。どんなに多くの友達がいる人でも、この恐怖感は知っている。そして、この集団の原理に逆らおうとすれば、どうしてもそれは独善的で高慢なものにならざるをえない。なにしろそれは、「俺はお前らなんか嫌いだ」という、理非を越えた叫びからなっているのだから。漱石は、人間の暗部に対してまったく遠慮会釈していない。ここには、教育のあるべき姿など薬にしたくもないどころか、人間のあるべき姿すら提示されてはいないのである。むしろ、「あるべき姿」といった考え方が天誅を加えられているのだ。

人は、一人一人違う。自分は他人とは違う。だが、そんなことにいつまでもこだわっているのは「子供＝坊っちゃん」だ。自分が、大勢の人間の一人にすぎないことを認めなさい、謙虚になりなさい、と教えるのが「教育」の役割である。しかし、坊っちゃんはこれに納得しない。

人は一人一人違う、これはほんとだろう。しかしそんなことを認めていたら共同体は成り立たないから、違う部分は適当に無視して共同体を作り上げている。それが文明というものだ。『坊っちゃん』は、この矛盾をまっこうから突いている。どれほど「個性重視の教育」などと言っても、絶対にすくい取れない部分は残る。『坊っちゃん』は、制度いじりも、教育学も、それが制度であるかぎりどうすることもできない部分を問題にしているのである。文学作品というのは、そもそもそういうものではないのか。

しかしそうなると、『坊っちゃん』というのは「反・教育」的なことこのうえない小説ということになるではないか。そんな作品を中学校の先生が生徒に薦めて読書感想文など書かせたりしていいのだろうか。「いつの時代でも、学校ってのは下らないところだなと思いました」とでも生徒が書いてきたらどうするつもりなのだろう。「こういう読み方は、間違っています」とでも言うのだろうか。いかにもありそうで、想像するだに悲しくなる。本来『坊っちゃん』は、『ライ麦畑でつかまえて』がアメリカの図書館で受けたような禁書扱いを受けるべき本ではないのだろうか。それだけの「毒」を秘めた作品なのである。

「坊っちゃん」は江戸っ子か？

ところで、『坊っちゃん』について書かれた文章を読んでいて私が引っ掛かるのは、その主人公（これからは「坊っちゃん」と呼ぶことにしよう）が、ときおり「江戸っ子」と呼ばれていることである。もちろん、「江戸＝東京生まれ」という意味でなら、坊っちゃんは江戸っ子だろう。だが、われわれの頭のなかにイメージされる、喧嘩っ早くて威勢のいい、いわゆる「江戸っ子」は、坊っちゃんとうまく重なるだろうか？

たとえば平岡敏夫は、坊っちゃんを、明治のご一新によって滅び行く「江戸」を体現する人物としてとらえ、彼の仲間、山嵐の堀田が会津の出身であり、会津藩こそ戊辰戦争で新政府相手に壮絶な一戦を演じた「佐幕《さばく》」派であったことに着目して、坊っちゃん—女中の清《きよ》—山嵐の堀田といった人物が「佐幕」派であり、明治の新時代を代表する赤シャツ、狸のような人物の前に滅び行く種族であることを指摘している。また竹盛天雄《たけもりてんゆう》は、清が坊っちゃんにとって、「祖」である江戸的価値観の守護者の役割を果たしていると述べている。

つまり、赤シャツ一派と坊っちゃん、山嵐の対立のなかには、現実の歴史が影を落としており、坊っちゃんの語り口と人物像は、滅び行く世界としての「江戸」を意味している、というのだ。江藤淳は、「醇乎《じゅんこ》たる江戸弁」で語られるこの作品が「勧善懲悪の伝統」の復活であり、しかし結局坊っちゃんは「敗者」であり、これは「生得の倫理観」は破れ去らざるをえないという漱石の認識の現れだとしている。

　そのほか、柄谷行人は、坊っちゃんや山嵐は「東国」の男性的な世界を表し、赤シャツや野だいこは「西国」の女性的な、公家《くげ》的な陰謀の世界を代表し、東国文化と西国文化との対立がここに描かれているのではないかと言っている。なるほど、坊っちゃんの一人称の語りは実に生きのいい江戸弁であり、善と悪とが截然《せつぜん》と分かれている物語構造は江戸の「勧善懲悪」の巧みな近代化のように思われるし、われわれは「敗れさる江戸＝過去の世界」と「勝ちを納める明治＝近代」の対比という図式を『坊っちゃん』のなかに見出したくなる。が――。

　たとえば江戸時代の戯作《げさく》や落語に現れる「江戸っ子」と「坊っちゃん」は、本当に似ているだろうか。何より、坊っちゃんは「元は旗本」だと名乗っているが、「江戸っ子」とは町人階級を指すものではないのか。

『坊つちやん』という作品の語り口が落語や戯作の系譜を引いている、という人は多い。しかしむしろ平川祐弘《ひらかわすけひろ》や平岡が言うように、冒頭部分で、無鉄砲な少年としての自分を語る部分など、勝小吉《かつこきち》の『夢酔独言《むすいどくげん》』に良く似ている。勝小吉は、勝海舟の父親で、『夢酔独言』は彼の自伝である。その最初のほうに、こんな一節がある。

おれほどの馬鹿な者は世の中にもあんまり有るまいとおもふ。故に孫やひこのために、はなしてきかせるが、能〻《よくよく》不法もの、馬鹿者のいましめにするがいゝぜ。おれは妾《めかけ》の子で、はゝおやがおやぢの気にちがつて、おふくろの内で生れた。夫《それ》を本とふのおふくろが引とつて、うばでそだてゝくれたが、がきのじぶんよりわるさ斗《ばか》りして、おふくろもこまつたといふことだ、と。夫におやぢが日きんの勤め故に、内にはいなゐから、毎日〳〵わがまま斗りいふて、強情故みんながもてあつかつた、と用人の利平次と云《いう》ぢゝいがはなした。

当時としては珍しく言文一致体で書かれているから読みにくいが、がきの時分から悪さばかりしていたという辺りが、『坊っちゃん』の冒頭、

親譲りの無鉄砲で小供の時から損ばかりして居る。

と、「いたずら」の数々が並べられるのに良く似ているし、小吉のほうも、このあと、長吉という悪童との喧嘩などが描かれ、それどころか、怒った父親が斬り付けてきたとき清という女が謝ってくれたなどというエピソードさえある。

「江戸っ子」とは何か？

ところでスミエ・ジョーンズは、作品の語り口における落語や戯作の影響にとどまらず、坊っちゃんの人物像が「江戸っ子」と言えるのではないか、として、西山松之助による江戸っ子の研究を参照しながら、「江戸っ子」の特徴を挙げて検証している。これによると、江戸っ子は、直情径行、正直、短気、喧嘩っ早いが恨みは後に残さず、金銭に恬淡としていて、貯蓄を心掛けたりしない、また人情に厚くて涙もろく、正義感が強い、さらに善悪二元論でこの世を染め上げようとし、自分が常に善の側に立っていると考えたがる、ということになっている。

なるほど、こう挙げられてみれば確かに坊っちゃんは江戸っ子であるかのように思えるが、じつは西山の江戸っ子研究は、少し入り組んだ構造を持っている。まず西山は「江戸っ子」を、天明期に成立した狭義のそれと、文化文政期に登場してきた広義のそれとに分け、後者を「自称江戸っ子」と呼び、むしろ前者を真の「江戸っ子」として捉えている。前者は裕福な町人階級を主体とし、後者は下層町人だと言う。落語や戯作がもっぱら下層町人の世界を題材としているところから見ても、われわれのいわゆる「江戸っ子」は、むしろ後期の「自称江戸っ子」であろう。

では坊っちゃんは、どの「江戸っ子」なのだろうか。「江戸の精神」の精髄を体現する

「真正江戸っ子」を特徴づけるのは「いき」の精神であるが、坊っちゃんに、いきの精神はないと言わざるをえない。「いき」を仮に定義するなら、それはある共同体の価値基準に従い、世界の表も裏も知り抜いた通人として巧みに自らの洗練を示し、特に遊廓における遊びの世界で、決して本気になって女郎との色恋に身をやつすことなく、適当な距離を保って生きてゆく態度といってよいだろう。

だが、坊っちゃんの生活態度は、「野暮」の骨頂とでも言うほかない。彼は世間の裏と表の使い分けになじめず、表の言葉をそのままの意味に受け取っては周囲と摩擦を起こし、天麩羅《てんぷら》蕎麦《そば》を食い団子を食っては「何が悪い」と正論ふりかざす野暮な男であって、虚なる美的価値よりも実なるものを重んじる点で、「いき」の精神からは程遠いのである。先に言ったことを思い出してもらおう。坊っちゃんは、共同体を拒否する人間だ。「江戸」の洗練された美学は、とりもなおさず共同体的なものなのだから、坊っちゃんがこれに合うはずがない。「いき」に振る舞っているのが、むしろ赤シャツのほうであることは、誰でも気がつくだろう。

野暮な「坊っちゃん」

では坊っちゃんは「自称江戸っ子」つまり下層町人の世界に属しているだろうか。坊っちゃんは自ら名乗るところによると「元は旗本」で「清和源氏で、多田《ただ》の満仲《まんじゅう》の後裔」で、

「こんな土百姓とは生れからして違ふ」と言うのだが、こうした、武士の出であることに誇りを抱き差別発言を行う類の人物が、町人としての「江戸っ子」の範疇に入れられるとも思えない（四）。注意深く読む人はすぐに気づくだろうが、「親譲りの無鉄砲」と自ら坊っちゃんが言うわりに、その両親はべつだん無鉄砲になど描かれてはいないし、「江戸っ子」だから「西国」や「田舎者」とは合わないと本人が言うわりに、坊っちゃんはそもそも両親や兄からも疎んぜられているのだ。

江戸っ子は「宵越しの銭は持たない」、つまり金銭に淡白である、と言われる。しかし、坊っちゃんは兄から六百円を渡されたとき、これを三つに分けて極めて注意深い三年間の将来計画を立て、これをやり遂げているのである。また坊っちゃんは頻繁に「不公平」という言葉を使う。清が父親に隠れて秘かに坊っちゃんに物をくれたりすると、坊っちゃんは「おれは何が嫌《きらい》だと云つて人に隠れて自分丈《だけ》得をする程嫌な事はない。（略）なぜ、おれ一人に呉れて、兄さんには遣らないのかと清に聞く事がある。すると清は澄したもので御兄様は御父様が買つて御上げなさるから構ひませんと云ふ。是は不公平である」（二）。さらに、赤シャツと狸が宿直の義務を免れていることについて、「何で此両人が当然の義務を免かれるのかと聞いて見たら、奏任《そうにん》待遇だからと云ふ。面白くもない。月給は沢山とる、時間は少ない、夫で宿直を逃がれるなんて不公平があるものか」（四）とひとりで気焔を挙げている。

「江戸っ子」(広義の)は、こういうことにこだわるのを一番嫌う。「三方一両損《さんぼういちりょうぞん》」という落語では、落とした財布を届けられた長屋の住人が、明らかにそれは自分のものであるにもかかわらず、一度落としたものは自分のものではないという極めて不条理な理屈でこれの受け取りを拒否する。山嵐との氷水代一銭五厘の件にしても、坊っちゃんの金銭感覚はじつに細かい。ほかにも、中学でまず校長から教育者の心得について聞かされたとき、彼が思うのは、「そんなえらい人が月給四十円で遥々《はるばる》こんな田舎へくるもんか」であり、東京へ帰ってしまおうと思い、「宿屋へ五円やつたから財布の中には九円なにがししかない。九円ぢや東京迄は帰れない。茶代なんかやらなければよかつた。惜しい事をした」と語り、この宿屋を引き払うときも、「五円の茶代を奮発してすぐ移るのはちと残念だが」と、依然五円に未練を残している。未練がましい奴である(二)。

恬淡、無関心どころの話ではなく、坊っちゃんはおおいに金にこだわっているのである。かといって坊っちゃんが吝嗇《りんしょく》だとか強欲だとかいうことではないのは、うらなりや山嵐の転任、辞職と引換えの増給を拒否するところからも明らかであり、彼の意識を貫いているのは、先に挙げた「公平」の感覚であり、理非曲直の筋が通っているか、という点にその意識は向けられている。こうした「公平」の感覚が「江戸っ子」的だということはできない。

『坊つちゃん』のなかで、いちばん気持ちがいいのは、イナゴ事件で生徒たちにからかわれた坊っちゃんが、次のように決心するところだ。

正直だから、どうしてい丶か分らないんだ。世の中に正直が勝たないで、外に勝つものがあるか、考へて見ろ。今夜中に勝てなければ、あした勝つ。あした勝てなければ、あさつて勝つ。あさつて勝てなければ、下宿から弁当を取り寄せて勝つ迄こ丶に居る。（四）

実に執念深い。「喧嘩っ早いが恨みはすぐ忘れる」どころではない。坊っちゃんのこういう所をいやがる人もいるが、おそらくその場合、淡白であることを良しとする「江戸っ子」的伝統が、その人の価値判断には含まれているのだろう。

坊っちゃんに似ている人物像をアット・ランダムに探せば、フランク・キャプラの映画『スミス都へ行く』の主人公、腐敗した政界に一人で戦いを挑むドン・キホーテ的なスミス青年が思い浮かぶ。スミスの行為は、ほとんど狂気に近く、しかも幼児的である。彼は、政界の「裏のルール」などに顧慮を払おうとはしない。だとすれば、「いき」な江戸っ子、「さっぱり」した江戸っ子などというものは、坊っちゃんとは無縁なのではないか。

ところで、ここにも一つの謎がある。『スミス都へ行く』という標題が示すように、ふつうは「みやこ」こそ裏と表が巧みに使い分けられる「大人の」陰謀渦巻く世界なのだから、「江戸」が坊っちゃん的世界だというのは極めてふしぎな想定なのである。「江戸」文化は、共同体の約束ごとから成っている。アメリカ映画で「田舎」からやってきたスミス青年が朴訥さの故に中央政界と対立するようには、『坊つちやん』は構成されていないが、じつは坊っちゃんは「江戸」でも孤立していたではないか。そしてスミスは決してただの野蛮人ではなく、リンカーンが掲げた高邁な理想に燃えていたではないか。

坊っちゃんの人間像は、決して現実に存在した「江戸」から来たものではない。

「武士」という江戸っ子

ところで、西山松之助によると、江戸研究家の三田村鳶魚《みたむらえんぎょ》いらい、江戸っ子を「軽薄」として否定的に見るのが一般的だったと言う。そして鳶魚の「江戸っ子蔑視」史観が、徳川慶喜の小姓だった村山摂津守《せっつのかみ》が明治になって書いた「村摂記」から受け継いだものではないのか、と西山は考え、これが「高級幕臣」の江戸っ子観であるとして、さらに鳶魚は村山から思想的な影響も受けていたらしく、鳶魚自身の反骨精神や俗流蔑視の精神は「江戸庶民が育ててきた江戸っ子の反骨精神」ではなく、旧幕臣の思想的系譜を引いているのではないか、としている。

要するに西山は幕臣と町人を区別して考え、両者の「反骨精神」を別のものとして捉えている、ということだ。じっさい、幕臣でも大田南畝《おおたなんぽ》のような人物を、江戸町人の「江戸っ子」精神を支えたものとして見てはいるが、全体として西山が「江戸っ子」として叙述しているのは「町人」なのである。そこで、西山は、鳶魚が「所謂江戸ッ子（西山言うところの自称江戸っ子）の外に、江戸ッ子と云はない江戸ッ子がゐた。それは御家人です」と言っているのを「見当違いも甚だしい」と退けている。

私が言わんとしているのは、すでに『夢酔独言』との類似からも窺えるように、坊っちゃんの反骨精神とは、「旗本」の、つまり武士のそれであって、町人文化のなかから生まれた「江戸っ子」の精神とは違うのではないか、ということだ。つまり、鳶魚のこの提言を考えに入れると、俗に「江戸っ子」と考えられていたのには、

(1)上層町人
(2)下層町人
(3)御家人

の三種類あることになる。

坊っちゃんによる、いや漱石による「江戸っ子」の用法の曖昧さは、まさにこの事情を反映していると考えるべきであろう。われわれは確かに坊っちゃんのなかに一種の反骨精神を見出すけれど、それが「元は旗本」という自負の上に成立しているとするならば、その「江戸っ子」としての自己認識は、町人ではなく、旧幕臣の思想的系譜を引くものだということになる。

ところでその「真正江戸っ子」つまり町人の「抵抗精神」だが、果たしてそんなものが存在しただろうか。西山は、「いき」と「はり」を「抵抗精神」と読み替え、これを、寛政の改革で弾圧された山東京伝の戯作に見られる「反体制的風刺精神」に見出している。しかしこれは、「戯作」の「諷刺」に、近代ジャーナリズムの政府批判の精神を投影したものに過ぎないのであって、中村幸彦や中野三敏《みつとし》がはっきり述べているように、戯作と寛政の改革双方の過大評価だと言わざるをえない。中村は、戯作には、真に「風刺」の名に値するものはない、としているが、洒落本、黄表紙による松平定信のような政治家への当て込みは、「風刺」というより「ちゃかし」というべきで、所詮「戯れ」でしかない。たとえば朋誠堂喜三二《ほうせいどうきさんじ》の黄表紙『文武二道万石通《ぶんぶにどうまんごくとおし》』は、たしかに寛政の改革をからかっている。だがこれを同じ世紀の英国作家ジョナサン・スウィフトの苛烈極まる「諷刺」、ついには人間性の本質をも痛烈に暴きたてる文学作品と比べてみれば、戯作の「諷刺」など、児戯にひとしい。

いかなる「江戸っ子」も、彼らが依拠する趣味や作法の枠自体に疑いをなげかけ、秩序に挑戦しようとは思わなかったはずだし、江戸後期の町人文化、およびこれと連動した「文人」の活動は、既成の秩序に正面から挑戦するといった反骨精神を持ち合わせてはいない。落語であれ戯作であれ、そこに現れる町人としての「江戸っ子」は、決して坊っちゃん的な純粋さを備えた「野暮な正義漢」などではない。

たとえば落語「大工調べ」では、間抜けな大工が大家から店賃《たなちん》のかたに道具箱を取り上げられ一悶着起こるが、これをかばう任侠肌の大工の棟梁政五郎にしても、大家の権威を否定できるのは、お奉行様のようなより上位の権力を背景にしてのことであって、あくまで理非曲直を楯にして共同体の約束ごとを否定するような人物ではない。そこには、坊っちゃんのように、社会の秩序を乱してまで自らが信じる正義に固執する人物は決して登場しない。一長屋のなかに対立が起こったならば、政五郎の正義は、奉行の権威によって追認される、という構造を持っている。いかに喧嘩っ早く、正義感が強く、人情に厚い江戸っ子といえども、社会秩序のなかに悪を見出してこれと対決しようとは思わないのだ。

漱石は、江戸の町人文化が生み出した「戯作」から、その語り口を学んだかもしれないが、そこに現れる抵抗精神は、むしろ英文学者として彼が学んだスウィフトに近いのである。彼は講演「私の個人主義」で、「個人主義」を、「解り易く云へば、党派心がなくつて理非がある主義なのです」と説明している。なるほど、坊っちゃんの行動は、時に判断を誤るにしても「理非」を貫こうとしているし、赤シャツ、野だいこの行動は、「党派的」なものである。これは明白だ。

ところで「理非」とはなにか。正論か。しかし、正論を言いつのるのは「野暮の骨頂」ではないか。坊っちゃんは野暮を言いつづける。バッタ事件、咄喊《とっかん》事件に対する彼や山嵐の考え方は、これを邪気のないいたずらとして笑って済ます「いきなはからい」のできない彼らの真面目さ、つまり「野暮」の好例である。

言うまでもなく、すでにある程度の慣習が成立した閉じた社会で、新任教師に対する通過儀礼とも言うべきいたずらにいちいち目くじら立てていたのでは、共同体は立ち行かない。同時に、「抵抗精神」とは最終的には、このコンヴェンションに敢えて意義を申し立てる「野暮」な精神のことなのであり、通人の精神とは相いれない。実際この作品のなかで、一番「江戸っ子」的なのは、素町人根性丸出しの野だいこであろう。

「多田満仲」の意味

坊っちゃんが落語や黄表紙・洒落本の登場人物からはっきりと区別されるのは、何より性に対する態度である。言うまでもなく、落語や戯作、なかでも洒落本や人情本は廓を題材とすることが多く、たとえそうでなくとも、そこに市井の人物として描きだされる下層町民たちは、仲間に誘われれば躊躇なく登楼する類の人物である。坊っちゃんが遊廓へ遊びに行くかどうか、テクストから明確な手掛かりは得られないが、少なくとも遊びに行ったとは書かれていない。むしろ彼は、清を除いていっさい女の影はささず、妻帯さえテクストには書き込まれていない、女っ気のない男なのだ。

この点も含めて、もし江戸文学の伝統のなかに、もっとも妥当な坊っちゃんの原型を探るとすれば、江藤淳がかつて示した、近松門左衛門の『国性爺合戦《こくせんやかっせん》』の和藤内《わとうない》や、「公平《きんぴら》浄瑠璃」の主人公がまず思い起こされるが、そのうち、ことに後者に指を屈するべきだと思う。

公平浄瑠璃は、「金平」と書くこともあるが、寛文年間（一六六一―七三）を中心に江戸で流行した、超人的な力を持っているが、気が短くて粗暴、知力に乏しく、無邪気で粗忽な坂田公平《さかたのきんぴら》の活躍を中心とする人形浄瑠璃である。戦国時代を懐古する風潮のなかで、人々から歓迎されたが、町人文化の成熟にともなって時代遅れの作品となり、次第に廃れていったという。

その一方で江藤は、「清」の像を漱石の嫂《あによめ》・登世に求めている。「清」は、近年の『坊つちやん』批評の中心点をなしており、諸家はこの老女に、現世から排斥されざるをえなかった坊っちゃんがついに帰りつくべき場所としての「妣《はは》なるもの」を見出している。

しかし、文学作品が「文学的記憶」のなかから生み出されることを思えば、『坊つちやん』は、漱石という作者自身の生涯や、その『坊つちやん』執筆の動機とは別に、その原型を過去の文学作品へと遡って求めることができるのではないか。ことに、坊っちゃんを公平、ないしはその原像としての坂田金時《さかたのきんとき》に比するならば、「清」は、近松門左衛門の『嫗山姥《こもちやまうば》』によって定着させられ、『前《ぜん》太平記』という、江戸文藝の重要な源泉となった通俗軍記によって親しい、金時の「母」としての山姥を原像とするものではないのか。『嫗山姥』の原拠としては謡曲『山姥』があるけれども、ここには金時は登場せず、『嫗山姥』全体としては、公平浄瑠璃の系譜を引いている。

山姥を後回しにして、頼光《らいこう》・四天王、ないし頼義《よりよし》・子四天王のほうから行こう。中世の酒顚童子《しゅてんどうじ》伝説その他、および『嫗山姥』そして『前太平記』が前者、公平浄瑠璃が後者を主人公としているが、基本的に同一のミュトスである。良く知られているとおり、源頼光とその四天王、坂田金時、占部季武《うらべのすえたけ》、渡辺綱《わたなべのつな》、碓氷定光《うすいのさだみつ》、くわえて「一人武者」と呼ばれる平井保昌が、土蜘蛛《つちぐも》、酒顚童子、茨木童子のような妖怪を退治する話は、中世以来『古今著聞集《ここんちょもんじゅう》』『太平記』などで親しまれているし、金時が幼時金太郎と言われて山姥に育てられたという伝説のあることは、さらに良く知られている。

これが近世の公平浄瑠璃になると、これら「親四天王」もののほか、頼光の甥頼義を頭領とし、四天王も子の代になって、坂田公平、占部季春、渡辺武綱、碓氷定景らの「子四天王」ものも現れてくる。ここでは、活躍するのはもっぱら四天王、ことに公平なのである。しかし、近世に入ってからの諸作品には、単に武勇の体現者が頼光から四天王に変わっただけではなく、かなり明確な思想の表現が見られるのだ。すなわち、多田満仲《ただのまんじゅう》を祖とする清和源氏による王権の護持と、奸臣の排除による秩序の回復である。

ついに、「多田満仲」の名が出てきたではないか。すでに引いたとおり、清和源氏・多田満仲こそ、坊っちゃんのアイデンティティーを形作るものであり、実は近世に入ってからの清和源氏とその祖満仲の神格化は、源氏の棟梁としての徳川政権の成立と関係があるのだ。公平浄瑠璃の詞章は往々にして満仲・頼光等の清和源氏始祖の名を挙げることから始められるし、『前太平記』は、満仲以来、前九年・後三年の役を通して着々と力を付けていった清和源氏を理想化する物語なのである。

摂津の武士で、安和《あんな》の変で藤原政権に協力して源高明《たかあきら》失脚の端緒を作った多田満仲は、ここに、当人が思いも寄らない理想化を果たされたのである。だから、「坊っちゃん・清」の像は、「源氏」ないしは「武士」の精神を背後にもつ一連の神話のなかに置き換えて見ることができるのではないだろうか。もうひとつ、妙な話だが、坊っちゃんは「公平《こうへい》」ということにこだわる、と言ったが、これこそ「きんぴら」と読むではないか。馬鹿なこじつけかもしれないが、漱石はこういうことを引き起こすのだ。

公平浄瑠璃という原型

「公平浄瑠璃」は、おおよそ、次のような筋立てを持っている。源頼義と四天王は、天皇側近の公卿に疎んぜられ、逆賊の汚名を着せられて追放される。しかし流浪ののち、彼らは「君側の奸」たる公家を討ち果たし、武士の力によって秩序を回復するのだ。これが徳川政権のイデオロギーの補強にとって恰好の物語であるのは言うまでもないだろう。

『坊つちゃん』では、たしかに、武士としての坊っちゃんが、公家的な赤シャツの輩と明確な対比を施されている。たとえば『公平花壇破《きんぴらかだんやぶり》』『公平　剣　立花《きんぴらつるぎのりっか》』では、公平は、「侍はいくさをするが役目」「公家は歌、武家は弓馬の役ぞかし」として、歌会で歌を読むことを拒否し、禁中で武具による立花を行う、という形で、公家社会への同化を拒否する。これはおおよそ「ターナーとは何の事だか知らないが、聞かないでも困らない事だから黙つて居た」「おれの様な数学の教師にゴルキだか車力《しゃりき》だか見当がつくものか、少しは遠慮するがい、」（五）と、赤シャツや野だいこの文人趣味に反発を示す坊っちゃんの思想を準備していると言っていいだろう。

また、坊っちゃんと山嵐の関係は、公平と武綱のそれに対応している。四天王のリーダー武綱は、「知」をもって集団を統率し、「武」をもって猪武者的に行動する公平は、ときに武綱と対立しながらもその智略に従わざるをえない。咄喊事件をめぐっての山嵐の坊っちゃん弁護もそうだが、赤シャツ退治において「僕は計略《はかりごと》は下手だが、喧嘩とくると是で中々すばしこいぜ」（十）と坊っちゃんが認めるように、「知」と「武」の役割分担が坊っちゃんと山嵐のあいだにできあがっているのが、これに対応しているのだ。

そうなるとうなり──古賀の人物造形と、その役割についても考えねばならない。この中学での一連の事件が、赤シャツによる古賀の排斥の陰謀と、これを阻止しようとする山嵐との対立からなっていて、坊っちゃんはこの事態を必ずしも理解していない、つまりこれは古賀と山嵐にとっての悲劇であった、というのが有光隆司《ありみつたかし》の読みだが、ここの文脈で言えば、どうやら旧家の当主（平岡がいうように、松山藩士族だからやっぱり「佐幕」）

らしき古賀が、坊っちゃんから「君子」「聖人」と呼ばれて、読者からすれば不思議なほど持ち上げられており、ついに日向の延岡へ飛ばされてしまう、というのは、公平浄瑠璃における頼義の貴種流離モティーフの流れを汲むものだと考えられる。

中世伝説における頼光と異なり、公平ものの頼義は、たいてい、奸臣の讒言《ざんげん》にあって天皇の側から退けられ、「自身に行為の主体的責任を持ち得ない儘に、他者の欲望の犠牲となって敗北し、追い詰められてゆく」（今尾哲也）比較的無力で惨めな存在であり、公平の武と武綱の知が、彼を救い出す。坊っちゃんは、うらなりの転任を評して「太宰権帥《だざいのごんのそつ》でさへ博多近辺で落ちついたものだ、河合又五郎だつて相良でとまつてるぢやないか」（八）とする。さらに言えば、うらなりは中国文学の劉備玄徳や玄奘三蔵、歌舞伎の義経や菅丞相《かんしょうじょう》のような、影の薄い主人の面影を背負っている。

母子神、山姥と公平

さて山姥はどうか。『坊つちやん』という作品を背後から支える清という老女の「奼なるもの」としての性格、坊っちゃんと外界との対立に自ら介入するというより、対立を超越し、傷ついた坊っちゃんを最終的に包み込む存在としての役割は、むしろ謡曲『山姥』の「自然そのものの象徴であるかのような」（増田正造）性格から来ているのだろう。

ところで平岡は、坊っちゃんが四国へ向けて出発する時点で「風邪を引いて」おり、

「もう御別れになるかも知れません」と心細いことを言う清、坊っちゃんが東京へ帰ってきてほどなく肺炎で死んでしまった清に、「死のイメージ」を見いだし、「四国に寄せられる手紙はすべて死者の声」とさえ想像できる、としている。むろん実際には清は生きていたのだが、ここから思い合わされるのは、むしろ『嫗山姥』で、金時が頼光に見出されて山を下るにあたり、「母はもとより化生《けしょう》の身。有りともなしとも陽炎《かげろう》のかげ身にそうて守りの神」と告げて姿を隠してしまう山姥の造形ではあるまいか。

あとで述べるが、こうした、生と死のはざまにあって主人公を守りつづける母性の像は、『南総里見八犬伝』の伏姫《ふせひめ》という表現を得て、山姥と清を時代的につないでいる。この時、その庇護を受ける童児神的主人公には、彼固有の女性存在、つまり妻や恋人が係わってくることはない。近世初期の考証書『広益俗説弁《こうえきぞくせつべん》』には、「公時は山神山姑の子にて、一生妻子なく、頼光の死後にゆきかた知らずうせたり」との伝承が記されている。公平にしてもそうだが、現世的な秩序に納まることができず、最終的にはそこからはみ出し、自然の懐へ帰っていくほかない坊っちゃん的人物は、畢竟《ひっきょう》、滑稽であると同時に、妻帯といったすぐれて日常的な世界とは無縁の、「闘争」という非日常的な時間のなかにのみ生きることを許され、日常と秩序が回復された暁には静かに退場するほかない悲哀をも運命づけられているのだ。

「公平」の精神とは、「武士」の精神であり、それは、「江戸」以前の世界への郷愁を養分として一世を風靡したものであって、後期江戸の町人文化の成熟のなかでこそ誕生した「江戸っ子」の特色とは、そもそも相いれないものなのである。公平浄瑠璃の世界は、洗練されて悪ずれした都市文化ではなく、江戸が「みやこ」となる前の関東武士の世界、「江戸」以前の「関東」の世界、まさに『前太平記』の世界なのだ。

幻想としての武士的理想

漱石自身は「文学談」で、作品のモティーフについて次のように言っている。

坊つちやんと云ふ人物は或点までは愛すべく、同情を表すべき価値のある人物であるが、単純過ぎて経験が乏し過ぎて現今の様な複雑な社会には円満に生存しにくい人だなと読者が感じて合点しさへすれば、それで作者の人生観が読者に徹したと云ふてよいのです。（略）人が利口になりたがつて、複雑な方ばかりをよい人と考へる今日に、……

「現今」「今日」の様な社会では、坊っちゃん的人物は生きづらい、としている。しかし、『坊つちやん』という作品は、坊っちゃんなる主人公が、「明治以前の」江戸的世界に属する人物であり、「それゆえに」明治の現実に適応しきれずにいる、という作者漱石のことばを裏付けてはいないのである。町人の世界はもちろんのこと、江戸時代の武士の世界ですら、それが坊っちゃんを温かく迎えるような場所でなかったことは明らかだろう。かりに坊っちゃんが江戸時代に棲息していたとしても、町人の世界であれ武士の世界であれ、それはなにほどかは「四国辺の中学校」的であったことは疑いないし、坊っちゃん的人物がそこで周囲と協調して生きていけたとはとても思えないのである。

一言で言えば、坊っちゃんは、その坊っちゃんという呼び名が指し示しているように、幼児的であって、江戸の素町人、野だいこ的な大人の世界とは異質である。これを大人の世界の側から受け止めてしまえば、秋山公男《きみお》のように坊っちゃんの独善と傲慢を指摘することになるのは避けられない。しかしこの幼児性は、紛れもなく一つの文学的伝統に属している。それが公平浄瑠璃であり、歌舞伎の荒事であり、曲亭馬琴の読本《よみほん》なのである。西山は、「公平」は廃れたが「助六」が現れる、という江戸歌舞伎の流れを、町人文化が成立し、武士のそれに取って代わったという観点から説明している。「助六」にも反骨精神はあるし、その正体は曽我五郎《そがのごろう》つまり武士なのだが、それは廓において遊女にもてる「いき」な男が、「野暮」な大尽《だいじん》を嗤う、という精神に基づいている。「マドンナ」を藝者だと思い、赤シャツの藝者遊びをとらえて天誅を下す坊っちゃんは、助六の系譜には属していないのである。

しかし、先に「戯作」のなかに坊っちゃん的人物は見当たらないと書いたが、もちろん広い意味での戯作に含まれる曲亭馬琴の読本は例外である。幸田露伴は、江戸の人々が愛していたのは『八犬伝』で悪役を振られている網干左母二郎《あぼしさもじろう》のような「いき」な男であって、八犬士のような「野暮な正義漢」ではなかったと言っている。左母二郎は「馬琴の同時代に沢山生存して居たところの人物」で、「色男がり、器用がり、人の機嫌を取ることが上手で、そして腹の中は不親切で、正直質朴な人を侮蔑して、自分は変な一種の高慢を有している人物」であると。ちょうど、赤シャツと野だいこのような輩なのである。ところが「時代の風潮は左母二郎のようなのを愛して居る」のであり、「正直な、無意気《ぶいき》な、生野暮《きやぼ》な男」は嘲笑されていたのだ。それではなぜ『八犬伝』があれほどの人気を保ちえたのか。八犬士のような人物は当時の実社会には存在していなかった、そのかわり彼らは「人の胸中」に生きていた、と露伴は言う。

考えてみれば、上述の「坊っちゃん」的性格は、八犬士のなかに共通するものを見出せる。馬琴の読本の世界は、「江戸文学」というよりは「関東文学」と呼ぶべきもので、馬琴の文学に『坊つちやん』のようなユーモアの要素がないこと、『八犬伝』の主人公である八犬士たちが決して無鉄砲ではないことを認めるにしても、八犬士の筆頭である犬江親兵衛《いぬえしんべえ》は紛れもなく金太郎の系譜の上に立つものであり、ほかの犬士たちは、坊っちゃんと共通する要素を、いくつか持っている。それは、音音《おとね》や伏姫といった、「山姥」の系譜に属する女性たちに庇護されていること、そして女性との接触の忌避、つまり性的潔癖と、共同体の中心からの疎外の意識であり、その現世における苦難を経て「妣なるもの」によって統《す》べられるユートピアへと回帰してゆくという性格である。

ことに、女性の忌避と疎外感は、はじめに現れる犬士、犬塚信乃《いぬづかしの》において顕著だ。父母を失い、邪悪な義伯父夫婦と同居する信乃は、正義がおのれの側にあることを固く信じながらも、深い憂愁のなかにあって、矜持《きょうじ》だけは無闇と高い。幼いころ、女の恰好で育てられた信乃は、近所の少年たちから「ふぐりなし」とからかわれ、「彼奴等《かやつ》は、土民の子なり。遊び仇になるもの」ではない、と呟く。これなど、「こんな土百姓とは生れからして違ふんだ」という前掲坊っちゃんの述懐に通じるものがあろうし、いかに武士としての生まれを誇ってみても現在その実質はともなっていない、というあたりも共通している。

頼義と子四天王、そして里見義実《よしざね》と八犬士は、ともに、清和源氏の棟梁として、現体制の圧迫によって一時流離の生を余儀なくされながら、ついに体制内の悪を倒して国家秩序を回復する、という主題を担っている。かれらは、いったんは時の権力から疎外され、場合によっては敗者の一族としての生を余儀なくされているけれども、坊っちゃんと違って、この「野暮な正義漢」たちは、彼らの正義を受け入れ、その能力を十分に発揮させてくれる場を見出す。しかし、すでに公平浄瑠璃の作品内において、秩序の回復へと向かう時代の動きのなかで公平は「もて扱《あつこ》ふたるあぶれ者」(『公平花壇破』)となり、そして現実の政治が文治の方向を目指すなかで、公平浄瑠璃自体が歴史的役割を終えてゆく。

里見家の安房《あわ》は、現実のどこにも存在しないユートピアであり、このユートピアにたど

八犬伝

『南総里見八犬伝』を原文で読み通した人は今では少ないだろうが、私は修士論文を書くためもあり、二度通読した。今では、日本の三大文学者は、紫式部、曲亭馬琴、大江健三郎の三人だと言っている。馬琴については『馬琴綺伝』（河出書房新社）という伝記小説も書いた。

この読本では、八人の犬士を従えた安房《あわ》里見家が、関東管領・上杉定正と、古河公方・足利成氏の連合軍と戦を繰り広げて勝利するが、これはフィクションである。

私の説では、これは安房を「日本」に見立てて、将来起こるであろう西洋列強との戦のシミュレーションをしたのだということになる。安房は三方を海に囲まれているので、これからは日本は海戦への備えをしなければならないという暗喩になっているのだ。だがこの説は一般化しない。明治から戦前にかけて、馬琴は尊王家だという説があり、戦後の学者は、馬琴をそういう政治的文脈から引き離そうとしてきた、その影響が今でもあるのだろう。

り着くまでの八犬士たちは、社会のアウトサイダーであった。つまり、化政期の段階において、すでに、野暮な正義漢はアウトサイダーでしかなかったし、彼らを受け入れる場は、どこにもない場所——ユートピアであって、それは、坊っちゃん的な純粋さのゆえに社会から疎外される青年たちを認めてくれる母親的な女性によって支配されているのだ。坊っちゃんの場合、清がこの育ての母の役割を果たしていることは言うまでもあるまい。

ところで、金時が山姥に育てられ、坊っちゃんが清という下女と強い精神的紐帯を持つのも、恐らく清和源氏の氏神たる八幡神が母子神であることと密接な関係がある。母子神信仰は世界的に見られるもので、日本における八幡神が母とする比売神《ひめがみ》の来歴には諸説あるけれども、のちに観世音菩薩を本地仏とすることになるこの母神に、ユーラシア大陸に広く見られる大地母神の系譜を見出すことができる。

柳田国男の「玉依姫考《たまよりひめこう》」(『妹《いも》の力』所収)は比売神の性格についての定説となっていたものだが、ここで柳田は「八幡神には御霊《ごりょう》の信仰が、何ゆえかはやくから結びついている」としている。「御霊信仰」とやはり深い関係にあるのが、公平浄瑠璃の系譜に属するといっていい歌舞伎の荒事であり、その図式を『坊っちゃん』に当てはめるなら、延岡へと「流竄《るざん》」の憂き目に逢ううらなりは、坊っちゃんによって「菅丞相」に比せられており、ならば赤シャツが時平であって、坊っちゃんの「暴力」こそ、うらなりの「御霊」(死んだわけではないが)鎮めのための「荒事」なのだ、というふうに見事に符合するだろう。

しかしそうした図式が当てはまるとしても、なぜそれが明治期の作品に突然現れなければならなかったのか。

「武士の夢」の崩壊――明治維新

『坊っちゃん』という作品が、「公平原型」ともいうべき伝統、ないしは荒事の伝統に新たな命を吹き込み、それ相応の完成度をもって登場しえたのには、時代背景との関連を考えねばならない。幕末から明治初期にかけて秩序は再び揺らぎ始め、そこに「野暮な正義漢」の活躍する余地、武士の精神に文学的表現を与えうる素地が生まれたのだ。もちろんそれは第一に、徳川家の崩壊であり、秩序の護持者としての源氏神話の敗北である。「教育の精神は単に学問を授ける許《ばか》りではない、高尚な、正直な、武士的な元気を鼓吹すると同時に、野卑な、軽躁な、暴慢な悪風を掃蕩するにある」（六）と山嵐は言う。ここから考えれば、坊っちゃんをこうした源氏神話を支える英雄像と見なすのも、かれらを佐幕として捉える見方を裏づけることになるだろう。

　まったくの偶然だが、歴史は、公平浄瑠璃の物語を、大団円抜きで繰り返したのだ。ほんらい王権の守護者をもって任ずる（もちろん現実にはそうではないが）源氏の棟梁・徳川将軍家と、一時は京都守護職の任にあった会津松平家は、戊辰戦争において朝敵の汚名を着せられ、着せられたまま敗北し、静岡へ、下北《しもきた》斗南《となみ》へと流離の運命に遭遇することになる。この、将軍家および会津家を代表する坊っちゃんと山嵐が、公平浄瑠璃の型に則って、新時代を牛耳る赤シャツ・野だいことといった奸佞の輩に天誅を加えながらも、延岡へ移された古賀を救い出すことも、「マドンナ」を赤シャツの手から古賀へ取り戻してやることもできずに、「山姥」の元へ帰っていくほかない、という、公平とも八犬士とも異なる結末を備えた『坊っちゃん』の完成度こそ、明治維新によって瓦解した「武士の理想」の回復の夢のなごりから生み出されたものにほかなるまい。

『嫗山姥』で言えば、頼光と四天王は、「君側の奸」たる清原・平の讒言《ざんげん》によって朝敵となるが大団円でこの汚名を雪《そそ》ぎ、奸臣を誅罰する。公平浄瑠璃もおおよそはこの型に則るが、戊辰戦争は、徳川家にとって、まさにこの不遇の流離という神話の、報われることなき再現であった。

しかし、少し気になることがある。坊っちゃん・山嵐が佐幕であるとしても、さすがに、赤シャツや野だいこを「勤王《きんのう》」と呼ぶことはできないだろう。おそらく、こういうことだ。明治初頭の二十年間に敗れ去っていったのは、佐幕だけではない。勤王の側も含めた「武士」こそ、廃藩置県から征韓論、そして廃刀令という一連の近代化政策のなかで敗れ去っていったものなのである。しかも、島崎藤村の『夜明け前』が描き出すように、江戸末期の国学者や幕末の志士たちの思い描いた「王土・王民」からなるユートピアの理想は、岩倉・大久保による、「国土・国民」からなる近代的な中央集権国家によって無残な挫折を余儀なくされたのである。そして、西郷隆盛こそが「最後のサムライ」であった。

戊辰戦争から西南戦争に至る過程でたしかに武士的なものは敗れていったが、それは「勤王の志士」をも含む「武士的なもの」であって、決して東国武士や幕府方に限定されない。そもそも水戸学自体が、東照宮精神への復帰を唱える運動としての性格を持っていたし、その末流としての勤王の志士こそ、武士本来の姿への回帰を基礎とするユートピアを思い描き、現実の維新によって裏切られ、あるいは反旗を翻し、あるいは自由民権運動へと流れていったのだ。『八犬伝』に見られるユートピア指向が、幕末から明治期にかけて、勤王の志士や自由民権運動の担い手たちを鼓舞したのも周知の事柄に属する。『八犬伝』と『坊っちゃん』のうち、前者がこのユートピア像の一応の成就を描き、後者が実際上の蹉跌として描かれざるをえなかったのは、まさにこのふたつの作品が根底において同じ理想の世界を夢見ていながら、後者はこの理想が敗れ去ったあとの時代に書かれた、ということによる。

「女」の位置——『坊っちゃん』の限界

ところで——。この図式を推し進めると、あたかも作品の空白地帯のように、ひとりの登場人物が浮かび上がってくる。『坊っちゃん』のなかで、重要な位置を占めながら極めて淡い印象しか与えず、その主体がどこにあるのかも詳《つまび》らかでないままに、結果として

「聖人」うらなりを裏切って、赤シャツになびいたらしい「マドンナ」とは、この図式に従うと、勤王の志士たちによって思い描かれたユートピアの中心を占めるものとなるはずでありながら、洋行帰りの大久保・岩倉らによって建設されていった中央集権国家に取り込まれ、結果として江藤新平・西郷らを見殺しにすることになった天皇その人が姿を変えたものではないのか。「聖人」は、朱子学的文脈において、治者としての将軍をさす。この場合、マドンナの裏切りは、「朝敵」とされた徳川将軍の怨念とも言えようが、同時に、「武士」を滅ぼし、「攘夷」すら放擲した新政府への、勤王の志士たちのルサンチマンも籠められていると見るべきではないか。

が、ひとまずそうした想像はさておいて、「女」としてのマドンナについて考えてみよう。うらなりとの婚約を解消してマドンナが赤シャツになびきそうな気配だと下宿の小母さんから聞かされた坊っちゃんは、うらなりを褒めあげたあとで、言う。

顔はふくれて居るが、こんな結構な男を捨てゝ赤シヤツに靡くなんて、マドンナも余っ程気の知れないおきやんだ。（七）

いくら「おきゃん」であろうと、坊っちゃんはマドンナに天誅を加えるわけには行かなかった。『坊っちゃん』に登場する女性は、「清―マドンナ」という両極を持っている。つまり清のほうは、無条件で坊っちゃんの「無垢」を受け入れる女であり、マドンナのほうは、ためらわず赤シャツの実益を取る女なのだ。まあ、うらなりの場合、男として魅力的だったとはあまり思えないけれども。

そしてこの「女」の主題が導入されたところから、『坊っちゃん』の世界には亀裂が走るのだ。ここまで私が書いてきたことは、「女」を考慮に入れないかぎり、ほぼ完璧に、あらゆる他者に立ち向かう坊っちゃんの英雄性を裏書きしているといってもいい。「誰が何と言おうと」という坊っちゃんの、孤高の精神。だが、そこでは、清という、少なくとも一人の女が、「あなたは真っ直でよい御気性だ」と、坊っちゃんの純粋さを認めてくれている。

『スミス都へ行く』も、同じことだ。ジェイムズ・スチュワートのスミスは、周囲のあらゆる人間を敵に回して孤軍奮闘するのではない。そこにはジーン・アーサー扮するサンダース秘書がいて、始めは田舎者と馬鹿にしていたスミスの純粋さと正義感に次第に魅かれるようになり、彼を応援するようになってゆく。そしてたとえばミュージカル『ラ・マンチャの男』では、ドン・キホーテの狂気を帯びた理想主義は、最後のぎりぎりの時点で、彼がドゥルシネア姫だと思い込んだ宿屋の「淫売」アルドンサに認められ、物語が完成する。坊っちゃんやスミスの純粋性、幼児性を讃える物語構造に、どうしても付きまとう胡散臭さは、ここにある。もちろんサンダースや清やアルドンサを配することによって物語の魅力は増していると言うべきだが、逆に言えば、ひとりの女の無条件の支持がなければ英雄が英雄たりえない、というのは、ある決定的なもろさを露呈していると言えるのではないか。

マドンナは、そのような「女」ではない。とうてい先の見込みがあるとは思えないうらなりを見限る彼女の選択を、誰が非難できるだろうか。彼女こそ、現実に存在する女性であり、坊っちゃんの無垢を讃える物語の原理にとっての絶対的他者なのである。かろうじて、清という女中を守護神として持つことによって坊っちゃんは支えられているけれど、もし清のような「女」が必要だとするなら、坊っちゃんは「ただ一人立つ」孤高の英雄とは言えなくなってくる。

これが、「男性性の根本的矛盾」というものだ。男性性は、文学作品の構造において、現実の心理学の反映として、女性の無条件の支持なくしては維持することができない。このことが、見かけ上、抑圧されているように思える女性がじつは隠微な権力を振るっているように見えるからくりなのである。だから、「女は抑圧されているのか、いないのか」という問題の立て方自体が不適当だと言うべきなのだ。代わりに、清のような「女」が、「あなたって純粋で不器用ね、でもいい人」と囁いてくれなくても坊っちゃんは坊っちゃんでありうるのか、という問いを立てたほうがいい。

マドンナという女さえいなければ、『坊つちゃん』は完璧な、その代わり閉じられた作品になっていただろうし、漱石は痛快な反・共同体小説の書き手で終わっていたかもしれない。逆に言えば、『坊っちゃん』という作品の完成度は、「現実の女」を排除したところに成立している。しかし漱石は、「母」が支えるユートピアをめぐる物語のなかでまどろもうとはせず、マドンナという「女」が切り開いた亀裂の方向へと突き進んで行った。そこには美禰子やお直のような「他者」たちが待っているだろう。そしてジョナサン・スウィフトがそうであったように、個人主義者夏目漱石は、苛烈な女嫌いとしての相貌を見せるようになってゆくのだが、その萌芽はすでにマドンナにおいて準備されている。それは朝日新聞入社後、彼の初の連載小説『虞美人草』にあからさまに現れてくるのである。

参考文献

川嶋至「学校小説としての『坊つちやん』」(『講座』2)。

秋山公男「『坊つちやん』の思想」『季刊文学』一九九〇、夏。

平岡敏夫『『坊つちやん』の世界』塙新書、一九九二。

竹盛天雄「坊っちゃんの受難」(『集成』2)。

江藤淳「『坊つちやん』について」『坊つちやん』新潮文庫、一九八八。

同　「名著再発見・夏目漱石『坊っちゃん』」『読売新聞』一九七〇、六月五日。

柄谷行人・小森陽一「漱石——想像界としての写生文」『國文學』一九九二、五月。

平川祐弘『夏目漱石——非西欧の苦闘』講談社学術文庫、一九九一。

Sumie Jones, "Natsume Sōseki's *Botchan* : The Outer World Through Edo Eyes", *Approaches to the Modern Japanese Novel*, eds. Kinya Tsuruta and Thomas Swann, Sophia University, 1976.

西山松之助『江戸ッ子』吉川弘文館、一九八〇。

中村幸彦『戯作論』角川書店、一九七五。

中野三敏「南畝における『転向』とは何か」『國文學』一九八二、六月。

有光隆司「『坊っちゃん』の構造――悲劇の方法について」（『集成』２）。

今尾哲也「金平浄瑠璃試論――近松論の前提」『日本文学研究資料叢書　浄瑠璃』有精堂、一九八四。

増田正造『能の表現』中公新書、一九七一。

第二章　「お家騒動もの」としての『虞美人草』

『虞美人草』は勧善懲悪か？

「厄介だね。渾名《あだな》の付いてる女にゃ昔から碌なものは居ませんからね。さうかも知れませんよ」

「ほん当にさうぢやなもし。鬼神《きじん》のお松ぢやの、妲妃《だっき》のお百《ひゃく》ぢやのて、怖い女が居りましたなもし」

「マドンナも其同類なんですかね」（『坊っちゃん』七）

この一節は、『坊っちゃん』発表の翌年、明治四十年に朝日新聞社に入社した漱石が初の新聞連載小説として書き始めた『虞美人草』を予告している。

それにしても『虞美人草』は評判が悪い。私など、甲野・宗近《むねちか》両名の比叡山登りの、凝った文体から成る絵画的描写に始まり、次々と場面を重ねて徐々に人物の関係を朗らかにしてゆく手法など、けっこう気に入っているのだが、その分読みにくさが気になる人もあるらしく、『それから』や『こゝろ』とは逆に、『虞美人草』はおおっぴらに「失敗作」呼ばわりできることになっているらしい。というのは、批評家のあいだでもこの作品は評判が悪いからである。

宗近の如きも、作者の道徳心から造り上げられた人物で、伏姫伝授の玉の一つを有《も》つてゐる犬江犬川の徒と同一視すべきものである。「虞美人草」を通して見られる作者漱石が、疑問のない頑強なる道徳心を保持してゐることは、八犬伝を通して見られる曲亭馬琴と同様である。（正宗白鳥「夏目漱石論」）

『虞美人草』を論ずるに当たって必ずといっていいほど引き合いに出されるのは、正宗白鳥によるこの評言と、あとで引用する、小宮豊隆宛の漱石の書簡であろう。ところで白鳥がここで八犬士のなかから犬江・犬川を順に持ち出したというのも、この二人が仁義八行の玉のうち、その冒頭に並ぶ仁と義の玉の持ち主だからであって、白鳥にとってはまず否定すべき対象であった馬琴も『八犬伝』も、今日の読者より遥かに親しい読み物であったことが窺われて何となく微笑ましい。

それはともかく、白鳥や唐木順三《からきじゅんぞう》の否定的評価に始まり、漱石自身後年にいたってこの作品を嫌ったことも手伝って、長らく漱石の失敗作と見なされることの多かった『虞美人草』も、平岡敏夫が「文明批評」のモティーフを見出したあたりから次第に肯定的に捉えられることも多くなり、分析の対象ともなるようになったと言ってよかろう。水村美苗《みなえ》は『虞美人草』評価の変遷をまとめて、当初、坪内逍遥の弟子としての白鳥が「勧善懲悪」を否定する立場からこれを貶《おとし》めたのに対し、そうした「近代的」な立場が相対化された地点から、むしろ前近代的な豊かさを指し示すものとして『虞美人草』は肯定的に捉えられるようになった、という。しかし水村自身は、やはり『虞美人草』は失敗作であり、それは「勧善懲悪」があるからではなく、「勧善懲悪」が破綻しており、「単純な悪と純粋な善との対立」（本多顕彰《ほんだあきら》）などどこにもないからなのだという。

ところで磯田光一は、『虞美人草』のヒロイン藤尾を、「毒婦もの」の系譜に属する女性像なのではないか、と示唆し、その一方で、従来から言われている馬琴の影をも指摘している。磯田はここで二つの系譜を指摘しているが、じっさい、『虞美人草』は、古今東西にわたる文学的記憶が多彩に重なりあい、入り乱れている「キメラ」状の文学作品だと言っていいだろう。馬琴のほか、プルタルコスの『英雄伝』に現れるクレオパトラ像が、あからさまに藤尾を背後から支えている。シェイクスピアのクレオパトラも言及されるが、登場とともに、藤尾と、その英語の家庭教師をしているらしい小野清三とが読むのはプルタルコスであって、シェイクスピアといえばむしろ、藤尾の異母兄である甲野さん、つまり甲野欽吾が色濃く影を引きずるハムレットに比重がかかっている。それと、全体としてのプロット、つまり若い男女の結婚相手選びと、そこで断罪されるエゴイズムといった主題を抱えた物語自体は、やはり作品の中で言及されているジョージ・メレディスの『エゴイスト』や、これに限らず英国近代小説お馴染みのものだし、また、誇り高い女がこれを傷つけられて死ぬ、という結末はイプセンのヘッダ・ガブラーを彷彿とさせる。

藤尾という「悪女」

さて、念のために『虞美人草』の筋を確認しておこう。

甲野・亡父 ── 欽吾
後妻 ── 藤尾
小野清三
井上孤堂 ── 小夜子
宗近一
宗近糸子

両親のない小野清三は井上孤堂先生の世話になって大学を出、いまは博士論文の準備中である。孤堂先生とその娘小夜子は、五年前から、いずれ小野が小夜子を娶《めと》るものと期待している。これに、小野をわが夫にともくろむ藤尾が介入し、小野もそのつもりになるのだが、宗近君が現れ、「真面目」になるようにと暗に小夜子を捨てることの非を説いて小野は心を入れ換え、見変えられた藤尾は死ぬ、というのが、その主筋だと言っていい。さらに甲野家では、ほんらい家を継ぐべき欽吾が「ハムレット」的な憂鬱症に捉えられ、継母が藤尾に家を継がせるべく陰謀を企んでいると思い込んでいる。ところが宗近の父と甲野の父は、藤尾と宗近を結婚させると約束しており、しかしそれでは藤尾が家を出ねばならないので、約束を変改し、係累のない小野を婿として入れようというのが継母の策略なのである。いっぽう宗近の妹糸子は欽吾に心を寄せているのだが、人間の悪に愛想を尽かしている欽吾は、ハムレットばりに糸子を拒絶する。

主筋脇筋入り乱れ、陰謀恋愛絡み合うこの筋書きを書いていると、まるで歌舞伎の筋書きそのものである。初の読者大衆向け小説を書こうとした漱石がおのずと歌舞伎仕立ての小説を構想してしまったのはうなずけるし、近代の批評家がここに「前近代」の臭いを嗅ぎ取ったのもむべなるかな、というところだろうか。

では、藤尾の「罪」とは何だろうか。外交官であった甲野の父は外地で死んでしまった。欽吾は先妻の子だが長男だから、明治民法の下では自然に相続人となるはずだ。継母に当たる今の母は、実の子である藤尾に婿を迎えて、自分の面倒を見させたい、また、財産も自分たちのものにしようと企んでいるとされている。甲野の父は藤尾を宗近一《むねちかはじめ》に嫁がせると約束したらしいのだが、宗近は長男だから婿にするわけには行かないし、藤尾が御してゆくには我《が》が強すぎる。そこで母子相談の上、係累もなく「我」のない小野に狙いを定める。

「藤尾は男を弄ぶ」（十二）というのが彼女の第一の罪であり、さらに「策略家」であり「謎の女」と呼ばれるその母も、長男排斥の罪を犯している。語り手はかなり念入りに藤尾が「悪い女」であるゆえんを説き明かしてゆくが、近代的な目から見るかぎり、藤尾の行為も目論見も罪ではないだろう。しかし漱石は言う。「藤尾といふ女にそんな同情をもつてはいけない。あれは嫌な女だ。詩的であるが大人しくない。徳義心が欠乏した女である。あいつを仕舞に殺すのが一篇の主意である」（小宮豊隆宛書簡）。つまり、藤尾の死が作者の主意であった。

たとえば藤尾に、安珍《あんちん》を追う清姫《きよひめ》の面影を見出して、「道成寺《どうじょうじ》」の物語をここから連想することも可能だろう。木股知史《きまたさとし》は、「奢り高ぶる驕慢な女を喜ぶ風というのは、近世から流れていて、その流れのなかに藤尾というヒロインが位置づけられる」のではないか、と言っている。

水村美苗説＝「美女」が悪女である

しかし、清姫にせよクレオパトラにせよ、藤尾をこの系列上に位置づけると、作者の意図を外れて、藤尾を誇り高いヒロイン、あるいは健気な恋に生きる女として読み取るという結果をもたらしてしまう。じっさい、小宮豊隆が言うように、藤尾を主人公として、英雄として見るのが、かなり広範にわたる『虞美人草』の享受の実相であった。水村はこれについてつぎのように言う。

漱石の言わんとするところを読者が理解しないのを、読者のせいにして嘆くにはあたらない。小宮豊隆は読者を責めるよりも『虞美人草』自身を責めるべきである。「美文」という形式が「知識階級の通俗読者」の上に拘束力を失い、藤尾の死に客観的に対応する罪がないことが露呈されるにつれ、『虞美人草』は、ひとりの英雄的な女の物語に転化せざるをえない必要性を内在しているからである。

『虞美人草』では「勧善懲悪」が破綻しているという水村は、恐らく、「勧善懲悪」が成功している例としてだろうが、まず『八犬伝』に現れる毒婦船虫《ふなむし》を呼び出す。船虫は、『八犬伝』のちょうど真ん中辺りで、六人の犬士に寄ってたかってなぶり殺しにされるのだが、いちおう、船虫は、それに相当する悪事を働いたことになっている。水村は、この「毒婦」と藤尾を比べて、藤尾は何の罪も犯してはいない、と言う。ではなぜ藤尾は「悪」になりうるのか。水村自身は、藤尾が美文をもって修飾されるところに着目して、次のように説明している。

藤尾に使われる「美文」にこそ、勧懲小説としての『虞美人草』を可能にするひとつの機能が隠されているのはいうまでもない。それは、「美文」によって藤尾を「妖婦」にしたてあげ、そこにあたかも死に対応する罪があるかのように見せるという機能である。「美文」の女はまさに男を殺したり、国を滅ぼしたり、さまざまな悪徳の末、死ぬ運命にあって当然なのである。

つまり、美文によって綴られた藤尾は、「妖婦」の文学的伝統によりかかる形で、「悪」であるという印象を与えうる、というのだ。そこで、この「美文」の機能が「知識階級の通俗読者」に忘れられ、藤尾が英雄視されるようになる、というのが水村の論旨である。藤尾の「悪」を問題にするとき、確かに、彼女の「美」は、その「悪」と切っても切り離せない関係にある、と言っていいだろう。この水村の着眼は鋭いけれど、私はこれに疑いを持つ。というのは、「美しい女」が「悪」と結びつくというのが、果して前近代の文学伝統に属しているかどうか、調べなければならないからだ。
たとえば、船虫は「美女」ではないし、「美文」で語られもしない。

年歳《としのよわい》も三十《みそじ》のうへを、六ツ七ツにやなりぬべからん、物のいひざま進止《たちふるまい》まで、よろづ男めきたるが、さりとて容貌《かおかたち》の醜きにもあらず。(『南総里見八犬伝』第五十二回)

というのが、原典における船虫登場の際の描写であり、「醜きにもあらず」とは、どうひいきめにみても、「美女」の描写ではあるまい。山田風太郎による『八犬伝』では、やはり船虫が「美女」とされている。このことはむしろ、「悪女」と言われて美人を想像するのが、前近代の文学伝統ではなく、近代的な約束事であることを示しているのではないか。「美人罪悪論」が近代の所産であることを、風俗史的な観点から井上章一が説いたこともある。

傾城傾国の美女

さて、もし、「美」と「悪」の結びつき、すなわち男を迷わす妖婦の例を『八犬伝』から挙げたいのなら、そこで名指すべきだったのは、船虫ではなく、作品の冒頭近くに現れ、恨みを残して斬首される女、玉梓《たまずさ》なのである。安房の領主神余《じんよ》光弘の側妾であったこの美女こそ、「美文」で修飾され、神余家のみならず、簒奪者の山下定包《さだかね》すら滅亡させてしまい、国を傾ける典型的な「妖婦」なのだから。

とはいえ、こうした「傾国の美女」が、その「悪」のために、宗近のような「正義の士」によって断罪され遂には滅びる、というのが、漱石へと流れ込んでいる近世文学の普遍的な形象かというと、これも怪しい。玉梓は、中国の伝奇小説『封神演義《ほうしんえんぎ》』に現れる妲《だっ》妃《き》（妲己）をモデルとしたものなのである（麻生磯次）。

『封神演義』は、なぜか日本では余り知られていないようだが、商周交代、つまり殷《いん》の滅亡を主題としており、妲妃は周知のように殷の最後の皇帝、紂王《ちゅうおう》をその美貌でたぶらかし、国の滅亡を引き起こした希代の悪女である。これに限らず、褒姒《ほうじ》、李夫人、楊貴妃と、この類の美女は中国史上、または中国文藝史上にいくたりか現れる。藤尾を彩る「美文」が漢文脈であることは言うまでもないが、このことは、仮に玉梓を経由していようともいまいとも、藤尾の造形がその淵源の、少なくとも一つを中国文学に負うていることを示している。

これに対し、江戸期の代表的な文藝である歌舞伎には、基本的に、「悪い美女」というのは登場せず、悪役を振り当てられた女は、たとえば『先代萩』の八汐《やしお》のように、女形《おんながた》ではなく立役《たちやく》によって「加役《かやく》」として演じられる。「女形」が演ずべき役割にはいくつかの型があるが、本来的には、女形は「悪」を演ずることはない。念のために言っておけば、寛政期以降、おもに四世鶴屋南北の作品に登場する、「悪婆《あくば》」としての、土手のお六、鬼神のお松、妲己のお百などを挙げることができる。しかし「悪婆」とは言い条、こうした役は「悪いお婆さん」ではなく、任侠肌のアネゴなのである。

ただし、幕末から明治にかけての默阿弥作品、また明治期に実説に基づいて作られた「毒婦もの」では、まごうかたなき「美しい悪女」が活躍する。だが、彼女らが下層の女であり、人殺しをしたりお家横領を企んだりする点から言って、ここでは除外しておきたい。私はむしろ江戸期の浄瑠璃や歌舞伎に現れる、意図せずして「罪」を犯してしまう女の系譜上に藤尾を捉えたいのだ。

「お家騒動もの」としての『ハムレット』

ところで、『虞美人草』における『ハムレット』の影も、従来指摘されている。甲野をハムレットと呼ぶのは小野の友人浅井だが（十七）、米田利昭は、

むしろ『虞美人草』の構想そのものが『ハムレット』である。『ハムレット』では父が死んで、母が再婚し、彼は継父と王位を争う。『虞美人草』では母は亡く、父が再婚してその父も死に、彼は継母と財産を争う。

と言う。甲野家の「お家騒動」がハムレットの物語を下敷きにしているとはっきり分かるのは、欽吾の書斎に彼の亡父の「半身画」が掛けられており、それを前にして彼と継母が、彼の家督を放棄したいという意向について話し合う場面である。細かい状況はもちろん違うが、これは『ハムレット』三幕四場、母ガートルードの居室を訪れたハムレットが、壁にかかった父と叔父、つまり先王ハムレットと現王クローディアスの肖像画を母に示しながら、父の威厳を讃え、その父を裏切った母をなじる場面にほぼ相当している。

そうすると、甲野の厭世的な哲学が「謎の女」（十）、「小刀細工の好《すき》な人間」（一）である継母への疑惑から発しているのが、ハムレットが母の「早すぎる再婚」と、亡父の幽霊から叔父の父王殺害の陰謀を聞かされたことを原因として生か死かの厭世哲学に取りつかれてゆくのに見合っているし、その甲野を密かに崇拝している宗近の妹糸子に、結婚などするなと説くくだりが、ハムレットとオフィーリアの関係に当たることになる。

親兄弟と云ふ解けぬ謎のある矢先に、妻と云ふ新しき謎を好んで貰ふのは、自分の財産の所置に窮してゐる上に、他人の金銭を預かると一般である。妻と云ふ新らしき謎を貰ふのみか、新らしき謎に、又新らしき謎を生ませて苦しむのは、預かつた金銭に利子が積んで、他人の所得をみづからと持ち扱ふ様なものであらう。……凡ての疑は身を捨てゝ、始めて解決が出来る。只如何《どう》身を捨てるかゞ問題である。死？　死とはあまりに無

能である（三）

「あなたは夫《それ》で結構だ。動くと変ります。動いてはいけない」

「動くと？」

「え丶、恋をすると変ります」

女は咽喉から飛び出しさうなものを、ぐつと嚥《の》み下《くだ》した。顔は真赤になる。

「嫁に行くと変ります」

女は俯向《うつむ》いた。

「夫で結構だ。嫁に行くのは勿体ない」

可愛らしい二重瞼がつゞけ様に二三度またたいた。結んだ口元をちよろ〳〵と雨竜《あまりよう》の影が渡る。鷺草とも菫とも片付かぬ花は依然として春を乏《とも》しく咲いてゐる。（十三）

あまりにあからさまな『ハムレット』の模倣である。こうした女性不信とない交ぜになった甲野の憂鬱がハムレットを下敷きにしていることは直ちに読み取れるし、女は結婚すると変わる、悪くなる、という考え方が、後年の『行人』に現れるものと近いということも夙《つと》に指摘されている。ハムレットは、母ガートルードの「不品行」に絶望し、ここから「女一般」への不信を育ててオフィーリアにつれなくする。

実は漱石は、『虞美人草』執筆当時のノートで、「Ham. ノ Ophelia ヲ愛スルハ Othello ノ Des.〔デズデモウナ=引用者注〕ヲ愛スルガ如クデアラウ。然シ Ham. ノハ他ノ duty ノ為ニ Ophelia ヲステルノデアル」と、書いている。ここで言う duty が何を意味するかは明らかだろう。ハムレットが、愛するオフィーリアすら欺くのは、彼が、父の亡霊の委託を受けて、その仇討ちを果たすべく策を練っているからだが、これは単に父の仇討ちであるのみならず、本来彼が継ぐべき王位の簒奪者であるクローディアスとの政争という意味を持っている。つまりオフィーリアを退けるとき、そこには「公=父から託された王位」のために「私=色恋の世界」を犠牲にしたという側面がある。

一見したところ藤尾を主人公にし、若い男女の恋愛を扱っているかに見える『虞美人草』は、背後に、準・公的な対立として、甲野の父の死後、甲野家の家督および財産を誰が継ぐか、という問題を抱えており、もし、公的な問題に関わる「勧善懲悪」をここに見出そうとするなら、正当な家督相続者である甲野欽吾と、簒奪をたくらむ継母と娘、という対立をもって、「お家騒動もの」じみたシチュエーションを想定することができる。『ハムレット』を、ロマン主義的な、ハムレットの厭世思想、狐疑逡巡を強調する読み方から離れ、説話論的に還元すれば、そこに現れるのは、やはり、紛れもなく「お家騒動」の一変種にほかならない。

ハムレット

『ハムレット』は、シェイクスピアの作としてまず挙げられる作品だが、初めて読んだ時は、めちゃくちゃじゃないか、と思うのが普通らしい。私もそう思い、だがほどなくその価値に気づいた。しかし、もともとは普通の復讐劇なのである。シェイクスピア以前に元「ハムレット」がある。ところが十九世紀のロマン主義の時代になって、ハムレットの、復讐すべきかどうか「迷う」心理が、ロマン主義的、近代的な心理として評価され、次第に古典名作になったのである。堤春恵の「仮名手本ハムレット」という戯曲があり、読売文学賞を受賞している。私は関西で上演を観たが、明治中期、『ハムレット』を上演しようとした守田勘弥が、歌舞伎役者たちがこの芝居を理解しないので、これは忠臣蔵なんだ、と言いだし、『ハムレット』と『忠臣蔵』の意外な共通点を指摘していくもので、面白かった。

芝居として見ると、あまりにオフィーリアがバカすぎるのと、ホレーショとレアティーズのキャラがかぶっているのが気になる芝居である。

「お家騒動」のなかの「悪女」

さてようやっと、話は円環を描いて「妖婦」へと帰ってゆくことになる。浄瑠璃・歌舞伎において、「お家騒動」は、もっとも重要なレパートリーをなしているし、そこには当然、水村が想定したであろうような、その容色によって主君や若君、つまり公の地位にある者をまどわし、国を傾ける「女」が登場するに相違ないからだ。

一例として、明治初期に活躍した女形八世岩井半四郎をめぐる記述を挙げてみる。

彼の伊達《かだて》に於ける高尾の如き、此の一婦の為に一国の君主終《つい》に国家を乱すに至る妻妾の役は、容貌万人に超過ぎねば人情うつらず、(関根只誠《しせい》)

明治の初期から次ぎの中期へ跨《また》つて、美人の妾から騒動の起る御家物《おいえもの》の脚本が多く演ぜられたは、半四郎が居たゝめだとさへ言はれて居る。(伊原青々園《せいせいえん》)

(半四郎は)遊女を得意として、ことにお家騒動のなかの傾国の美女つまりは殿様の妾、その容色によって人を狂わせ、国家を傾ける女を得意とした。(渡辺保)

これらの記述から彷彿するのは、まさにわれわれが藤尾の前身として捜し求めていた「傾国の美女」ではないか。むろん、甲野家の「若殿」たる欽吾は藤尾の兄であって、藤尾が「迷わす」のは、別の男、小野であるから、辻褄がしっかり合っているというわけにはいかない。それにしても「お家（騒動）もの」と『虞美人草』は、「美女」が、男の「正しい判断」（小野が小夜子を選ぶこと）を鈍らせ、前もって「公」が定めた婚姻と家督の継承（欽吾の家督相続）を危機に陥れる、という点において一致している。

「お家騒動もの」の脚本は、むろん、おびただしい数に昇るはずだし、そのすべてを参照するわけには行かない。それでも、実説としての「伊達騒動」「加賀騒動」などを題材として描かれた狂言台本の類に目を通せば、意外な事実に突き当たらざるをえない。いま挙げた、八世半四郎をめぐる記述から推測されるのとは逆に、その容色によって「お家騒動」を引き起こす妾も遊女も、大雑把に言って、そこでは「悪女」としては描かれていないのである。

新しいほうから見てゆこう。万延元年（一八六〇）初演、河竹黙阿弥（当時、新七）作『加賀見山《かがみやま》再《ごにちの》岩藤《いわふじ》』は、「加役」すなわち立役の演じる「悪女」岩藤を前面に押し立てた「加賀騒動もの」だが、ここで半四郎（当時粂三郎《くめさぶろう》）が演じたのが、加賀の大領の側室お柳《りゅう》の方であり、お柳の方は、情夫望月弾正を兄と称し、二人してお家横領を企てたとされている。「お家騒動もの」は、基本的に「国崩し」と称される奸臣を悪役とするから、ここでは弾正がそれに当たるわけだ。さて、ここでお柳の方の色に溺れる加賀の大領の前に忠臣花房求女《もとめ》が現れ、楊貴妃の額を示して厳しく諫言するのは、まさにお柳の方が、「妲己・楊貴妃」を参照軸とする「傾城傾国《けいせいけいこく》」であることを如実に物語っている。ところがのちにお柳の方は、実は忠臣長谷部帯刀《たてわき》の妹と分かり、前非を悔い、大領の身代わりとして夫弾正に討たれる。「前非を悔い」といっても、お柳の方が意図的に大領を迷わした、と確定できるに足る記述は、台本の彼女の台詞には見当たらない。

高尾太夫の系譜

さて、何といっても「お家騒動もの」の代表格であり、「傾城傾国」の代名詞とも言うべきは、「伊達騒動もの」と、そこに現れる高尾太夫であろう。これは十七世紀の実説としての伊達騒動を題材として、これにまつわる俗説、なかでも、当時吉原で全盛を誇った三浦屋の高尾太夫を伊達侯が身請けしたという話を織りまぜた浄瑠璃・歌舞伎の一ジャンルであり、十八世紀中頃から幾多の狂言が書かれた。ここでも、「傾城」高尾こそ、国を乱すもとである、という指弾が、忠臣のあいだから繰り返し発せられている。

傾城の高尾があるゆゑに、頼兼が身持ち放埒（『伊達競《だてくらべ》阿国戯場《おくにかぶき》』）

褒姒が笑に国家を傾け、貴妃が国色も馬嵬《ばかい》が駅に白骨を曝す（『全盛伊達曲輪入《ぜんせいだてのくるわいり》』）

そのほか、「お家騒動」を引き起こす女と、中国史に現れる傾城との類比は、たびたび持ち出される。

音に聞えしお柳の方、花の顔《かんばせ》、柳の眉、実《げ》に嬋妍《せんけん》たる楊家の娘、玄宗現《うつつ》を抜かしたも道理。（『梅柳若葉加賀染《うめやなぎわかばのかがぞめ》』）

当時の妲己さ。（同）

不敵の女め、北州の千年、咸陽宮も亡ぶる時節。（『けいせい睦玉川《むつのたまがわ》』）

しかし驚くべきは、これほどの憎悪と嫌忌を忠臣たちの間に引き起こしている傾城、ことに高尾太夫が、どの狂言台本を見ても、「悪女」としては描かれていないことである。むろん歌舞伎台本のこととて多種多様な趣向がない交ぜになっていて、あるいは『阿国戯場』におけるように、高尾を除かねばお家の安泰はありえない、と考えた忠臣絹川谷蔵によって高尾は惨殺され、あるいは当の殿様がつれなくされた意趣返しに高尾を斬り、恨みを呑んで死んだ高尾は怨霊となってその妹累《かさね》に祟るという「累もの」へと発展したりするが、少なくとも生き身の高尾が、われからの思惑で主君を迷わす「悪女」として描かれることは、少なくとも江戸期の文藝としての歌舞伎にはない。浄瑠璃の『伽羅先代萩《めいぼくせんだいはぎ》』に至っては、主君義綱が高尾の色に迷うのが、彼女の本意ではないことが明瞭に示されている。

精神の悪、肉体の悪

これをもって見れば、女が「男を迷わした」結果、その男が重要な地位を占める人物であったために公的な秩序に亀裂が走った場合、女はそれを自らの「罪」とすべき責任主体たりうるか、という問いが発せられざるをえまい。

たとえば『伽羅先代萩』の高尾太夫は、朧気ながら「身の罪」を自覚しており、

殿様をお主《しゅう》とは私もよふ知てゐる。逢染《あいそめ》てから二三度は御異見もしたけれど。つい其内にいとしうなり。一日お顔を見ぬ時は私は。人の心もなふ。お主も家来も打忘れ。夜毎〳〵に添ぶしのあかぬ別れのあかつきに。去《い》のふとあるを引とめて。つい夫《それ》なりに居続《いっづけ》が。こうじ〳〵てお身の仇皆。私からの事なれば。いつそ身を投死《なげしの》ふにも。おなかにやどした此やゝは。私が子でもお主様。死《しぬ》るにも死なれぬ身。どふぞ夫まで堪忍して。お

傍に置て下さんせ。

と、お家の危機の発端となったわが娘を涙ながらに責める母親に向かってかき口説く。『先代萩』の場合、高尾はあくまで罪の責任を問われぬままに逃げおおせるが、忠臣たちの間では、高尾の「罪」を責める声はかしがましい。さて、『伊達競阿国戯場』で、絹川谷蔵に殺される際の高尾の恨み言を見ることにしよう。

谷蔵　いま手にかけるは国家の為。いとしいと思はつしやる頼兼公のお為だ程に、潔よう成仏して下され、高尾どの。

高尾　イヤ〳〵、なんの浮かまう。成仏せう。いとしいと思ふ頼兼さま、お側に居たい添ひたいと、思ふ願ひも今日叶ひ、身請けせられて嬉しやと、思ふ間もなう此やうに、何ゆゑわしを殺すのぢや。エ、恨めしいわいなう。人に恨みがあるものか、無いものか、生き替り死に替り、恨みを云はいで置かうか。

『先代萩』の高尾に比べると、この高尾はずいぶん聞き分けがない。もちろん浄瑠璃・歌舞伎の台本であるから、上演時の自由な改定によって人物像のニュアンスは微妙に違ってくるだろう。

しかし留意すべきなのは、この「聞き分けのない」高尾にしてなお、近代の人間であれば「精神」と呼ぶであろう領域に「悪」が宿っている、とは見なされていない点である。一方でどれほど激しく高尾という「傾城」が、国家を乱す根源として罵倒されていようとも、「お家騒動」における「悪」は、国崩しである奸臣――仁木弾正《にっきだんじょう》のごとき――こそが代表しているのだ。これに対し、高尾が非難される場合、彼女は責任主体を伴った「悪」としてではなく、高尾の意思とはひとまず無関係に、その「肉体」に否応なく備わった「美」のゆえに弾劾されるのである。これが、仏教的な「業《ごう》」と呼ばれるものであることは言うまでもない。それは、中世以来の日本文学に、高僧を堕落させる女のような形を取ってたびたび現れる。

しかしこうした仏教的な文脈における「女の業」は、「勧善懲悪」の文学における「悪」とは、明らかに異なっている。「お家騒動もの」で「悪」を形成するのも、そして馬琴の作品で「悪」として名指されるのも、基本的には、「精神」内部に悪だくみを蔵し、善人たちを苦しめる連中なのだから。

すでに述べたとおり、多種多様な書き換えを持つ伊達騒動ものの狂言のなかで、高尾の描写もやはり一様ではなく、なかには明らかに女の武器としてのコケットリーを用いて殿様を狂わせてしまう高尾もある。それは高尾が遊女として職業的に身につけた手管であると言ってしまえば簡単だが、このときすでに彼女は廓という特殊空間を離れ、特殊なルールの支配の外に出て、まったく別の論理によって裁断される事になるわけだ。それでもなおかつ、歌舞伎の女形が演じる高尾は、女形の原則にしたがって、「罪」を構成しているとしても、「悪」ではない。むしろ、「男を迷わす」という行動にあって、「女の意思＝精神」は不問に付されており、彼女のコケットリーは、ひとえに、精神を包括した身体から発したものと考えられているために、これを「悪」と呼ぶことができない、と考えるべきだろう。谷蔵に殺される高尾が、存在としては「公」の秩序を乱す悪でありながら、その精神（と仮に呼ぶならば）においては悪ではない、という論理は、こう考えることによってしか理解できない。

「女の美」という空白地帯

女形を論ずる際にしばしば引き合いに出される『あやめぐさ』の記述、

女形はけいせいさへよくすれば、外の事は皆致《いたし》やすし。……男の身にて傾城のあどめもなく、ぼんじやりとしたる事は、よく〳〵の心がけなくてはならず。

というのも、この文脈で捉えるなら、意外な含蓄を持っているはずだ。もちろんここで「傾城」と言っているのは一般的に遊女のことであって、われわれが問題にしている「傾国の美女」でないが、両者は重なっていると考えて差し支えない。芳沢あやめはここで、「女形」の神髄は傾城であり、それは「ぼんじゃりと、あどめもなく」演じられねばならない、と言っているのだが、これは鈴木忠志に言わせれば、女の「内面」ではなく「立居振舞を生きてみ」る「からだの作業」だということになる。

つまり女形は女の精神を模倣するのではなく、「肉体に支配された精神」であり、「罪」を構成してはいてもその責任主体となりえない女の身体を模倣せねばならない、ということだ。さらに、「男の身にて」という一節は、「男」にとって、行為の責任主体となりえないような精神の有りよう、すなわち女形として「女の身体」を身につけることは、女よりも困難である、あるいは男の「本質」にそぐわぬことだとする想定すら、ここから窺い知ることができる。

しかし、もし、「善」と「悪」のどちらにも属さず、身体だけが「罪」を担うような女の存在を許さず、「男を迷わした」ことの結果責任を女に問うたならばどうなるか。この問いは、下手をすると、女に「主体」を与え、女を男並みに扱う結果を生む、パンドラの箱になるであろう。このパンドラの箱を開けてしまったのが、「勧善懲悪」の作家、曲亭馬琴である。

その美しさのゆえに男を殺し、国を滅ぼした傾国の美女、玉梓は、明らかに高尾太夫の系譜に属しているし、高尾がそうであるように、忠臣によってその存在の「罪」を負って斬首されてしまう。しかし、玉梓が高尾と違うのは、「女形の論理」から離れ、中国文学において政治の当否を判断する原理であった「勧善懲悪」を持ち込んだ読本の中で、彼女が、高尾のように「悪女ではないが国のためにならない女」ではなく、「悪女」として死なねばならなかった、この一点にかかっている。

妲己が殷の紂王を堕落させた寵姫であるという歴史記述とは一応別に、『封神演義』の妲己は、道教的な妖怪の化身として、殷王朝を滅ぼすために送り込まれているので、これはあまり参考にはならない。これと事情は変わって、玉梓はまぎれもない人間の女であり、『八犬伝』の始めのほうのエピソードで、この女の行為、つまり色をもって男を迷わしたという行為が罪に当たるか否かは、ほとんどこの作品の主調音を決定するほどの重みを負わされて議論の的となる。

実は『封神演義』の妲己も、太公望に向かって、自分に罪はない、と抗弁するのだが、これは明らかに詭弁として描かれている。しかし、玉梓の容色に迷った神余光弘、山下定包が相次いで滅びたあと、里見義実の前に引き据えられた玉梓は、高尾太夫が谷蔵に恨み言を述べるように、この世界で「主体」を与えられておらず、自分の「主人」となった男の恣意のままに生きねばならない「女」が、「罪」を負わねばならない道理はない、と主張するのだ。まさにこのとき、莞然《にっこ》と咲《えみ》つゝ向上《みあげ》たる、顔はさながら海棠の、雨を帯《おび》たる風情にて、匂ひこぼるゝ黒髪は、肩に掛るも妖嬌《たおやか》に、春柳《はるのやなぎ》の糸垂て、人を招くに彷彿《さもに》たり。（『八犬伝』第六回）

と、「美文」が玉梓を彩る。そして里見義実は、「女形の論理」つまり女に責任主体はない、という立場から「女子《おなご》なれば助《たすく》るとも、賞罰の方《みち》立ざるにはあらじ」と、助命を口にする。ここでいう「賞罰」こそ、「勧善懲悪」に当たるといっていいだろう。義実は、女の色香が引き起こした「悪」は、「勧善懲悪」という規定の外部にあると考えているわけだ。しかし、傍らに控える神余家の旧臣金碗八郎《かなまりはちろう》は、玉梓を「賊婦」と呼んで義実の提言を退け、玉梓に死を宣告する。

私はこれについて、「〈女であること〉をもって玉梓免責の理由とすることを認めなかった八郎こそが、玉梓の最初の、フェミニスト的な訴えに正当に答えているのだ」（『八犬伝綺想』）と書いたことがあるが、玉梓の最初の訴え云々はともかく、もし、男を迷わした結果の責任は女が取るべきだ、という主張が「フェミニスト的」と呼びうるなら、八郎は、というより馬琴は、ここで玉梓を「賊婦」と呼んだことによって、「色香を持って男を迷わすこと」が、単に肉体的な「罪」であるのみならず、女の「精神」を基準として測りうる「悪」だと宣言したことになる。

ついでに言っておけば、「藤尾」という、漱石作品の他の女性登場人物とはかなり趣の異なったこの命名は、彼女が「高尾」の末裔であることをはっきり示しているのではないだろうか。ここにも、「文学的記憶」が反映しているのだ。

ところでここに、その「文学的記憶」をめぐって、クリアしておかねばならない問題がある。私はいま、浄瑠璃や歌舞伎の世界を例証として用いているが、「お家騒動もの」は、広い意味での「時代狂言」に属している。言い換えれば、それは「公的な世界」である。ここでは、『坊つちやん』の原型であった公平《きんぴら》浄瑠璃が時代ものの先蹤をなしており、「善と悪」が「男と男のあいだ」だけで成り立つものであったのと等しく、「傾城傾国」は、善でも悪でもないものとして、なにか魔性のもののような扱いを受けているのだ。

漱石という人の倫理性が、極めて公的な性格を帯びたものであったことは認めねばならない。しかし、その「公」なるものが、時代小説の書き手であったわけでもなく、一見したところ英国近代小説を参考にしているかに見える市民生活を描いた作家である漱石にとって何であったか、と言えば、これを的確に指摘したのが、水村美苗の「男と男」と「男と女」の世界、というタームである。「お家騒動もの」において「公」であった「お家」は、漱石の、『虞美人草』のみならず『それから』や『こゝろ』のような作品でも、「男と男」の関係に置き換えられていると言っても過言ではない。そして、漱石作品を分かりにくいものにしているのは、「時代＝男と男の世界」の倫理が、「世話＝男と女の世界」のなかで働いているという点なのだ。漱石作品は、浄瑠璃で言えば「時代世話」である。ただ、浄瑠璃の時代世話はあくまで「時代」という世界のなかに「世話」がはめ込まれて、全体を統御する論理は「時代」のものであるのに、漱石では「世話」ものの作者が「時代」の論理と倫理でものを考えている。

漱石が「近代化した馬琴」と呼ばれた、というのは、この文脈においても、ある意味で正しかった、と言うべきだろう。『南総里見八犬伝』は、その前半において「男と女」の世界を、その世界への嫌悪とともに描きだし、後半において「男と男」の世界をユートピアとして想像力のなかに打ち立てた読本だからだ。

こうした「男と男」の世界については後の章で詳しく論じることにするが、「紂王と妲己」「伊達侯と高尾」「安房の旧領主と玉梓」といった、女が色香によって男を堕落させた物語と、『虞美人草』を、第一に隔てているのは、藤尾の容色のために「男と男」の約束を変改しかけている小野が、一市民に過ぎないという点にある。高尾の存在が罪として数えられうるのは、彼女がその美しさで迷わせた男が為政者だからであって、小野清三とは比較にならない。もし『虞美人草』を、もう少し説得力のある物語にしたいなら、試みに、甲野、小野、宗近、井上といった家族たちを、ヨーロッパのどこかの小国の王家に置き換えてみれば、陰謀だの策略だのといった大仰な用語が、ぐんとリアリティーを増すだろうし、藤尾とその母の行為も、甲野の憂鬱も、その亡夫の意向も、宗近の行為も、そして藤尾の死も、その政治的な背景の力を借りて、極めて自然に語られうるはずだ。

西洋文学と『虞美人草』

『虞美人草』は、英国近代の小説家で漱石自身が親炙《しんしゃ》していたジョージ・メレディスの『エゴイスト』を下敷きにしている、ということが言われるが、実際には、『エゴイスト』と『虞美人草』は、「エゴイスト（我の人）」というアイディアと、それが若い市民階級の男女の結婚問題を扱っている、という点が共通しているだけのことで、本質的には似ても似つかぬ作品に仕上がっている。メレディスが「エゴイスト」の語でもって示したのは、「男」の登場人物であるウィロビー・パタンであって、しかもそこでは、男性支配社会における女の地位の弱さ、という問題に焦点が当てられている。似ても似つかぬ、というより、逆だ、と言うべきだろう。西洋の近代小説では当たり前のことだが、そこで恋愛結婚が描かれる場合、男がまず女性に貞節を誓って女がこれを受け入れる。だから『エゴイスト』でも、ウィロビーに求婚されたクララが「このひとでいいのかしら」と、男の誠実を疑って延々悩むのである。だが、漱石の小説は『虞美人草』以来、「この女でいいんだろうか」と男が悩む。この点、重要だが、後で論じることにしよう。

高尾がその色香をもって伊達侯を迷わし、公の秩序を乱しても、高尾は公の秩序の「外部」に属し、存在が悪であっても彼女自身は悪ではない。これが、「ぼんじゃりとして、あどめもな」くあるべきとされた女形の論理だ。しかし、「近代」は、女の身体に備わった美が、女の意思と無関係に男を堕落させてしまう、という想定を、基本的に認めない。「肉体の美」は、そこでは、精神の支配に属するはずのもので、精神に悪が宿っていないのに、肉体が悪をなしてしまう、ということはありえない。それでも、問題がただ「美」だけであるならばまだ良かろう。しかし、女の振る舞い＝行為としてのコケットリーが、精神と無関係に立ち現れてしまうものだなどということは、女が「人間」である以上、近代は、これを認めることができない。

此女は迷へとのみ黒い眸を動かす。迷はぬものは凡て此女の敵《かたき》である。迷ふて、苦しんで、狂ふて、躍る時、始めて女の御意は目出度い。欄干に繊《ほそ》い手を出してわんと云へといふ。わんと云へば又わんと云へと云ふ。犬は続け様にわんと云ふ。女は片頬《かたほ》に笑を含む。犬はわんと云ひ、わんと云ひながら右へ左へ走る。女は黙つてゐる。犬は尾を逆《さかしま》にして狂ふ。女は益《ます〳〵》得意である。——藤尾の解釈した愛は是である。（略）藤尾は男を弄ぶ。一毫も男から弄ばるゝ事を許さぬ。藤尾は愛の女王である。（十二）

ここに人々は、漱石の「我執」をしりぞける倫理観の現れを見て取るかもしれないし、逆に、嫌でも応でも、藤尾をどぎつい我欲の固まりとして描きだしてやまぬ語り手の悪意に辟易するかもしれない。しかしここで語り手＝漱石が行おうとしているのは、伊達侯を迷わした「罪」で死なねばならなかった高尾の「色香」を、高尾の「主体」に所属させることによって、近代的文脈のなかで「女の悪」に裏付けを与えようとする試みなのである。

「男を迷わす」のは罪か？

たとえば明治二十一年初演の、三世河竹新七作『籠釣瓶花街酔醒《かごつるべさとのえいざめ》』においては、田舎者佐野次郎左衛門が、「迷わされた」怨みを晴らすために花魁《おいらん》八ツ橋を殺害するが、この八ツ橋が、花魁道中で初めて次郎左衛門に出会ったとき、現在の演出では、八ツ橋は「笑う」。渡辺保は、この「笑う」演出を初めて行ったのが六代目中村歌右衛門であったこと、しかし本来「女形」は、主体性なく「笑む」ことはあっても、なんらかの対象を目当てにして主体的に「笑う」ものでないことを手掛かりにして、当時の歌右衛門が、自らの近代的な自我をもって舞台の主役たろうとした経緯を犀利に分析した。

『虞美人草』の語り手が、藤尾に対して行おうとしたことは、やはり、傾城の色香に、「主体」を与えることだったのではないのか。なるほど、八ツ橋の「笑う」演出は、九代目中村福助にも受け継がれているが、一見して異様な印象であるのは免れない。「女形の論理」に従うならば、八ツ橋は、「笑み」はしても、「笑う」べきではないだろう。八ツ橋が殺されるのは、もちろん、「勧善懲悪」ではない。けれども、「笑み＝媚態」が引き起こす男、つまり佐野次郎左衛門の迷いは、女の「身体」の「業《ごう》＝罪」ではあっても、「悪」

ではないのに対し、「笑い」は、対象を見据えた主体的行為の側に近づき、「悪」である八ツ橋が主体的に次郎左衛門を迷わし、その報いとして殺される、という勧善懲悪的な解釈を許しかねないからだ。

夏目漱石は、「女の色香が男を迷わす」問題に、終生とらわれ続けた。ここで注意をうながしたいのは、漱石は、その作家としての経歴において、少なくとも二度、女の「内面」に入り込もうとした、ということだ。言うまでもなく、それは『虞美人草』と『明暗』において、である。他の諸作品、『坊っちゃん』『三四郎』『それから』『彼岸過迄』『行人』『こゝろ』などにおいて、そこに登場するヒロインたちは、これまで、ある種の捉えどころのなさによって批評家を悩ましてきたし、おおよそはこれを、漱石の「女を描く」技量の不足に帰してきたように思われる。

同じことが、『ハムレット』に対する批評でも起こっている。T・S・エリオットは、ハムレットの母ガートルードが、ハムレットの苦悩に対する「客観的相関物」たりえていない、として作品そのものを批判したのだが（のちに撤回）、エリオットの感じた不満は良く分かる。「お家騒動もの」としての『ハムレット』では、ハムレット、その父の亡霊、クローディアス、ポローニアスなどが、王の座という公的なものを巡って権力闘争を繰り広げているのだが、その渦中にあるのみならず、事件の核心となっているはずのガートルードも、また王と父によって、ハムレットの本心を聞き出す策略の手段にされるオフィーリアも、自分の色香が、「男と男」の世界に投げかけた波紋について、そしてそれが果たしている機能について、白痴的とも言えるほどに無自覚なのだ。

オフィーリアやガートルードが、当時少年俳優によって演じられたという事情は別としても、これこそ、「ぼんじゃりとして、あどめもない」女形の論理に則って造形されたもの、と考えたらどうだろう。ガートルードがなぜ前王ハムレットを裏切ったのか、という問題を、『ハムレット』のテクストに沿って考えれば、先に引いた『伽羅先代萩』の高尾の台詞と符節を合わせるかのように、「クローディアスの魅力に引かれてしまった」としか答えは出てこない。まるで、それが彼女の肉体の罪であるかのように。「善と悪」は、「男」の世界にのみ適用されうる原理であるかのように。

男を秤にかける女

『坊つちやん』のマドンナにおいて生じた亀裂が、藤尾においてより拡大されているのだ。男が女に魅かれて道を誤ったとき、それは女の「罪」なのだろうか。『それから』や『こゝろ』を読んで、誰もが少しは引っ掛かるのは、代助—三千代—平岡、先生—静—Kの三角関係が、まるで女に何の主体もないかのように描かれている点だろう。『坊つちやん』や『三四郎』も、女が一人の男を捨てて別の男を選ぶ、という物語を含んでいる点で同じ構造を持っている。

それの何がいけないのか、というのは「正論」だろう。
男を秤にかけるというのは、子供を産み育てる女がメスの本能として持っている動物的な性質なのである。このことの故に、恋愛至上主義というのは、女性の場合、その本質には無いものである。

と三枝和子は言う。これは、ほぼ正しい。だが一人だけ、男を秤にかけない女というのがいて、それが「母」なのである。もちろん、子を愛さない母というものはある。だが、文化のなかに組み込まれた想像界のなかの母が、機能として持っているのは、「子供を秤にかけない」というものなのだ。それはおそらく個々の男に濃淡はあるとしても、どの男も心の底で「あなたは真っ直でよい御気性だ」と褒めてくれる女を求めているから、秤にかける女に出会ってしまうと、衝撃を受けるのである。しかもたちの悪いことに、秤にかける女の現実主義は、大勢順応主義や拝金主義に見えるから、将来有望に見える男を選ぶ女は道義的に間違っているようにすら思えてきて、男の「強者のルサンチマン」はいや増しに増してゆく。では、女は〈母〉を必要としていないのか。

女だって——女にとっても、子宮外の世界は安楽ではないのだから——母の子宮に戻りたいと思うかもしれないが、しかし女は、彼女の子ども、とりわけ男の子にとってのみならず、夫にとって、恋人にとって、情人にとっての子宮であらねばならない。（アンドレア・ドウォーキン）

漱石は『虞美人草』で、語り手を「悪女」藤尾の内面に入り込ませることによって、「子宮」の役割を引き受けようとしない女一般に対するこのルサンチマンを放出しようとした。だが、「なんたる悪女でありましょう」という弁士の叫びがうるさいばかり、藤尾はどうにも悪女に見えなかったのである。そしてこれからあと、漱石は女の内面に入り込まないような「語り」を、『明暗』に至るまで採用しつづけることになる。そして、『虞美人草』の後で書かれた『三四郎』では、「女が男を迷わす」のは、「無意識」に行う「悪」だという「アンコンシャス・ヒポクリシー」の説が持ち出されることになる。『虞美人草』から後、漱石の女嫌いは作品の表層から消え去り、時に氷山の一角のように姿を現すだけになっていくのである。

参考文献

平岡敏夫「『虞美人草』論」（『集成』3）。
水村美苗「『男と男』と『男と女』――夏目漱石『虞美人草』」片岡豊編『日本文学研究論文集成

夏目漱石2』若草書房、一九九八。

磯田光一「『虞美人草』の文脈」(『集成』3)。

麻生磯次『江戸文学と中国文学』三省堂、一九四六。

米田利昭「母を打つ――『虞美人草』」(『集成』3)。

伊原敏郎(青々園)『明治演劇史』復刻版、鳳出版、一九七五。

渡辺保『女形の運命』筑摩叢書、一九九一。

鈴木忠志『演出家の発想』太田出版、一九九四。

アンドレア・ドウォーキン『インターコース――性的行為の政治学』寺沢みづほ訳、青土社、一九八九。

第三章　女性嫌悪のなかの「恋愛」――『三四郎』

『三四郎』のわからなさ

『三四郎』は何だかへんてこりんだ。「青春小説」と言われてもピンと来ない。「恋愛小説」と言われたらなおさらピンと来ない。小川三四郎は熊本の高等学校を卒業して東京の帝国大学に入学した二十三歳の青年である。だから三四郎に、十八、九の若者を想像してしまうと、さすがにこの年頃の知力の発達は急激だから、それで少なからぬ違和感を覚えるのかもしれない。一般には、三四郎は女性に対しても鈍感で、初めて見た都会人士の社会に戸惑いを覚えるウブな青年とされているが、どうも彼には、十八歳の青年らしい無邪気なところと、二十三歳の青年らしい知力が入り交じっているような気がしてならない。いや、知力というより、警戒心と言うべきだろうか。

『三四郎』の記述は全体に謎めいていて、読者はどうしても物語を自分なりに組み立て直したいという誘惑に駆られる。つまり、『こゝろ』にもそうした一面があるのだが、『三四郎』は、謎解きをせずに読者に投げかけられた推理小説と言った趣が漂っている。物語は基本的に、三四郎が里見美禰子《みねこ》という「オラプチユアス」（四）で勝気で教育もあり男を手玉に取るような謎めいた女性に出会い、恋をするのだが、美禰子はさんざん三四郎を翻弄した挙げ句、三四郎のよく知らない銀行員と結婚してしまうという筋を持っている。だが、なぜ美禰子は三四郎を翻弄し、ほとんど色情狂とも見えかねない素振りを示すのか。

必ずしも正確にその「解釈史」を要約することはできないが、小宮豊隆以来の、美禰子は本当は三四郎を愛していた、という素朴な解釈がまずあり、ひと頃は、美禰子が愛していたのは実は理学士野々宮宗八で、しかし結局野々宮の愛を得られなかった美禰子は、絶望から、俗物の銀行員と結婚してしまった、という解釈が盛んに提出されていた。もっともそうなると、では美禰子にとって三四郎とは何だったのか、というのが自然にわき起こる疑問だが、これについては、「ウブな青年を巻きぞえに、自分をかまいつけない野々宮さんへ挑発」を考えていた（中山和子）とか、「夢想家」美禰子が、現実と折りあいをつけて夢想と訣別すべきときに当たって、「夢想を抑制する必要に迫られたことのない幸福な青年」三四郎との交遊に安堵を覚えていた（江種満子）といったさまざまな解釈があるが、畢竟《ひっきょう》は、小森陽一の、「女が一人では生きていけない」当時の現実のなかで、野々宮も三四郎も、美禰子の立場を理解することができなかった、という穏当な解釈に落ち着いてゆくのだろう。

だが、「理解できない」というのは、彼らの知力の問題ではないはずだ。野々宮はいざ知らず、三四郎は明らかに、美禰子の立場を理解できないのではなく、理解したいと思っていないのである。ついに作中で姿を現すことのない美禰子の兄、里見恭助が近々結婚を考えているとすれば、小森が言うように、「小姑」の惨めさを避けるためには美禰子は誰であろうと男を見つけて結婚しなければならない。だが、三四郎、野々宮、そして広田先生に至るまで、ここに出てくる男たちが繰り広げる女性談義や結婚談義が主調低音として響かせているのは、

「形式丈は親切に適つてゐる。然し親切自身が目的でない」（七）

ような女と結婚するのは、御免こうむるという、ただ一事なのである。

石原千秋は、『三四郎』を、恋のテクニックを知らず、具体的に女性をも知らない三四郎が美禰子によって感情教育されていく小説であるとして、みんなで三四郎を笑ってあげるべきだ、と発言している。三四郎のナイーヴさというのは従来から指摘されてはいるのだが、これも、良く考えると、与次郎、野々宮、広田先生、原口など、三四郎の周辺に出没する男たちが、決して「恋のテクニック」を心得た人物とは思えず、何のことはない、美禰子のような女にはかかわり合わないのが賢明だという程度の消極的な認識・女性観を共有、交換しあっているだけなのだから、どうも納得しかねる。むしろ三四郎は、ドン・ファンからは程遠く、かといってドン・キホーテにもなれない男なのであり、笑われる対

象としての徹底的な愚鈍ささえ備えていない、中途半端な女性への憧れと嫌悪のなかにたゆたう青年なのであり、それが『三四郎』の分かりにくさなのではないか。

要するに、『三四郎』は、さまざまな解釈の変数を含んでいて、あちらを動かせばこちらがずれる、という厄介な構造を持っているのだ。読者が三四郎に同情しようと思えば美禰子を見失い、三四郎を笑おうと思えば、美禰子を「落ち付いて居て、乱暴だ」（六）とか、「全く西洋流だ」（七）とかいった男たちの言葉の行き交う世界に吸収されてしまい、やはり美禰子を見失う。

「女性嫌悪」のイニシエーション

そして、『三四郎』が、あるいは小川三四郎が「妙」なのは、まさにそれらが、石原が規定するような「感情教育」小説から逸脱してゆく性質を持っているからなのである。たとえば、三四郎が「田舎」から「都会」に出てきて、都会の女性に魅かれるのだが、遂には幻滅あるいは失恋という結果を見る、といったプロットは、ヘンリー・ジェイムズが、田舎であるアメリカと都会であるヨーロッパを対比させる国際状況もの小説で繰り返し描いたものだ。しかし、その典型的な例である『使者たち』では、恋する女性の意外な一面を見てしまったナイーヴな主人公ヴァレンティン・ストラッサーが、幻滅し、失望し、女性への憧れが不信と恐怖に変わってゆくのは、当然のことながら、物語の結末においてである。だが、小川三四郎が「女は恐ろしい」という観念を抱くのは、冒頭で、東京へ来る汽車のなかで出会った職工の妻から奇怪なあしらいを受けたときのことであり、美禰子との出会い以前のことだ。

「女は恐ろしいものだよ」と与次郎が云つた。
「恐ろしいものだ、僕も知つてゐる」と三四郎も云つた。(六)

広田先生をめぐる集まりのなかでも、女の怖さはたびたび話題になっている。しかしこれは、三四郎を中心として考えたとき、余りに早すぎる認識ではないのか。ここでは結論が先取りされていて、あたかも倒叙形式の推理小説のように、「女は怖い」という「犯人」が始めに示され、後はただその証拠集めをしているに過ぎないのである。物語のなかで三四郎は、広田先生の結婚拒否をハムレットの女性嫌悪と結び付け、美禰子をオフィーリアと結び付けている。ハムレットの女性嫌悪もやはり「早まった」ものだが、それにしても母ガートルードの早すぎる再婚という根拠を持っているし、オフィーリアとの、恐らく肉体関係を含んだ恋愛が開幕前、あるいは亡霊との出会い以後にあったことを予測させる。だが三四郎は、美禰子に恋するとほぼ同時に彼女を警戒しているのである。美禰子の誘惑めいた振る舞いに三四郎が応じないのは、鈍いからではなく、「女」に対する余りに早すぎる警戒のゆえなのではないのか。

ふつうは、恋をし、過剰に相手の女性を理想化し、その期待を裏切られ、あるいは手順を誤って、そのなかで恋のテクニックとやらを身につけ、次第に女性観も変化してゆく、というものだろう。だが三四郎は、女に関する耳年増なのであり、彼より年上の、あるいは経験豊富な男たちの共同体が取り交わす「女に気をつけろ」という女性嫌悪的言説のただなかに性急に参入してゆくのである。そしてこれこそ、女性嫌悪の構造なのだ。

先に引いた、与次郎と三四郎の会話には、次のような続きがある。

すると与次郎が大きな声で笑ひ出した。静かな夜の中で大変高く聞える。

「知りもしない癖に。知りもしない癖に」

三四郎は憮然としてゐた。

いかにも若者のあいだで取り交わされそうな会話だが、与次郎はここで、男たちの共同体を代表して、三四郎にイニシエーションを行っていると言っていいだろう。三四郎は、「女は怖い」という与次郎の言葉を繰り返しただけなのだが、与次郎はこれをあざ笑う。恐らくここには、三四郎が童貞だという含意が込められているはずだが、与次郎がそうした差異を暗に指摘して自分の優越を誇示するにもかかわらず、与次郎が発する言葉も三四郎が発する言葉も、「女は怖い」という陳腐なものに過ぎず、三四郎は始めから結論を与えられ、その結論を確認すべく「男」として生きていくように要請されているのである。

飯田祐子は、「『三四郎』の語り手は、〈謎〉ではないものをわざわざ〈謎〉として語って」おり、そこには語り手のみならず三四郎自身の〈謎〉を生み出そうとする欲望が語られている、と言っている。たとえばオセロウはデズデモウナと結婚するやいなや、ブラバンショーやイアゴーの語る「女は信用できない」という言説のシステムの強い吸引にさらされ、デズデモウナという個別の女性から彼独自の経験に基づいた「女性恐怖」を引き出すのではなく、この男たちの共同体が前もってお膳立てしておいた出来合いの女にまつわる言葉をくり返すようになるが、三四郎やその語り手の言説の構造もこれと軌を一にしている。つまり、「美禰子の謎」にあまりに焦点を合わせすぎると、男社会が新参者のために誂えておいた「女一般に関する結論」のレディメイド性が見えなくなってしまうということである。

「心底を試す」という思想

柳田国男は、日本の農村には、若者に「恋愛技術」を教えるイニシエーションのシステムがあったのだが、近代化のなかでこれが衰退していった、と述べている。もっとも、柳田が「恋愛技術」と呼ぶのは、性的なそれのことを指しているのだろうし、美禰子のような、自分の預金通帳を持つ自由な女相手の恋のテクニックなどというものがそこで教えられていたとは思えない。むしろ、日本の文化的伝統のなかでは、恋のテクニックまがいのものが発達したのは、遊廓においてである。だがそのテクニックを身につけていたのは、もっぱら、それが恋であるかのように客に思わせる女郎の側であり、そもそも遊びの相手と定められた女郎のもとへ通ってくる客の側には、あるコードに定められた振る舞いが要請されているだけである。しかも決定的なのは、女郎は始めから疑似恋愛の対象として静的なカテゴリーのなかに収まっているのに対し、美禰子のような素人女性の場合では、そもそも彼女が、「恋愛の対象」であるのかないのかという、男の側から見た彼女の所属カテゴリーを定めることがテクニックの重要な一部になってくるということだ。つまり三四郎を悩ませたのは、彼の前に現れる女を、「恋愛の対象」として見ていいのかどうかというカテゴリーの問題だったのである。

しかし、歴史的慣習を再構成してこれとの関わりで『三四郎』を読むのは差し控えたい。ここで問題なのは、「恋愛小説」『三四郎』が、ある慣習的思考のなかで独特の変形を被《こうむ》っているということのほうなのだ。つまり、なぜ『三四郎』には、主人公による恋の対象の過剰な美化という過程が抜けているのか、なぜ彼の「恋愛」は、女性嫌悪と同時に始められなければならないのか、ということである。

再び、文学的記憶を辿ってみたい。「星野屋《ほしのや》」という落語がある。これは、星野屋という大店《おおだな》の旦那が、お花という お囲い者に、自分は身代限り（破産）をしたので吾妻橋から身を投げて死のうと思う、と話し、それなら一緒に死ぬ、とお花が心中を申し出るのだが、旦那だけ先に飛び込ませてお花はついに飛び込めない。ところがこれは、お花を正妻に据えるためにその「心底《しんてい》を試」そうとした星野屋の狂言だったのである。噺のサゲは元禄十一年（一六九八）刊の笑話本『初音草《はつねぐさ》噺大鑑《はなしおおかがみ》』に依っているのだが、この際サゲはあまり関係ない。問題は「心底を試す」という思想がここに見られることであり、女に「誠」が見えなければ妻にするわけには行かない、という発想なのである。すなわち、ここでは、女は信用できないもの、という前提があって、女がこの前提を裏切って「誠」を示したときに、初めて「恋愛」が成立する。その意味で、この男女関係は、皮肉なことにお花の側がイニシアティヴを握っていることになってしまう。

江戸文藝には、こういうモティーフは頻繁に現れる。一例を挙げれば、江島其磧《えじまきせき》のいわゆる八文字屋本のひとつ『けいせい色三味線《いろじゃみせん》』（元禄十四年（一七〇一））の「女郎の心中をついて見る鐘木町《しゅもくまち》」がある。ここでは、伏見撞木町の色里を舞台に、千歳という女郎に馴染んだ、つまり「間夫《まぶ》」になった丹波橋の二三《にそう》という大尽が、ある日、

まだ秋ながら素紙子《すがみこ》を着て、深編笠に竹杖、たよりなき風情して

女郎屋の門口に立つ。これを見つけた千歳が「今のは慥《たしか》に二三さまなり」と追いすがると、二三は、茶屋遊びが過ぎて身代をつぶした、越後の伯父を頼ってゆくから自分のことは忘れてくれ、と言う。千歳は、

縦《たとい》身を捨《すて》命をかけて、あいませいではおかぬ女也。

と二三を馴染みの揚屋へ連れ込み、下へも置かぬ持てなし。そこで二三、やおら口を開く。

「扨《さて》も〳〵今日の首尾、以前に替らぬ志身に余りて満足致した。此上は妻女にしても偽りなき心底頼もしし。誠は其心根を見て引ぬき、一生宿の詠《なが》め物にせんため、身をやつして来れり」

と、すべてが心底を試すための芝居であったと明かすのである。

元禄期上方歌舞伎の「傾城事《けいせいごと》」のうち、現在では詳細の分からなくなっている和事《わごと》のもっとも代表的なものが「夕霧伊左衛門もの」で、やはり紙子《かみこ》姿の藤屋伊左衛門が、吉田屋の傾城夕霧から変わらぬ愛情を注がれる、という場面を持っている。この夕霧は、客扱いの巧みさで知られた実在の傾城らしく、若くして病没したあと、その追善のために歌舞伎

芝居に仕立てられたということだ。ほかにも、西鶴作『諸艶大鑑《しょえんおおかがみ》（好色二代男）』巻五の三、「死《しな》ば諸共《もろとも》の木刀」では、半留《はんる》という男が、吉原三浦屋の若山という太夫を身請けしようとし、身代限りをしたと嘘をついて太夫の心底を試し、「是迄にて、残る所なき心底見しに、世にはきびしき男も有物かな」、それでも安心できずに心中を持ちかける。畠山（藤本）箕山《きざん》の『色道小鏡《しきどうこかがみ》』（『色道大鑑』の一部）のうち第十八「大偽本《たいぎほん》」にも、女郎の心底を試す男についての記述が見られる。

これが「男性優位の恋愛」であることは明らかだろう。まず「誠」を示さなければならないのは女のほうなのである。十九世紀の戯作者松亭金水《しょうていきんすい》の『積翠閑話《せきすいかんわ》』という随筆には、夕霧伊左衛門の実説を記して、心底を試された夕霧が怒って伊左衛門を袖にしたと書いてあり、なかなか頼もしい。

夕霧吐息吻《つ》き、（略）嬉しきことには候へど、今おん身が詞をきくに心裡《こころのうち》を図りかねて、如此々々《かようかよう》に試し給ふよし、男にかく疑はれては、始終熟縁あるべからず、故にさらく望みなしとて、其後は見もかへらず。

だが、この怒る夕霧の記述は、かなり例外的なものなのである。

つまり、江戸期の文藝は「女の心底」を試した上で男がこれを受け入れる、という「恋

「男性優位の恋愛」は、そうであるがゆえに女が主導権を握ることになる。「卵の四角いのと傾城の誠」という決まり文句が示すように、女郎は男を手練手管で騙すもの、信用の置けないものだ、という大前提があり、だからこそ、男に誠を尽くす女郎は、稀有な存在として文藝のなかで称賛されることになる。

男のヒポクリシー、女のヒポクリシー

　漱石が美禰子を書くに当たって念頭に置いていたのは、当時彼の弟子森田草平が心中し損なった相手、平塚明子（雷鳥）だとされている。その経過は、森田自身が漱石の勧めで『煤煙』に連載した『煤煙』に描かれているのだが、美禰子を評するものとして名高い「無意識の偽善者(アンコンシャス・ヒポクリット)」という言葉は、明子をズーダーマンの小説『過去』のヒロイン、フエリチタスと結び付けて、当の草平に漱石が漏らしたのが最初ではないか、と言われる（佐々木英昭）。ただ、ここで「ヒポクリシー」を「偽善」と訳すのは誤解のもとだろう。十四世紀英国の詩人ジョン・ガワーの『恋する男の告解』は、恋の女神が恋する男に、どのような態度を取らねばならないかを説き示すという長詩だが、そこでは「ヒポクリシー」は、恋してもいないのに恋しているかのように振る舞うことを意味しており、そういうことをしてはならない、と女神さまは言うのである。漱石の言う「ヒポクリシー」は、

これと同じ用法だろう。

ところでこの場合、「誠実でなければならない」のは男のほうではないか。十二世紀に成立した宮廷風恋愛と、その紳士階級のあいだでの復活としての十九世紀西欧、ことにヴィクトリア朝英国の恋愛結婚の風習の規則は、仮にそれが見せ掛けのものであるとしても、男がまず恋する女性に全身全霊を捧げた誠実を誓い、女性が自分を選び取ってくれるのを待つ、という形を取っている。この形の場合、ある女が「恋愛の対象」であるかどうかを決めるのは男のほうである。つまり、相手を恋愛の対象として選びだし、自ら主導権を握るためには、いったんプライドを捨てなければならないのである。確かに西洋にも、自分の妻が財産目当てで結婚したのではないかと疑う男という文学モティーフは存在するが、これはたとえば男が老人であったりする、喜劇の題材である。同時に、「女の内面」を確かめようとする男の物語は、ある種の狂気、ないしは不誠実の現れとして認識されているはずだ。だが、江戸文藝の伝統にあっては、女の「心底」を試すのは、男の当然の権利であった。

『三四郎』には、むやみと外来語がちりばめられ、自由な女をヒロインに据えて、舞台道具は立派に英国恋愛小説のごときものを準備しているのだが、そこで描かれる「恋愛」は、「男がまず誠を示す」のではなくて、女が誠を示すのをひたすら男が待つ、という江戸的美学に則っているために、全体としてどうにも妙ちきりんになってしまうのである。そこでは Pity's akin to love という言葉が「可哀想だた惚れたってことよ」と訳されてしまう。だが、love と「ほれた」の間に、さほど深淵な意味の違いがあるわけではない。上品とか下品とか、精神的愛と肉体的愛とか、前近代と近代とかいった深い意味をここに探るよりも、もっと単純な、男が女にほれているのか、女が男にほれているのか、あるいは男が女に働きかけているか、女が男に働きかけているか、という相違に着目すべきなのである。

このことをより良く理解するためには、『虞美人草』の章で言及したメレディスの『エゴイスト』を一読する必要がある。明治四十二年五月の『国民新聞』には、メレディスの訃報が伝えられ、これに対する漱石のインタビューが、問答形式で載っている。ちょうど春陽堂から『三四郎』の単行本が発行されたころである。問いは野上豊一郎。

問　先生はメレデイスの小説を読みましたか。

答　大抵皆読んだ。而《そう》して大変エライと思つてる。

問　それでは批評して下さい。

答　批評は急に出来ない。其訳は、纏つた批評の出来る程頭の準備が出来て居ないからである。纏つた批評をしようと思ふと、皆読み直さなければならぬ。

問　其は如何《どう》いふ訳です。

答　第一、小説の筋も大抵忘れてしまつたし、其構造も覚えてゐない。たゞ在るものは、是等が変形して自分の頭脳の何物にかなつてゐるもの丈である。既に変形して自分の組織になつてる物を自己以外の或物として出せと云つたつて、どこから出してよいか分らぬ。

「それでは批評して下さい」という野上の間抜けな問いかけが笑える。漱石のブッキラ棒な態度が、ユーモアにもなっているし、いきなり「識者の感想」を聴きに行く今日のマスメディアの予見的批評にもなっている。相手が弟子の野上だからでもあるだろうが、そのあとも、

問　誰の小説の特長は何だ、と云ふ様な事をよく云ふがメレデイスにも然う云ふ事が云へませうか。
答　夫がつまんで話せる位なら立派に批評が出来る事になるぢやないか。

と、漱石先生まことに素っ気なく、まるで掛け合いの漫才のようで、楽しい。それでも先生、具体的に作品名を挙げていろいろ指摘をしてはいる。

「メレディスはポピュラーな作家ではない」とここで漱石も言っているが、十九世紀ならいざ知らず、今日ではあまり読む人もいないだろう。だいいち長すぎる。しかし、『エゴ

イスト』一作でも読んでみれば、「変形して自分の頭脳の何物かにな」ったという意味が分かってくるはずだ。

メレディスの洞察

『エゴイスト』の主人公は裕福な若い紳士ウィロビー・パタンである。彼こそが「エゴイスト」で、彼が結婚相手を探すのがこの小説の主筋になっている。まず美しくて財産もあるコンスタンシア・ダラム嬢と、ひたすらウィロビーを恋い慕うリチシア・デイル嬢が候補に上がり、両手の花のいずれを選ぶか決めかねているうちに、ある男がコンスタンシアを激しく求めているという噂を耳にしたウィロビーは急遽彼女に求婚、ふたりは婚約する。ところがさしたる理由も示されないままにコンスタンシアは別の男と結婚してしまう。そこでウィロビーは今度はリチシアに求婚を始めるのだが、突如世界漫遊の旅に出てしまう。これが小説の序幕である。

これだけで、ウィロビーがどのような意味で「エゴイスト」なのかはおぼろげに分かるだろう。さて、旅から帰ってきたウィロビーの前に、金と美貌と健康に恵まれたクララ・ミドルトン嬢が現れ、ウィロビー、リチシア、クララの三人が、自尊心を失わずに人もうらやむ妻を得ようというウィロビーのおよそ虫のいい思惑と煮え切らない態度のゆえに延々と悶着を続けるというのが、小説の中心部をなしている。

皮肉な諷刺で鳴らすメレディスは、まったく仮借なく、個々人の内面をえぐりだしている。少し引用してみよう。


エゴイズムの書、第十三巻の百四章にいう。「所有して所有さるる対象への義務を伴わざるは、至福に近し」

（中略）

ここに一つ、もっとも完璧な所有の実例がある。所有する者は束縛されず、いささかの義務も負わず、受けるばかりで与えることはなく、あるいは与えるにしても自分のおこぼれを与えるだけ。（中略）つまり、自分を崇拝する女性を所有することだ。


ここでの文脈に即して言うなら、美しく、聡明で、健康な女性を手に入れようとするなら、それ相応の犠牲も払わなければならないし、努力もしなければならず、代償を要する、ということだ。ところがエゴイストは、努力も犠牲もなしに、美女を手に入れたがる。それが、自分を愛する女、自分を身も世もなく崇拝する女を妻にすることだというのだ。

こういう男が「エゴイスト」だというのは、なるほど良く理解できる。男が金を出し、辞を低うし、三顧の礼をもって迎えるからこそ、美女がわが身を与えるのだ。ただし美女のほうが男を崇拝していれば、こうした厄介な手順もなしに女は手に入る。が、そんな降って湧いたような幸運を待ち望むのは僭越も甚だしいし、だいいち「何が何でも手に入れたい」というのでなければ、その女性に対しても失礼ではないか。

これがメレディスの小説、あるいはそこに現れた思想の大前提である。ところが、先に見たとおり、千歳を請けだす丹波橋の二三は、無一文の自分をも愛してくれる女でなければ請けだす価値はない、と信じているし、おおよその江戸文藝は、こうした男のエゴイズムに対して批判的な目を持っていないと言わざるをえない。そして、「ウブ」なはずの三四郎が、事の始めから疑おうとしないのは、こうした江戸以来の女性観なのである。

女の無償の愛——浄瑠璃の女たち

クララ・ミドルトンはリチシアとの会話のなかで、自分はこのごろエゴイストになってきた、と言う。

自分のことしか考えずに、出会う人はみんな利用してやろうと計画しているんです。でも、女は劣等者の位置にいます。育児部屋を出るか出ないかに、女の首には輪が掛けられます。だから美貌を持っているなら、それを武器にしてできるだけたくさんの捕虜を作ろうとするのも無理はありません。(第十六章)

この一節を読んだあとでは、『虞美人草』以後の、というより漱石の全作品の読み方が変わらざるをえない。漱石最後の未完の小説『明暗』のヒロイン、お延は、確かにここでのクララに近い、女の「ホンネ」を口にしてはいるが、それでもこれほどあからさまではない。『エゴイスト』が一八七九年という、ヴィクトリア朝のさなかに出版されたこと、そしてヴィクトリア朝が「無垢な処女」という神話の形成において聳え立っていることを考えると、「劣等者」の位置にいるがゆえに美貌を用いて男を捕まえようとするのは無理もないとヒロインに言わしめる、漱石も認める当時の大作家メレディスと、こうした女の平板な真実をかたくなに作品中から排除しつづけた漱石の歴然たる差に、気づかぬわけには行かないだろう。

財産も地位も何もなくとも愛してくれる女性こそ、妻として迎えるに、あるいは恋人として愛するに値する、というのが、江戸文藝の女性観に他ならない。江戸文藝のなかから、他の例を挙げてみよう。たとえば日本版『ロミオとジュリエット』とも言うべき久我之助《こがのすけ》と雛鳥《ひなどり》の悲恋を描いて名高い近松半二の浄瑠璃『妹背山婦女庭訓《いもせやまおんなていきん》』（明和八年〔一七七一〕竹本座初演）では、蘇我入鹿《そがのいるか》と権を争う中臣《なかとみ》ノ淡海《たんかい》が、求女《もとめ》と名乗って蘇我の御殿を探索するうち、入鹿の妹　橘　姫《たちばなひめ》と、杉酒屋の娘お三輪《みわ》の両方から恋されてしまう。ところが橘姫は淡海の正体を知ってしまい、生かしておけないというので淡海が刀を抜くと、

『妹背山婦女庭訓』より「道行恋苧環」お三輪（昭和61年8月　協力：人形浄瑠璃文楽座　資料提供：国立劇場）

> 生きて居るほど思ひの種。お手にかゝるがせめての本望。かういふ内もお姿やお顔を見れば輪廻が残る。サア〳〵殺して下さんせ。

と手を合わせる。ここで淡海が例によって、命を投げ出しても恋する男のために尽くそうとする橘姫に、「心底《しんてい》見えた」と告げ、大詰めで二人は結ばれることになる。

いっぽうお三輪のほうは悲惨で、苧環《おだまき》片手に御殿まで淡海を慕ってさまよってきたあげく、官女たちによってたかっていじめられ、漁師鱶七《ふかしち》、実は淡海公の家来金輪五郎《かなわのごろう》に切り殺される。断末魔のお三輪は、求女じつは淡海公と知らされ、しかも「疑着《ぎちゃく》の相ある女」（つまり嫉妬に狂った女）である彼女の生き血が入鹿殺害の役に立つと聞かされ、冥加《みょうが》なや、勿体なや。いかなる縁で賤《しず》の女《め》が、さうしたお方と暫しでも、枕かはした身の果報、あなたのお為になる事なら、死んでも嬉しい、かたじけない。

と至福のうちに死んでゆく。

『八犬伝』の浜路や雛衣《ひなきぬ》もそうだが、江戸文藝で美化されるのは、男に「無償の愛」を捧げ、命までも投げ出すような女なのである。

こうした江戸文藝をメレディスと直接比べることに余り意味はないとしても、夏目漱石のなかに、生活者としても文学者としても色濃く残っている江戸的感性が、メレディスの洞察と出会ったときの混乱のあとが、その小説作品に窺えることが、こうしてみると良く分かるのではないだろうか。

都会娘との「悲劇」の夢

ところで、三四郎は、彼の郷里にいる「三輪田の御光《おみつ》さん」という娘についてたびたび思いめぐらしている。

国を立つ間際迄は、お光さんは、うるさい女であつた。傍《そば》を離れるのが大いに難有《ありがた》かつた。けれども、斯うして見ると、お光さんの様なのも決して悪くはない。（一）

「お光さん」は、「豊津の女学校」に行っていて、三四郎の母は彼女と三四郎を結婚させるつもり、本人もその気でいるらしいのだが、都会での華やかな成功、美しい妻を夢見る三四郎は、余りお光さんとの結婚には気乗りがしていない。三四郎には、お光さんは、九州の田舎娘としてしか映っていないのだ。さて、浄瑠璃、あるいは丸本歌舞伎の愛好者なら、もしこれが漱石作品だということを忘れてしまって、たとえば浄瑠璃『帝国大学南柯《なんかの》夢《ゆめ》』だとでも考えたなら、「三輪田のお光」という名前と、「田舎娘」のイメージの間に、ある必然的な関連があるのを理解するだろう。つまり、さきに挙げた『妹背山』のお三輪と、『新版歌祭文《しんぱんうたざいもん》』（安永九年〔一七八〇〕初演）の「野崎村」の段に出てくるお光の名が、両方ここに封じ込められているのである。「野崎村」は、「お染久松もの」の一つ、やはり近松半二による竹本座の作品で、大坂の油屋の娘お染と恋仲になってしまった百姓久作の養子久松が、久作の計らいで久作の後妻の連れ子お光と結婚することになるが、そこにお染が訪ねてくる。お染久松の強い絆を知ったお光は、久松に恋心を抱いているにもかかわらず身を引く決心をし、尼になってしまう。「野崎村」は、田舎の処女お光をヒロインとする一段なのである。

『新版歌祭文』は時代世話浄瑠璃で、久松は実は和泉国石津の家臣相良丈太夫の遺児という「貴種」だから、『妹背山』のお三輪が恋するのが中臣淡海公であることと合わせて、三四郎の、いかにも近代青年らしい、美しい妻をもらいたいという「夢」が、じつは江戸文藝的なものに支えられていることが分かる。つまり「三輪田のお光さん」という田舎娘に惚れられながら、その身は都会で「貴種」と化して美しい都会娘と恋をする、という図式である。「貴種」は、この場合、帝国大学出身の「学士」になることを意味しているだろう。三輪田のお光さんは、ついに物語の表面に姿を現すことはないが、三四郎の夢想のなかでは、美禰子を加えた幻想の三角関係が形作られているのである。もちろん『三四郎』は、この夢想が、肝心の都会娘美禰子が三四郎を袖にすることによって崩壊する物語である。

『新版歌祭文』より「河内野崎村百姓久作住家の場」野崎村のお光（昭和54年1月　中村勘三郎〔十八代目〕　資料提供：国立劇場）

　だが、「お染久松もの」といってもいろいろあるけれど、基本的に恋人たちが心中する「悲劇」であって、ハッピー・エンディングを待つわけではない。それにしても、世話浄瑠璃の心中ものは、もちろん心中する男女を美化し、心中によって恋する男女をある意味でより輝かしい栄光に包みこみ、「恋の手本」とするものである。

三四郎の「己惚」

誰でも気づくことだが、『三四郎』の語り手は、美禰子の内面に入り込もうとしていない。だが一方で、三四郎にぴったり張りついているわけでもない。ところが、三四郎を対象化し、笑おうとする読者は、この語り手によって、美禰子の側ではなく、広田先生や与次郎の側に立つように自然と導かれてしまう。その場に渦巻いているのは、「女は信用できないものだ」とか、「女に本気になってはいけない」といった江戸的な世間知なのである。

三四郎は近頃女に囚《とらわ》れた。恋人に囚はれたのなら、却つて面白いが、惚れられてゐるんだか、馬鹿にされてゐるんだか、怖がつて可《い》いんだか、蔑んで可いんだか、廃《よ》すべきだか、続けべきだか訳の分らない囚はれ方である。（七）

三四郎がドン・キホーテとは遥かに遠いところにいるというのは、こういった述懐に現れている。彼がウブな若者とは思えない知力を持っているように見えるのは、この「危ない女には近づかない」という認識があるからなのであり、そのために「感情教育」はいびつな歪み方をしてしまう。彼の衿がみを捕らえて引きずり戻すのは、「よし子さんを貰はないか」「あれなら好い、あれなら好い」（九）という世間知を吹き込む与次郎の輩なのである。美禰子は危ない女だ、だがお光さんやよし子さんは「安全」な女だ、貞淑な妻になれる、という世間知。しかし一体、危ない目に会わない「感情教育」などというものがあるだろうか。

美禰子の内面は、何の〈謎〉も孕んではおらず、クララ・ミドルトンが雄弁に語ってくれている。だが漱石には、女は「劣等者」だから、「美貌」を用いて、「出来るだけ多くの捕虜を捕まえておこうとする」のも「無理はない」という理論は、少なくとも『虞美人草』執筆当時には受け入れられなかったのである。そこで『虞美人草』では、「エゴイスト」を男から女に変えるという作業が行われたわけだが、そこでは「劣等者」をめぐる矛盾の辻褄合わせのために、小野清三は金もなく意思も弱い女性的な男として造形されなければならなかったのだ。

まさに恋愛の主導権は美禰子に握られている。だが、それは美禰子が「新しい女」だからではなく、三四郎が江戸的な意識のなかにあって自ら主導権を握ろうとしていないからなのである。三四郎はまさに「エゴイスト」であり、自分は自尊心を含めて何一つ犠牲にしようとせず、美禰子が向こうから「ほれて」くれるのを待っている。江戸文藝、ことに都市としての「江戸」を中心として生まれ育った後期江戸文藝のなかでは、助六にせよ『梅暦《うめごよみ》』の丹次郎にせよ、女に「ほれられる」ことが男の価値であり、当然そこでは、男が一人の女に身を捧げるという考え方は出てこない。三四郎もこうした意識のなかで、美禰子に惚れて苦しむのではなく、美禰子に惚れられたいと思って悩むのである。「恋人に囚はれたのなら」とは、どういう意味なのか。「惚れられているなら」ということか。だとすれば、惚れるのは嫌だが、惚れられるならいいと、三四郎は言っているに等しい。『三四郎』の語り手は、確かに三四郎という主人公の「己惚」を批判的に見ているのだが、それとて、決して美禰子の側に立って三四郎を見ているのではなく、男たちの側、つまり「女は怖い、われわれもずいぶん怖い思いをさせられた、三四郎君、女の怖さを知りたまえ、その時君はわれわれの仲間だよ」と暗に囁きかける男たちの側に立って三四郎を見ているのだ。

もし、ある人があつて、其女は何の為に君を愚弄するのかと聞いたら、三四郎は恐らく答へ得なかつたらう。強ひて考へて見ろと云はれたら、三四郎は愚弄其物《そのもの》に興味を有つてゐる女だからと迄は答へたかも知れない。自分の己惚《おのぼれ》を罰する為とは全く考へ得なかつたに違ひない。（八）

この一節では、確かに語り手が、三四郎の「己惚」を批判しているように見えるかもしれない。だが、これを『エゴイスト』の次のような一節と比べてみると、案外複雑な構造を持っていることが分かる。クララ・ミドルトンは、先の述懐を次のように続けている。

私だって、私の生まれつきの弱さを恥じる気持と、それに男の傲慢さとにうながされれば、何百人を捕虜にすることになるでしょう。よしそういうのはコケットのすることだとしてもです。（中略）ほかにあの連中を罰する方法はないじゃありませんか。

漱石は内容を忘れているとしても、『エゴイスト』のこうした部分は、彼の頭脳内部で変形をこうむって『三四郎』に流れ込んでいると見るべきだろう。だが、その変形が問題なのである。ここは、クララ、リチシアという女同士の対話であり、だからこそクララは「女の本音」を語ってリチシアさえも感嘆させている。しかし漱石は美禰子にこうした内面吐露をさせていない。しかも、「女は社会的劣等者だから……」という論理にはさかのぼろうとしていないのである。すると、同じ「男を罰する」でも、『エゴイスト』のほうが、社会的強者である男が弱者である女を弄び、真情を踏みにじるという罪に対する「復讐」としての罰、というニュアンスを帯びているのに対し、『三四郎』のほうは、いまだ謙譲の美徳を身につけていない、あるいは女の怖さが分かっていない三四郎を「教育」するための罰、という含みを持ってしまうのである。

「実際に交渉のある或格段な相手が、正直か正直でないかを知りたい」（七）という三四郎は、「恋する主体」ではなく、受動的である。江戸文藝の伝統においては、女が積極的に男を誘惑するということになっている。誤解してはならないが、こうした「男は寝て待て」式の恋愛、男が受動的であっていいような恋愛が、男性優位の恋愛であり、拒否権は男にある。だから、「積極的な女」は、少なくとも文学伝統の世界では、近代が生み出したのではない。むしろ、男が積極的であり、「私と結婚してください」と申し込んで、女が「ええ」とか「いいえ」とか言うのが、女性優位の恋愛なのであり、明治四十年を過ぎた時点で、漱石は江戸的恋愛の理想を抱く男たちと、ヴィクトリア朝的恋愛の基準に従う女との衝突を描いているのだ。

『三四郎』批評では、美禰子は三四郎を愛していたのか、野々宮を愛していたのか、銀行員と結婚してしまったのはなぜか、といった問題がひところ焦点になったことがある。もちろん、三四郎の幼さ、美禰子がせっかく三四郎の気を引いているのに気づこうとせず、手遅れになったころに「たゞ、あなたに会ひたいから行つたのです」（十）などと愛の告白をする手順のまずさを指摘する声はある。だが、「恋をしている」かどうかと、「女あしらいがうまい」かどうかは別の問題で、三四郎の間抜けさを槍玉に挙げる批評は、どこかしら、「恋愛マニュアル」じみた様相を呈している。このとき美禰子が期待しているのはこれこれ、ところが三四郎はそれに答えない、だから美禰子は三四郎から離れていったのだ、といった解釈は、三四郎を反面教師として「いかに女を攻略するか」という、女性蔑視の上に成り立つ、男のための「攻略本」になってしまう。批評家にその気がなくとも、暗に三四郎に「ドン・ファンたれ」あるいは「丹次郎たれ」と告げていることになってくるのであり、敢えて言うなら、こうした『三四郎』批評は、女性蔑視を増幅することになる。

江戸の「色男」と三四郎は、だから、そのテクニックの巧拙において隔たっているのだが、女性観においては共通している。両方とも、自分を失うことなく、自分のプライドを傷つけることなく、女を物にしようと考えているのだ。そして、「三四郎はどうすればよかったのか」という問題の立て方は、無意識のうちに同じ枠組みに陥っている。三四郎は、滑稽でナイーヴかもしれないけれど、それはドン・キホーテの滑稽さではない。

ムスメたちの立場

ただ、女性に本質的な謎を見て取り、その本質を突き止めようと思ったり、女性嫌悪や女性蔑視に陥っていく、という文学モティーフ自体は、なにも日本の専売特許ではない。前章で挙げたハムレットももちろんそうだし、十九世紀アメリカ小説には、女性と接触することを避けようとする主人公がたくさん現れると、レスリー・フィードラーの古典的批評『アメリカ小説における愛と死』に指摘されている。
また、『エゴイスト』から、少し長くなるが引用しておこう。漱石を読むために、二度くらい読み返してもいい文章だから。

処女は通常、わが運命の支配者を、本能のみに頼って見分けなければならない立場に立たされている。その本能が過度の活発さで研ぎすまされると、処女らしさに目かくしを施さぬ限り見分けることができなくなる。そして自分自身を欺かなければならない。そうでないと、見分ける力を備えていることをすぐに男に見抜かれてしまう。何も知らないのが男に対する処女の純潔の保証だから、頭の中のメモ帖に書きとめた彼女の見聞をぬぐい消さねばならない。知っているのに、知っていてはならぬのだ。知りたいという本能に、知っていることを抹消する仕事が交叉するから、自然と技巧とのあの対立が生まれてくる。常に不満な男性の苦情の種となって、結局はばれてしまう女の二重性は、ここにその原因があるのだ。（中略）諸君らが彼女らを飼育してこの頂点にのぼらせたのであり、彼女らはまたその頂点にあって諸君を文明の中途まで導いたのだ。もし文明化を完全にやってほしいというならば諸君は、彼女らに要求ばかりしていないで、若い女性の才能に正当な収穫を刈り取らせ、彼女たちの魂に役立たせるに必要なポイントを、譲歩してやらねばならない。そうなればよりフェアで、より勇ましい戦いが行われて、

結果も今よりましなものになるだろう。（『エゴイスト』二十一章）

メレディスのこうした言葉を読めば、美禰子には恐らく何の〈謎〉もなくなるだろう。そして、ほぼ確実にこの文章を読んだことのある夏目漱石には、「無償の愛」を捧げる女でなければ愛する価値はないという江戸文藝的女性観が根強く残っていたはずだ。『虞美人草』であからさまに表出された江戸的女性観がいったん漱石をある意味で挫折させたあと、女の出てこない『坑夫』を経て書かれた『三四郎』は、右のメレディスの言葉の正しさを心の底では認めていながら、それを表立って表出するまでに江戸的感性を脱却することのできない漱石の、フロイト的な「検閲」の産物なのであろう。

「僕より」と云ひ掛けて、見ると、三四郎は六《む》づかしい顔をして腰掛にもたれてゐる。与次郎は黙つて仕舞つた。（十三）

美禰子は三四郎の母でもなければ妻でもない。頼むに足らない男に対して、何の義理もないのである。そこには何の〈謎〉もない。単に他者であるだけのことだ。そして恐らく男というものは、こうした現実に直面するよりも、「女は謎だ」というレッテルを貼ったほうが、生きる喜びを見出せるものなのである。

もし三四郎が美禰子を「愛して」いるとすれば、ヴィクトリア朝的な恋愛ゲームの建前の上からは、美禰子を愛しはじめた瞬間に、その愛の原因が美禰子の誘惑にあるかないか、あるいは美禰子がその社会的地位の上から頼るべき男を必要としているか否かに関わりなく、三四郎は自らの主体的責任においてその愛を引き受けねばならない。その愛が美禰子の誘惑によって発生したのだから、美禰子にも責任があるという考え方は、三四郎の責任主体の不在をしか示さないのである。美禰子のような女を、というより美禰子―三四郎のような関係を西洋近代の小説のなかに捜し出すのは、だから、難しい。なにしろ、男を破滅させるファム・ファタルの面影を美禰子に見出そうにも、美禰子は三四郎を破滅させようとさえしないのだし、恋をしていない男には、破滅することすら不可能なのだから。

三四郎が、母から手紙をもらうくだりがある。

下宿へ帰ると、酒はもう醒めて仕舞つた。何だか詰らなくつて不可《いけ》ない。机の前に坐つて、ぼんやりしてゐると、下女が下から湯沸《ゆわかし》に熱い湯を入れて持つて来た序《ついで》に、封書を一通置いて行つた。又母の手紙である。三四郎はすぐ封を切つた。今日は母の手蹟を見るのが甚だ嬉しい。

手紙はかなり長いもので、「御前《おまえ》は子供の時から度胸がなくつて不可《いけ》ない」云々と助言が連ねてある。

三四郎は馬鹿々々しいと思つた。けれども馬鹿々々しいうちに大いなる慰藉を見出した。母は本当に親切なものであると、つく〴〵感心した。其晩一時頃迄かゝつて長い返事を母に遣つた。其中には東京はあまり面白い所ではないと云ふ一句があつた。（七）

東京と田舎が逆になっているだけで、一見、『坊っちゃん』と清とのやり取りを髣髴とさせる。母は三四郎を秤に掛けないのである。というより、この社会のなかでは、女が妻と名を変じたが最後、夫を秤に掛けることはできなくなるのである。三四郎が「マザコン」に見えるとしても、それは「母」が権力を持っているからではなく、男が母や妻に対して権力を持っており、女は「ムスメ」から「妻」となり、「母」となるべく社会に強要されているからなのである。

一高教授だった岩元禎をモデルとすると言われる「偉大なる暗闇」広田先生と、その周囲に集う若者たちが、ある種の女性恐怖に陥っているとしても、それは結局これまで男として彼らが占めていた特権的な地位を脅かされているからにすぎない。画家の原口さんは言う。

女が偉くなると、かう云ふ独身ものが沢山出来て来る。だから社会の原則は、独身ものが、出来得ない程度内に於て、女が偉くならなくつちや駄目だね（十）

これを読んで、三四郎の時代はいざ知らず、現代ではどうやら程度を越えて女が偉くなってしまったらしい、と苦笑する現代人は多いだろう。そこで、
①漱石の洞察は鋭い。あまり女を偉くしてはいけない。
②いな、「偉くなる」かどうかはともかく、女性にもっとフェアな機会が与えられてより深甚な恐怖を男に与えないかぎり、日本の男の女性観は変わらないのである。
といった反応が考えられる。しかし、もっと常識的なのは、
③女が偉くなると独身者が増えるのは、女性が安心して職業と出産と両立させられるような社会体制が整っていないからだ。
というものかもしれない。

「あの女は自分の行きたい所でなくつちや行きつこない。勧めたつて駄目だ。好な人がある迄独身で置くがいゝ」
「全く西洋流だね。尤もこれからの女はみんな左《そ》うなるんだから、それも可《よ》からう」
（七）

原口と広田先生はこのように言う。だが、経済的自立を獲得した暁には、女性はそもそも、男に頼る必要さえ感じなくなるのではないか。すでにその兆しの見えつつある今日から見ると、漱石が「新しい女」に対して恐怖と嫌悪を感じたとしても、それを漱石の保守性とのみ言い切れないのではないか、彼は、「誰とも結婚しようとしない美禰子」の出現さえ見通していたのではないかと思えてくる。その時、新時代の三四郎たちは、ほんものの「迷羊《ストレイ・シープ》」になることだろう。

参考文献

中山和子「『三四郎』――片付けられた結末」(『集成』5)。

江種満子「『三四郎』論――美禰子を読む」(『叢書Ⅲ』)。

小森陽一「漱石の女たち――妹たちの系譜」『季刊文学』一九九一、冬。

小森陽一・石原千秋・島田雅彦「漱石を書く――漱石を読む」小森陽一・石原千秋編『漱石を語る2』翰林書房、一九九八。

飯田祐子『彼らの物語』名古屋大学出版会、一九九八、第五章。

レスリー・フィードラー『アメリカ小説における愛と死』佐伯彰一・行方昭夫・井上謙治・入江隆則訳、新潮社、一九八九。

＊『ニゴノスト』の引用に、朱牟田夏雄訳によったが、変えたところもある。

第四章　「メタ＝恋愛小説」としての『それから』

「抑圧された愛」の物語

『それから』には、奇妙な人気がある。雑誌『現代』は、一九九一年、「近代日本の一〇〇冊を選ぶ」という企画で、伊東光晴、大岡信、丸谷才一、森毅《つよし》、山崎正和という顔触れによるいっぷう変わった選考を行っているが、夏目漱石の数ある作品のなかから選ばれたのが『それから』である。いっぽう、森田芳光がこれを映画化して高い評価を受けたのも、それほど古い話ではない。どうやら一般的には『それから』は、一組の男女が、長い間抑えつけていた「愛」を解き放ち、世間から指弾され排斥されながらもこれを貫く純愛物語として理解されているらしく思える。

だが、正宗白鳥、森田草平、佐伯彰一などの作家、批評家たちは、「代助が本当に三千代を恋しているとは思えない」という意味のことを、異口同音に語っている。もちろん、『それから』を、恋愛小説ではなく、近代文明批判を主調音とする作品として読む見方もあるし、「モラトリアム人間」代助を描いたものとしての読みもありうるだろう。自分の心臓の鼓動をしきりに気にし、作中でおびただしい数の「散歩」を行い、「アンニュイ」

に囚われ、友人平岡から「なぜ働かない」と問われれば、「日本と西洋の関係が駄目だ」とか、パンのために働くのは「神聖な労力」ではないと応える代助は、明らかに軽い神経症を病んでいる。江藤淳が言うとおり、

この代助の「nil admirari」が、彼のいわゆる「贅沢」の、つまり生計上の心配を知らな

い〝無用の人〟の反面にほかならないことを、漱石は熟知している。それは、いったん

生存競争裡にさらされれば、雲散霧消せざるを得ないある種の神経の疲労以上のもので

はあり得ない

のであろう。だが江藤は、なおかつ、代助の三千代との愛を、代助の内なる「危険な衝動」と呼ぶ。しかし、『それから』を再読三読するうちに確実になってくるのは、三千代への、かつて抑えつけた愛なるものが、代助の「猶予期間《モラトリアム》」を脅かすのではなく、代助が、「猶予期間」がもたらす不安に「客観的相関物」を与えるために、三千代への愛をこしらえ上げた、という印象なのである。こうした、代助の意識の特異性や、「恋愛小説」ではない面に着目した論文として、吉田熈生《ひろお》の「代助の感性」や石原千秋の「反＝家族小説としての『それから』」があって、とくに後者など、私の疑問をほとんど解きあかしてくれているといってもいい。

漱石の作品に限らず、一般読者の理解と、批評家や研究者の解釈とがずれを見せるのは、珍しいことではない。だが、『それから』の場合、さしたる深読みの意図がなくとも「恋愛小説」としての読み方にひっかかるものを感じるし、いっぽう批評家のほうにも、紆余曲折を経た議論の果てに「代助と三千代の愛」をめぐる洞察をもって締めくくる類の論考もいまだに見出せる、といった具合で、要するに、再読三読してなおよく分からない、という意味から言えば、なるほど「近代日本の一〇〇冊」に値するだろう、とでも言うほかない。

「恋愛小説」としての『それから』の筋立ては、だいたい次のようなものだ。主人公長井代助は、事業をやっている父・得と兄・誠吾の資産に頼りながら、自分では働こうとしない「高等遊民」である。彼は三年前に、自分も密かに愛していた三千代を、義侠心から友人の平岡という男に妻として譲った。平岡は銀行員で、それから京阪地方の支店詰めになって赴任していったが、どうやら支店長とトラブルを起こして辞職したらしく、東京へ舞い戻ってきて仕事を探している。三千代は東京を出て一年後に子供を生んだが、じき子供は死んでいる。さて、三千代と再会し、彼女が予想外に不幸な境遇になっていることを知った代助は、ひとたび抑えつけた彼女への思いが蘇ってくるが、彼女はすでに人妻であり、代助自身は、父から、佐川という資産家の娘との結婚を強いられつつある。だが代助は、主に金銭上の問題をめぐって何度か三千代と会ううち、「二人の間に燃る愛の炎」（十三）

に気づかざるをえなくなり、逡巡に逡巡を重ねた末、父や兄、そしてもちろん平岡の形作る世間から排斥されることを覚悟の上で三千代に愛を告白し、父の勧める縁談も断って、いまや「モラトリアム」を続けることのできなくなった上で「職業を探」しに町のなかへ飛び出してゆく。

というわけで、『それから』は、代助の視点に即した語りによって進められ、そのなかで、日露戦争後の日本のせわしない風俗の移り変わりに馴染めない代助の警句じみた現代文明への皮肉をちりばめながら、三千代への「愛」を取るか、「人の掟」に従うか、という代助の迷いを中心主題としている。だが、どうにも胡散臭く思われるのは、初夏から始まる『それから』の時間の中に、代助の回想として挟み込まれる「三年前」の事件、つまり代助が三千代を愛していながら義侠心のためにこれを親友の平岡に「斡旋」したという「物語」が、あたかも今回の二人の恋の伏線であるかのように語られてしまっている、ということだ。ある種の読者が直観的に感じ取るのは、この「三年前」の「物語」が、何やら今回改めて作り上げられたように思えるという印象ではあるまいか。

男同士の義侠心

抑えつけていた愛が蘇る、という純愛物語に手もなく参ってしまう読者もいれば、「昔、友人に恋人をゆずったとか奪ったとかいう設定が、そもそも馴染みにくい」という佐伯彰一のような批評家もいる。もちろん「奪った」というのは、後で論じる『こゝろ』のことだ。佐伯は、『それから』の後日談とも言うべき『門』について、

「実は、しかじか……」といった形で、過去の因縁がもち出されるのが、物々しいばかりで、空ろにひびく。漱石は出来合いの小説らしさに、義理立てしすぎたのではあるまいか。

と言うのだが、これは重要な点で、「小説らしさ」というより、「実はなになに」というのが、浄瑠璃や歌舞伎の常套手段なのは言うまでもない。『門』では、つつましい夫婦二人きりの生活を送っている宗助・お米の日常が描かれながら、次第に、お米はかつて宗助の友人の妻だったという過去が明らかにされるのだが、正宗白鳥は、これを評して、まるで鱶七《ふかしち》が引き抜いて金輪五郎《かなわのごろう》になったようだ、とその「浄瑠璃仕立て」を非難している。自然主義の作家白鳥が、『虞美人草』のときと同じように、漱石作品の「江戸文藝臭さ」を仮想敵にしていることは明らかだろう。

　ところが丸谷才一は、漱石のこうした江戸文藝的な「趣向」を弁護して、それこそが自然主義・私小説に欠けていたものであり、自然主義の作家たちが模範としたフランス自然主義は、決して「趣向」ぬきにありのままな平凡な世界を描いていたわけではない、と言

っている。

確かに一般論、あるいは日本近代自然主義文学論としては丸谷の言うとおりだろう。だが、『それから』『門』『こゝろ』のような作品が白鳥や佐伯に「不自然」に見えるのは、単にそれらが江戸文藝的な「趣向」を用いているから、というだけの理由によるのではなく、そうした「趣向」が、奇妙な変形を施されているからなのだ。『門』や『こゝろ』はひとまず置いて、『それから』について言えば、ことは歴然としている。漁師鱶七が実は金輪五郎だというのは、物語内では否定できない事実として提示されており、同じように「代助が三千代を平岡に斡旋した」というのも、ほぼ否定できない「事実」だろう。だが、ここで怪しいのは、そのとき代助が三千代を愛していた、という「事実」なのである。なぜなら、代助以外に誰にも証明できないからなのだ。

なにより、代助が平岡に三千代を譲った、というのは、どういう事情だったのか。幕切れ近く、代助が三千代への愛を平岡に告白したときの対話から、それを再現しよう。三千代はかれらの共通の友人菅沼《すげぬま》の妹で、四人で親しく付き合っていたのだが、菅沼が急死したあと、平岡が三千代を「貰いたい」と代助に打ち明け、代助は三千代を「周旋しよう」と言いだしたという。少し長い引用をする。

「僕は其時程朋友を難有いと思つた事はない。嬉しくつて其晩は少しも寐られなかつた。

月のある晩だつたので、月の消える迄起きてゐた」

「僕もあの時は愉快だつた」と代助が夢の様に云つた。それを平岡は打ち切る勢で遮つた。——

「君は何だつて、あの時僕の為に泣いて呉れたのだ。なんだつて、僕の為に三千代を周旋しやうと盟《ちか》つたのだ。今日《こんにち》の様な事を引き起す位なら、何故あの時、ふんと云つたなり放つて置いて呉れなかつたのだ。僕は君からこれ程深刻な復讎《かたき》を取られる程、君に向かつて悪い事をした覚がないぢやないか」

　平岡は声を顫はした。代助の蒼い額に汗の珠が溜つた。さうして訴へる如くに云つた。

「平岡、僕は君より前から三千代さんを愛してゐたのだよ」

　平岡は茫然として、代助の苦痛の色を眺めた。

「其時の僕は、今の僕でなかつた。君から話を聞いた時、僕の未来を犠牲にしても、君の望みを叶へるのが、友達の本分だと思つた。それが悪かつた。今位頭が熟してゐれば、まだ考へ様があつたのだが、惜しい事に若かつたものだから、余りに自然を軽蔑し過ぎた。僕はあの時の事を思つては、非常な後悔の念に襲はれてゐる。自分の為ばかりぢやない。実際君の為に後悔してゐる。僕が君に対して真に済まないと思ふのは、今度の事件より寧ろあの時僕がなまじひに遣り遂げた義俠心だ。君、どうぞ勘弁して呉れ。僕は此通り自然に復讎《かたき》を取られて、君の前に手を突いて詫まつてゐる」

代助は涙を膝の上に零《こぼ》した。平岡の眼鏡が曇った。

「どうも運命だから仕方がない」

平岡は呻吟《うめ》く様な声を出した。（十六）

「君より前から三千代を愛していた」と言うとき、代助は、答える必要のない質問に答えてしまっている。代助は現在数えで三十歳だから、三年前は二十七歳に当たるわけだが、そうした年齢のことはさて置いても、いま現在三千代とのあいだに愛を育む代助が、三年前の行為に責任を取らなければならない理由はない。仮に当時の社会通念に照らして代助の行為が道義に反しているとしても、「君より前から三千代を愛していた」というのは、道義的な言い訳にはならない。なおかつ、今回の行為は、三千代と代助のあいだに起こったことであって、平岡への「復讎」などではないはずだ。

そしてここに、「義侠心」なるものが介在してくる。しかし私のような読者がひっかかるのは、義侠心という趣向が大時代だ、という違和感ではないのだ。この「周旋」の過程で、三千代が代助と平岡のどちらが好きなのか、どちらと結婚したいと思っているのかハッキリしない、というよりさせていない、ということ、さらに、「僕の未来を犠牲にしても」と言う代助が、三千代の未来などまったく考えていないらしいことにひっかかるのだ。代助と三千代がお互いの愛を確認し合う十四章以後、三千代は夫である平岡に自らそのことを告白しようとはせず、代助が「自分で平岡君に逢つて解決を付け」（十六）ると言い出し、右の会見になるわけだが、これは本来三千代と平岡が行うべき会話ではなかっただろうか。

　これに対する安易な回答は、やはり彼らは「封建的」な道徳のなかに生きているから、結婚に際して女性の意思などは尊重されないのだし、女性は男のあいだで「物」のようにやり取りされるものだったのだ、というものだろう。しかしそれならそもそも愛だの恋だの言うこと自体がおかしいのだし、問題を「文学的記憶」に限定して言うなら偏見であって、江戸文藝に現れる女性は、『本朝《ほんちょう》廿《にじゅう》四孝《しこう》』の八重垣姫のように、深窓のお姫様であっても、どの男が好きか、ということははっきりしすぎるほどはっきり口にしている。悶着はむしろ、江戸の町に大火を引き起こした八百屋お七のように、「男への愛」がはっきりし過ぎているからこそ起こるのである。つまり、「義俠心」とか「恋人を譲る」とかいう「趣向」は、たしかに浄瑠璃・歌舞伎仕立てであるにしても、浄瑠璃・歌舞伎と『それから』の間には、なんらかのよじれが潜んでいるのだ。

女同士の義理——世話浄瑠璃の世界

「義俠心」から自分の利益を犠牲にするというのは、もちろん、江戸文藝おなじみのテーマである。『菅原《すがわら》伝授《でんじゅ》手《て》習《ならい》鑑《かがみ》』の松王丸は自分の子供を犠牲にして、弟たちが仕える菅丞相の子菅秀才の身代わりに供するし、『義経千本桜』「鮨屋」のいがみの権太は、自分の命のみならず妻子をも犠牲にして維盛を救い、『伽羅先代萩《めいぼくせんだいはぎ》』の政岡はわが子を見殺しにしても幼主を守る。

だが、これはいずれも「時代もの」の浄瑠璃や歌舞伎の枠組みのなかで起こることであって、男たちは武士的な価値観に従い、公的な目標のために私的なものを犠牲にするのである。つまり、「恋愛」などというわたくし事は、譲り合いの対象にならないし、「義侠心」の発揮される場ではないのだ。

ところが、そうでもない場合がある。それは、「義侠心」をもって異性を譲るのが「女」である場合だ。いちばん馴染み深いのは、近松の『心中天網島《しんじゅうてんのあみじま》』の小春とおさんだろう。これは享保五年（一七二〇）、大坂の曽根崎新地という遊里を舞台に起こった実説に基づく世話浄瑠璃だが、『紙治《かみじ》』として知られる歌舞伎は近松半二の改作に基づいている。紙屋治兵衛はおさんという女房を持ちながら紀ノ国屋の遊女小春に入れ揚げ、心中の約束までしているが、おさんは小春に手紙を書き、治兵衛と切れてくれと頼む。小春の心底を見届けるために訪れた治兵衛の兄、粉屋の孫右衛門の前で小春は、治兵衛と死ぬつもりなどない、と言うのだ。これを立ち聞きした治兵衛は激怒、小春からの起請文を投げ返す。その十日後、天満の大尽太兵衛が小春を身請けしようとしていると聞いて治兵衛は口惜し涙にくれるが、おさんのほうは、小春が自害するのではないかと気づいて、

ア、悲しや此の人を殺しては。女同士《どし》の義理立たぬまづこなさん早う行て。どうぞ殺して下さるな

と、小春身請けのための金を用意し、「私や子供は何着いでも男は世間が大事。請出して小春も助け。太兵衛とやらに一分立てて見せて下さんせ」と言う。ここへおさんの父五左衛門が訪れて立腹し、治兵衛に去り状を書かせておさんを連れて行ってしまう。これで面目を失った治兵衛は小春と心中してしまうのだ。つまり、小春・おさんの義侠心による「男の譲り合い」が『天網島』の重要な主題になっている。

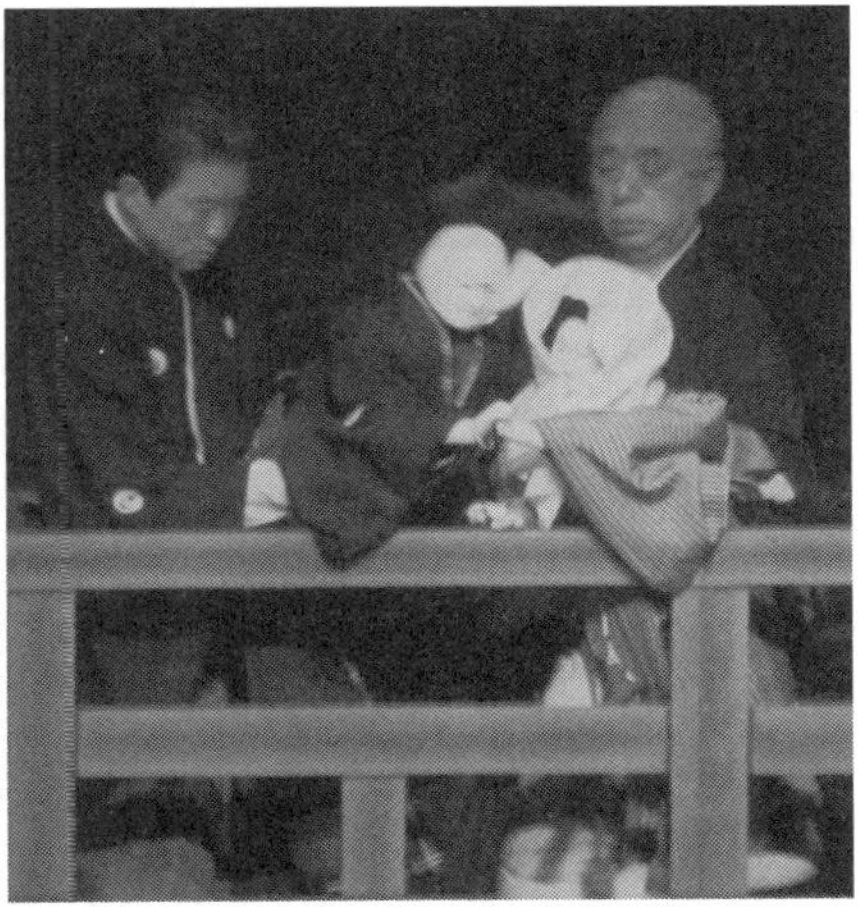

『心中天網島』より「道行名残りの橋づくし」小春と紙屋治兵衛（昭和62年2月　協力：人形浄瑠璃文楽座　資料提供：国立劇場）

　もうひとつ、安永元年（一七七二）初演の浄瑠璃『艶容《はですがた》女舞《おんなまい》

衣《ぎぬ》』ではちょっと趣向が違って、茜屋半七と恋仲の女舞い藝人三勝《さんかつ》が、半七の女房お園から、半七と縁を切ってくれと頼まれる。といっても、本妻が愛人に強談判するようなものではない。三勝との色事ゆえに半七は親に勘当されてしまった、決して自分の悋気《りんき》から言うのではないが、半七のために別れてやってくれ、と事を分けての説得なのである。

始終を聞イて三勝は。返事否共《いなとも》いな船の漂ふ。心押シしづめ。神や仏の御異見でも。別れといふ字は書《かか》ね共。あンまりお前のお心ざし。殊には夫の勘当も。私が退《の》ケば赦《ゆり》るとある。夫《それ》が何ンと背かれふ。三日は愚《おろか》今日限で。さつぱりと。思ひ切リ。〳〵ましてござんすわいな。

だが、結局のところ三勝と半七は心中行に赴いてしまう。これは元禄八年（一六九五）大坂での実説に基づいているという。

前の章で挙げた「野崎村」、そして人情本の代表作、為永春水の『梅暦』にいたるまで、江戸文藝の三角関係はもっぱら「男・女・女」であるのに、『それから』と、『門』『行人』『こゝろ』などで漱石が扱うのは、「女・男・男」の三角関係なのである。そして『明暗』は、ふたたび「男・女・女」に戻っている。この「二種類の三角関係」の違いについて少し考えてみよう。

「姦通」の物語

大岡昇平や柄谷行人は、『それから』が「姦通」を扱った作品であるとして論じているが、柄谷は、姦通こそが、結婚という「制度」と、恋愛という「自然」がぶつかりあう場所だと言っている。この、制度と自然の二項対立は代助が思い描いているものだが、これをはっきり口にするのは、後年の作品『行人』の長野一郎である。『行人』については後の章で論ずるが、ついでがいいからここで少し登場してもらう。一郎は、妻のお直が弟の二郎に「惚れている」のではないかという疑いに取りつかれている男だが、彼は二郎に、ダンテの『神曲』に出てくるパオロとフランチェスカ、つまり嫂と弟との姦通の物語を話す。この作品は弟二郎が語り手になっているので、引用文中「自分」といっているのは二郎である。

「二郎、何故肝心な夫の名を世間が忘れてパオロとフランチエスカ丈《だけ》覚えてゐるのか。其訳を知つてるか」

自分は仕方がないから「矢つ張り三勝半七見たやうなものでせう」と答へた。兄は意外な返事に一寸驚いたやうであつたが、「己《おれ》は斯う解釈する」と仕舞に云ひ出した。「（略）人間の作つた夫婦といふ関係よりも、自然が醸《かも》した恋愛の方が、実際神聖だから、それで時を経るに従がつて、狭い社会の作つた窮屈な道徳を脱ぎ棄てゝ、大きな自然の法則を嘆美する声丈が、我々の耳を刺戟するやうに残るのではなからうか（略）」（「帰つてから」二十七）

自然としての恋愛と、制度としての結婚といった対比、そして自然の「復讐」というのが、一見したところ、『それから』以後の漱石作品の主調音を成しているかに見えるし、江藤淳や桶谷秀昭《おけたにひであき》のような批評家は、この「自然」の語をキーワードとして漱石を論じてきた。しかし、私はどうも素直にこれに従えない。たとえばここでの兄弟の会話に紛れ込んだ「三勝半七」というノイズは何なのだろう。

夏目漱石は、つくづく恐ろしい作家だ。代助から一郎まで、「女・男・男」の三角関係をもとにして持ち伝えられた「制度と自然」という二項対立は、じっさいには二郎の「三勝半七」の一言で崩れさっている。一郎が「意外な返事」に驚くのも無理はない、同じ「三角関係」でも、三勝半七では、一郎の図式が無効になってしまうからだ。漱石は、自ら作品内部にこのような雑音を仕掛けている。

パオロとフランチェスカもそうだが、トリスタンとイゾルデ伝説、ペレアスとメリザンド、そして『アンナ・カレーニナ』のように、西洋文藝はなるほど数多く「女・男・男」型の三角関係、あるいは姦通を扱ってきた。そこでは、人妻が夫以外の男と恋をする。そして英語でadulteryといえば、男女を問わず配偶者以外の異性と肉体関係を持つことを意味する。ただし、近松門左衛門には『堀川波鼓《ほりかわなみのつづみ》』『鑓《やり》の権三《ごんざ》重帷子《かさねかたびら》』『大経師昔暦《だいきょうじむかしごよみ》』という「姦通もの三部作」があるが、これはいずれも誤って肉体関係を持ってしまったものだ。すると、「制度と自然」のような二項対立が起こるのは、両者のあいだに愛情関係があるときだけなので、文藝で言う「姦通」はそのような場合を指すとするべきだろう。

さて、水村美苗が正しく指摘しているように、こうした「西洋文藝」の中の「姦通」は、「女の主体」の問題として現れる。つまり、親あるいは世間の強制で好きでもない男の許に嫁いだ女が、真に恋する男と関係を持ってしまう、というのが基本パターンだ。ただ、江戸文藝にも潜在的にこのパターンは存在する。紀海音《きのかいおん》の浄瑠璃『袂の白しぼり』のお染、やはり海音の『八百屋お七』に描かれた八百屋お七などは、ほかに好きな男があるのに親から別の男との縁談を強制されている。

詳しい議論は省くが、これらの場合、娘は意に染まぬ男の所へは嫁がないで、心中したり処刑されたりするから「姦通」にはならない。江戸の作者は決して姦通を美化することはないのだ。逆に言えば、他に好きな男がありながらみすみす親の強制にしたがって別の男に嫁ぐ、などという娘が江戸文藝のヒロインになるというのは、稀なのである。だからこそ、「姦通」は起こりえない。

そしてもちろん、「男・女・女」の三角関係は、このような意味での「姦通」を生み出さない。治兵衛が遊女小春と、半七が女藝人三勝と肉体関係を持つことは、禁忌でも何でもないからだ。それどころか、江戸後期になると、この形の三角関係は文藝の世界で「悲劇」ですらなくなる。「三勝半七」の物語を読本化した曲亭馬琴の『三七全伝南柯夢《さんしちぜんでんなんかのゆめ》』では、設定は時代ものに変えられているが、半七は三勝を正妻に、園花を側室にしてハッピー・エンドを迎えている。これが、丹次郎の許嫁お蝶を本妻に、藝者米八《よねはち》を妾にする『春色梅児誉美《しゅんしょくうめごよみ》』の決着の付け方と同じであるのは一目瞭然だろう。一夫多妻制を容認する世界で、「男・女・女」の三角関係は、悲劇の要因ではなくなってゆく。

「女の愛」の発見

ということは、漱石は、江戸的伝統と断絶したところで「女・男・男」の三角関係を描かなければならなかったのではないか。しからば漱石は「西洋的伝統」に従ったのだろうか。もし、人妻が別の男と恋をする、という物語を書くとすれば、そして女が結婚前からその恋人と知り合っていたとするなら、次の二つの基本パターンのどちらかが考えられる。

①その恋人と愛し合っていたが、親その他に強制されて結婚した。

②同意して結婚したが、結婚後恋人のほうに心が移った。

恋愛というのはそう簡単に割り切れるものではない、とお叱りを被るかもしれないが、そうであっても、社会的に葬り去られることを覚悟の上での「姦通」に踏み切るためには、そもそも「女の内面」が描かれていなければおかしい。『それから』が変なのは、第一に、三千代の心理がほとんど描かれていないように見えるからなのである。三千代は代助が好きだったのに平岡と結婚したのか、それとも結婚したあとで平岡に愛想を尽かしたのか、それとも――。『それから』は、代助の内面的苦悩をもっぱら描いているのだが、彼がどれほど内面の苦闘を重ねて決心しても、三千代その人が受け入れなければそれまでで、代助の滑稽な一人相撲に終わるしかない。

　最近の批評では、テクストの精緻な読みの結果、さすがに「純乎とした一篇の恋愛小説」（猪野謙二）といった見方には疑いが投げかけられ、菅沼、三千代、平岡、代助の交遊と、菅沼とその母の死、三千代と平岡の結婚、という過程のなかで、三千代こそが代助を愛していたのであって、代助のほうにはさしたる情熱はなかったのではないか、そして今回の事件にしても、「三千代の愛に導かれることなしに代助の〈自然の昔〉は明瞭な輪郭をもちえなかった」のではないか（中山和子）という解釈も現れている。だとすれば、代助の言う〈自然〉も、「以前から三千代を愛していた」という言葉も、この夏の三千代の働きかけの結果、その辻褄合わせのための事新たに作り上げた〈過去〉だということになってゆくだろう。つまり、愛のイニシアティヴを握っているのは三千代に他ならないのだが、『それから』のテクストは、そのことを隠蔽すべくこれ努めているのだ。

　代助が三千代に「愛」を告白してから後の描写は、確かに、中山の解釈を裏書きしている。十四章の有名な場面で、三千代は「何故棄てゝ仕舞つたんです」と、泣きながら代助を詰る。ここから代助は、佐川の娘との結婚を断り、父から見放されて収入の道を絶たれることを予測し、以後の自分と三千代の生計をどう立ててゆくかに頭を痛めはじめるのだが、三千代のほうでは、次に彼が訪ねたとき、「落ち付き払つた態度」で代助を驚かせ、「微笑」（十五）するのだが、さらに代助が佐川の娘との結婚を断って、「己の方でも、もう御前の世話はせんから」と父に最後通牒を突きつけられてからまた三千代を訪ねたときは、彼女は「微笑《ほほえみ》と光輝《かがやき》とに満ちて」おり、「代助の顔を見れば、見てゐる其間丈の嬉しさに溺れ尽すのが自然の傾向であるかの如くに思はれた」のだし、翌日訪れてきたときも、彼女はひたすら「幸福」（十六）に見えたのである。そこで代助が言いにくそうに、自分の窮状を訴え、「僕の身分は是から先何うなるか分らない。少なくとも当分は一人前ぢやない」と告げると、三千代はいともたやすく「斯うなるのは始めから解つてるぢやありませんか。貴方だつて、其位な事は疾《と》うから気が付いて入《いら》つしやる筈だと思ひますわ」と言う。続いて次の場面が来る。

「私は此間から、――此間から私は、若《も》しもの事があれば、死ぬ積で覚悟を極めてゐるんですもの」

代助は慄然として戦《おのの》いた。

「貴方に是から先何《どう》したら好《い》いと云ふ希望はありませんか」と聞いた。

「希望なんか無いわ。何でも貴方の云ふ通りになるわ」

「漂泊――」

「漂泊でも好いわ。死ねと仰しやれば死ぬわ」

代助は又竦《ぞつ》とした。

（中略）

「平岡君は全く気が付いてゐない様ですか」

「気が付いてゐるかも知れません。けれども私もう度胸を据ゑてゐるから大丈夫なのよ。だつて何時殺されたつて好いんですもの」（十六）

こうして見ると、もし愛情に深浅があるとするなら、圧倒的なまでの愛情を代助に注いでいるのは三千代のほうなのだと考えざるをえないだろう。『それから』の中で、つまり平岡と三千代が東京へ帰ってきてから、代助と三千代は、平岡を交えた場合も含めると、十四章の告白の場面までに八回会っている。代助の内面に即した『それから』の語りをそのまま信じてしまえば、代助はその間に己の内面に、自然発生的な「三千代への愛」を見いだすことになっているのだが、ここから振り返れば、代助が発見したのは、三年の年月を隔てても変わることなく熾烈な炎を燃やしている「三千代の代助への愛」でなければならなかったはずだ。むろん、三千代が代助を愛していると発見したために代助が決心したとしても、そのこと自体には何の問題もないだろう。だがそうなると、代助が〈自然〉と呼んでいるのは、彼の内面における三千代への愛などではなくて、三千代の彼への愛でしかなかったことになる。

たとえば小森陽一は、

男性にとって他者である女が、最終的に何を考えていたのか、彼女が何を思っていたのか、彼女はいったいどうしようとしたのか、それをやはり他者である男の書き手としての作者の側からは決して意味づけようとしないという、非常に厳しいスタンスを『三四郎』以降の小説の中で、漱石は選びつづけて

おり、それが「作家としての倫理性」だとしている（『岩波セミナーブックス　漱石をよむ』）。しかし、代助の「迷い」は、三千代が最終的に何を考えているか分からないにしても、ある暫定的かつ不安定な三千代の内心についての推測を行っていなければ起こりえないはずのものだ。だが、『それから』の、代助の内面に即した語りは、三千代の内面を語らないのみならず、代助が思い描いた三千代の内面すら描こうとしていない。『それから』が奇妙なのは、この部分を隠しているからなのである。そして、実は、代助は、三千代の

愛についてほとんど確信を持っていたとしか思えないのである。

奇妙な「さいころ」の比喩

それがはっきり現れているのは、代助が用いる「さいころ」の比喩である。

代助は（略）手に持つた賽《さい》を投げなければならなかつた。上になつた目が、平岡に都合が悪からうと、父の気に入らなからうと、賽を投げる以上は、天の法則通りになるより外に仕方はなかつた。賽を手に持つ以上は、また賽が投げられ可《べ》く作られたる以上は、賽の目を極めるものは自分以外にあらう筈はなかつた。代助は、最後の権威は自己にあるものと、腹のうちで定めた。（十四）

さいころは、振ってみるまでどの目が出るか分からない、という場合にこそ使われるべきものだろう。実際には出る目が六通りだとしても、丁半博打なら丁か半か、少なくとも二通りはなければならない。「賽を投げる」は、代助の場合、三千代に愛を告げることを意味している。「投げるか投げないか」を決めるのは、その意味で確かに代助の役割だ。それなら、丁と出るか半と出るかは、何の比喩なのだろうか。まさか、父や兄や平岡が、代助と三千代の関係を祝福するか否か、ということの譬えではあるまい。ならばそれは、三千代が代助を受け入れるか受け入れないかの問題だから、「賽の目を極める」のは、三千代ではないか。比喩の使い方が杜撰《ずさん》だ、というには、余りに奇妙である。

しばらくしてからまた、

「何だつて、まだ奥さんを御貰ひなさらないの」と聞いた。代助は此間《このとい》にも答へる事が出来なかつた。

しばらく黙然《もくねん》として三千代の顔を見てゐるうちに、女の頰から血の色が次第に退ぞいて行つて、普通よりは眼に付く程蒼白くなつた。其時代助は三千代と差向《さしむかい》で、より長く坐つてゐる事の危険に、始めて気が付いた。自然の情合《じょうあい》から流れる相互の言葉が、無意識のうちに彼等を駆つて、準縄《じゅんじょう》の埒《らつ》を踏み超えさせるのは、今二三分《ぷん》の裡《うち》にあつた。代助は固《もと》より夫より先へ進んでも、猶素知らぬ顔で引返し得る、会話の方《ほう》を心得てゐた。彼は西洋の小説を読むたびに、そのうちに出て来る男女《なんにょ》の情話が、あまりに露骨で、あまりに放肆《ほうし》で、且つあまりに直線的に濃厚なのを平生から怪んでゐた。原語で読めば兎に角、日本には訳し得ぬ趣味のものと考へてゐた。従つて彼は自分と三千代との関係を発展させる為に、舶来の台詞《せりふ》を用ひる意志は毫もなかつた。少なくとも二人の間では、尋常の言葉で充分用が足りたのである。が、其所に、甲の位地から、知らぬ間に乙の位置に滑り込む危険が潜んでゐた。代助は辛うじて、今一歩と云ふ際どい所で、踏

み留まつた。帰る時、三千代は玄関迄送つて来て、
「淋《さむ》しくつて不可《いけ》ないから、又来て頂戴」と云つた。（十三）

これは、「告白」の直前の二人きりでの会見の場面だが、『それから』に人気があるとすれば、恐らく、三千代を平岡に譲ったとかいった筋立てではなく、こうした部分のスリリングな展開のゆえだろう。殊に最後の部分、代助の「際どい所で、踏み留ま」った努力が、三千代の台詞で一瞬にして水泡に帰すあたりが鮮やかだ。

だが、三千代の代助への愛が、それほどのものであるとすれば、余りにもナイーヴな、しかし必要な疑問を投げかけておかねばならない。彼女はなぜ平岡と結婚してしまったのか、ということだ。

永く生きられない身体

いま引いた二人の弄《まさぐ》りあうような会話のあと、三千代を呼び出し、代助が愛を告げたとき、「何故棄てゝ仕舞つたんです」と言って三千代が泣くのは、すでに述べた。三年前のことを言っているのだ。「僕が悪い。勘忍して下さい」（十四）と代助は答え、三千代の手首を取ってハンカチを顔から放そうとする。作中、代助が三千代に触れるのはこれが初めてである。「何故」という、三年前の行為についての問い掛けは、平岡からも発せられて

いるが、代助が三千代の「棄てる」という言葉遣いをそのまま認めているところからして、代助が三千代の思いに気づいていなかったとは思われない。ところが、今度は逆に、「それなら何故平岡に嫁ぐことを承知したのか」という問い掛けを、三千代に向かって発することが出来るはずだ。これに答えるのは簡単だと思われるかもしれない。兄と母を同時に失い、父が破産の憂き目にあった若い娘が、恋する代助に自分と結婚する気がないと知れば、その男が勧める別の男と結婚するほかに生きてゆく途はないだろうからだ。ここで三千代は、ちょうど野々宮との恋に挫折して、兄の友人である銀行員と結婚してしまう美禰子の立場に立っていたことになる。小森陽一は、この美禰子の選択について、

日露戦争後の現実の中では、別な男に嫁ぐ形で、自分の身を別な男に売り渡す形でしか、女たちは生きていけなかった。しかし、本郷文化圏に集まっている知的な男たちのだれ一人として、その現実には気づかなかった

と述べている。ならば、代助と三千代の物語は、三四郎ではなくて、野々宮と美禰子の「それから」だということになるだろう。だが、それはともかく、三千代を江戸文藝のヒロインたちから区別するのは、まさに「愛してもいない男に嫁ぐ」点にあるのだ。たとえば『好色五人女』の八百屋お七に対して、小姓吉三郎はさしたる愛情を抱いていないし、

『南総里見八犬伝』の浜路に対する犬塚信乃も、冷淡そのものというほかない。だが、お七も浜路も、別の男に嫁ごうとしてはおらず、命をかけても恋する男への操を貫こうとするのである。これと対照的に、三千代は終始一貫、代助への愛を自分から打ち明けようとさえしていないのだ。

もちろん、三千代の節操のなさを非難しようというのではない。平岡に嫁がなければ三千代は「生きていけなかった」。だが、いま三千代は「死ぬ積で覚悟を極めてゐる」と言い、「何時殺されたつて好い」とまで言う。ならばなぜ、三年前にその覚悟ができなかったのか、と三千代を問い詰めることは十分可能なのである。しかし、三千代はすでにこの問いに対する回答を与えているのだ。

「さう死ぬの殺されるのと安つぽく云ふものぢやない」
「だつて、放つて置いたつて、永く生きられる身体《からだ》ぢやないぢやありませんか」
代助は硬くなつて、竦《すく》むが如く三千代を見詰めた。三千代は歇私的里《ヒステリ》の発作に襲はれた様に思ひ切つて泣いた。（十六）

三千代が、子供を亡くしてから心臓の具合が悪く、いったんは良くなったものの「帰る一ケ月ばかり前から、又血色が悪くなり出し」（四）て、今度は心臓ではないらしいという事は、読者は最初から知らされている。そして、最後の章では、三千代の病気が悪くなったと知らされ、彼女は姿を現さぬまま、このまま死んでしまう可能性も暗示されている。

愛の告白のあと、「死ぬ覚悟」まで決めて泰然たる態度を崩さない三千代と対照的に、今後の生計をどう立ててゆくかと思い悩む代助の姿に、三千代の思いの深さと、代助の不甲斐なさを見て取る批評があるが、そうした「怖れる男と怖れない女」という図式は、余りにロマンティックな、ある意味では三千代を江戸文藝のなかの女性の延長線上に置こうとするものだと言うべきだろう。三千代が、三年前にできなかった決心を今しているのは、自分の命が明日をも知れないという肉体的条件を前提としているのだ。つまり、愛の成就をひたすら幸福と感じる女と、今後のことを思ってあたふたする男という図式は、女が「今後」はないと感じているという事実を抜きにして建てるべきものではない。漱石は決して三千代に関してロマンティックな幻想を抱いてはいないのだ。

結婚の陰画としての恋愛

『それから』は、一見したところ、なにやら世話浄瑠璃の世界を思い起こさせる。「告白」の後の代助の逡巡と、これと対照的な三千代の決意は、ちょうど上方歌舞伎で「つっころばし」と呼ばれる世話ものの主人公の不甲斐なさと、その恋人である女の「死」をためらわずに選び取る覚悟の様を思い起こさせずにいない。だが、そうした「女の強さ」は、世話浄瑠璃のヒロインとなることの多い女郎であれば、たとえば吉原の女郎の平均寿命が二十三歳だったという過酷な苦界の現実に、あるいは素人女であっても、生涯主体として生きていくことのできない女の現実に根ざしているのであり、失うべきものを持たないからこそ、女は「怖れない」のに過ぎないのだ。

さらに、主人公代助が、資産家の娘との結婚を強要されるという筋立ては、『曽根崎心中』（元禄十六年〔一七〇三〕初演）で、徳兵衛が陥っている、叔父である親方から内儀の姪との結婚を強いられる状況ともよく似ている。女郎お初と言い交わした徳兵衛はもちろんこれを拒むのだが、徳兵衛の継母は、親方と談合の上、二貫目の持参金をすでに受け取ってしまっていた。徳兵衛が立腹して「いやでござる」と断ると、

親方も立腹せられ。おれがそれも知つてゐる。蜆川の天満屋の初めとやらと腐りあひ嶋が姪を嫌ふよな。よい此の上はもう娘はやらぬ。やらぬからは銀《かね》を立て。

と迫られるのである。「佐川の娘」との縁談についても、どうやら何か資金繰りに苦しんででもいるらしい代助の父の思惑が絡んでいるわけだし、主人公代助は、「世間」と「恋」との板挟みになっているとも言いうるのだ。

ところで、近代小説である『それから』を読んでいてひっかかるのは、「佐川の娘」と

の縁談と、三千代との再会という二つの事件が同時に起こるタイミングが良すぎるということではあるまいか。世話浄瑠璃ですら、事件はある内的必然性にしたがって起こるのだ。『それから』では、代助はそれまでも何度か見合いを断ったことになっている。しかし今回は父の会社の危機が暗示され、結婚の要求も短兵急である。その一方、確かに父自身は「もうお前の世話はせん」と言っているが、嫂からの手紙によれば、父も兄も結婚のことはもう諦めており、代助が下手に出れば援助も続けられると匂わされている。だとすれば、「佐川の娘」との縁談自体は、「二貫目返せ」と迫られている徳兵衛ほどの重みを、代助に対しては持っていないのだ。その代わり、父からの結婚の強要は、代助に「三千代への愛」を確認させる機能を、確かに果たしている。

そうなると、にわかに、恐らく『それから』を読んでいるあいだ誰の胸にも沸き起こるであろう微かな疑念に気づかざるをえなくなってくる。つまり、代助は三千代を愛しているがゆえに結婚を断るのではなく、結婚を断るために三千代を愛する決心をしたのではないか、ということだ。

代助は、「佐川の娘」との結婚が父の政略の意味を持っていることに薄々気づいており、明治四十年代の若い知識人として当然これに嫌悪を抱いている。だが、それだけではない。

生涯一人でゐるか、或は妾を置いて暮すか、或は藝者と関係をつけるか、代助自身にも明瞭な計画は丸でなかつた。只、今の彼は結婚といふものに対して、他の独身者の様に、あまり興味を持てなかつた事は慥である。（中略）だから、結婚を必要事件と、初手から断定して、何時か之を成立させ様と喘《あせ》る努力を、不自然であり、不合理であり、且つあまりに俗臭を帯びたものと解釈した。（中略）

代助は固より斯んな哲理《フィロソフィー》を嫂に向つて講釈する気はなかつた。が、段々押し詰られると、苦し紛れに、

「だが、姉さん、僕は何うしても嫁を貰はなければならないのかね」と聞く事がある。

（七）

「佐川の娘」との結婚が政略だからと言うのでもなく、代助は、「結婚を必要事件と断定する」家族を「俗臭」を帯びたものと考えているのである。さらに代助の思索は、「あらゆる意味の結婚が、都会人士には、不幸を持ち来すものと断定」（十一）するに至っている。愛は永続するものではないからである。

ところが、こうした「哲理」を講釈するわけには行かない嫂が、佐川の娘との縁談に関連して、「貴方だつて、何時か一度は、御奥《おく》さんを貰ふ積なんでせう」と説得にかかったとき、代助は、「姉さん、私は好いた女があるんです」と告げ、嫂が女の名を聞き、代助が答えないので、「何故其女を貰はないのか」と問いただすと、「貰へないから、貰はない

のだ」と答える（十四）。この説明は、一瞬にして「結婚を必要事件と考える」嫂を納得させてしまうのである。だが、結婚する気が起こらない、というのが代助の本心だとすれば、「好いた女を、貰えない」というのは後から付けた理屈でしかない。代助は、この前後から急速に、「制度」としての結婚と、「自然」としての恋愛という図式にはまってゆくのだが、もし始めに代助が考えていたように、「結婚」が必ずしもする必要のないものだとすれば、「恋愛」もやはり、する必要のないものなのである。だが、嫂を納得させるために「好いた女を、貰えない」と告げ、どうやら自分でもそれを信じ込んでしまったらしい代助は、ここで、「恋愛」が自然などではなく、「結婚」という制度の陰画として作りだされた、やはりもう一つの制度でしかないことを自ら認めているに等しいのである。『それから』を「恋愛小説」として読むとすれば、そこで「自然」として名指されている「恋愛」が、「結婚」という制度を鋳型として生み出されたものに過ぎないことを露呈し、代助の三千代をめぐる思索の過程が、まるごと「恋愛」という物語＝文藝をなぞるものとして立ち現れてくる「メタ＝恋愛小説」として読まれるべきなのである。代助の兄は、次のように言う。

「一体何うなんだ。あの女を貰ふ気はないのか。好いぢやないか貰つたつて。さう撰り好みをする程女房に重きを置くと、何だか元禄時代の色男の様で可笑しいな。凡てあの時代の人間は男女《なんにょ》に限らず非常に窮屈な恋をした様だが、左様《そう》でもなかったのかい」

（十二）

もちろんそうでもない。この兄が念頭に置いている「元禄時代の人間」とは、世話浄瑠璃の登場人物のことでしかないからだ。だが、そのことによって、俗物であるこの兄は、代助の「恋」が「文藝」をなぞったものであることを言い当てている。読者は、佐川の娘との〈共同体の制度〉としての縁談を父親に強いられたことが、代助に、押し隠していた三千代への愛を、〈自然〉として発見させる契機になったのだ、という読み方をするだろう。だが、この〈自然〉は、〈制度〉を否定するために拵えられたものに他ならないのだ。代助が結婚する気にならない理由は、ある意味ではっきりしている。それは、結婚なるものが共同体の意志によって行われるものだからだ。そして、「個人」による共同体への抵抗の拠点として「恋愛」はあるのだが、むろんこれはすっぽりと「恋愛」と「自然」と「個人」を同時に発見したルソー以来の思考の構造に納まっており、なおかつ〈自然〉の概念は、近代思潮において、〈制度〉の鋳型を逆焼きしたものとして現れたのである。

「悲劇」作者長井代助

では、もし中山和子が言うように、代助の三千代に対する情熱がもともとさしたるものでなかったとすれば、例の代助と平岡の会話のなかで悲痛な調子で持ち出される「義俠心」とは何だったのか。「義俠心」という言葉は、時代もの浄瑠璃の登場人物がそうであるように、代助が、自分の利益を犠牲にして他人のために働いた、というニュアンスをもって用いられている。代助が「義俠心」という言葉を使うのは、だから、「君より前から三千代を愛していた」と平岡に告げたあとのことだ。代助の言い分を、もう一度引用しよう。

其時の僕は、今の僕でなかつた。君から話を聞いた時、僕の未来を犠牲にしても、君の望みを叶へるのが、友達の本分だと思つた。それが悪かつた。今位頭が熟してゐれば、まだ考へ様があつたのだが、惜しい事に若かつたものだから、余りに自然を軽蔑し過ぎた。

代助は、「三年前の自分」と「今の自分」が違っていることを明瞭に認めている。それなら、三年前に愛していなかった三千代を今愛していても何も不都合はないはずなのに、この点に関してだけは、三年以上前から三千代を愛しつづけていた、という点を代助は固守してやまないのである。

代助は渝《かわ》らざる愛を、今の世に口にするものを偽善家の第一位に置いた。

　此処迄考へた時、代助の頭の中に、突然三千代の姿が浮んだ。其時代助はこの論理中に、或因数《ファクター》は数へ込むのを忘れたのではなからうかと疑つた。けれども、其因数は何うしても発見することが出来なかつた。すると、自分が三千代に対する情合も、此論理によつて、たゞ現在的なものに過ぎなくなつた。彼の頭は正にこれを承認した。然し彼の心《ハート》は、慥かに左様だと感ずる勇気がなかつた。（十一）

三年前に愛していなかった三千代を今愛しているとすれば、未来へ向けての三千代への愛の永続性も保証できなくなる。「頭」が、実はその通りだと知りながら、「心」はこれを認めない。だとすれば、代助は、事の始めから三千代を愛していたという「物語」を作り上げ、にもかかわらず彼女を平岡に斡旋した理由を、「義俠心」という別の「物語」によって説明するほかない。そして、われわれ読者が読まされてきた『それから』という「悲劇」は、「恋愛」という「物語」の作者、長井代助が、おそらく平岡三千代との共謀のもとに書いたものにほかならないのである。

　しかし、こう言ったからといって、私は、三千代と代助の愛が虚偽に満ちている、というつもりはない。あらゆる「恋愛」なるものは、物語化されたものとしてしかありえないのだし、まさにパオロとフランチェスカが、二人でランスロットとギネヴィアの物語を読みながら恋に陥ってしまったように(次章参照)、先行する文藝の模倣としてしかありえないからである。佐伯彰一が嗅ぎつけたのは、代助が、あたかも恋する男を演じているように見えるというわざとらしさなのだろう。だがむしろ、通常の恋愛小説は、「演技」を隠すところに成り立っており、さもなければ「小説らしさ」のなかで、あらゆる登場人物がわざとらしくあるために主人公たちの演技が目立たないだけのことだ。『それから』で漱石は、恋愛という物語の生成過程そのものを、そして主人公たちの「演技」を露呈させるような書き方をしている。だから『それから』は、「メタ＝恋愛小説」なのである。これとは逆の意味で、「メタ＝恋愛小説」と呼びうるのが、『行人』であるのは言うまでもない。長野一郎は、弟二郎と妻お直のあいだに、「恋愛」の物語を探し出そうとしているのだ。だが、『行人』については、後の章で論じることにしよう。

「恋愛」と「勧善懲悪」

『それから』が奇妙な方向へ、はっきり言えば『門』や『こゝろ』の方向へとずれてゆくのは、代助が平岡に会って「解決を付け」ようとしてからのことだ。

「僕の毀損された名誉が、回復出来る様な手段が、世の中にあり得ると、君は思つてゐるのか」

今度は代助の方が答へなかつた。

「法律や社会の制裁は僕には何にもならない」と平岡は又云つた。

「すると君は当事者丈の内で、名誉を回復する手段があるかと聞くんだね」

「左様さ」

「三千代さんの心機を一転して、君を元よりも倍以上に愛させる様にして、其上僕を蛇蝎の様に悪《にく》ませさへすれば幾分か償にはなる」

「夫が君の手際で出来るかい」

「出来ない」と代助は云ひ切つた。

（中略）

「君は三千代さんを愛してゐなかつた」と〔代助は〕静かに云つた。

「そりや」

「そりや余計な事だけれども、僕は云はなければならない。今度の事件に就て凡ての解決者はそれだらうと思ふ」（十六）

不思議な対話である。代助は「三千代の心機を一転させ」て平岡に償いをする気などがあるのだろうか。いや、ここからは、漱石の苦悶が聞こえてくるようだ。平岡が三千代を愛していなかった、だから三千代は代助に心が移ったのだ、といった理屈が「解決者」だと代助が言うとき、あるいは漱石が代助にそう言わせるとき、彼らは、三角関係の物語を「勧善懲悪」や「因果応報」の原理のなかに無理やり押し込めようとしている。だが、実際には、平岡が三千代を愛していようとも、三千代が代助に従うことは十分あり得る。恋愛は勧善懲悪ではないということを、漱石は頭で理解していながら、心でこれを認めることができずにいるのだ。

時代もの浄瑠璃のような、武士=男と男の世界では、正しく振る舞う男は正しい報酬を得る、という成文法以外の倫理が働いているし、不当な振る舞いをするものは、赤シャツのように、たとえ事実上の勝利者であってもこれを憎む権利が読者に与えられている。だが、男と女の世界では、どれほど正しく愛したからといって、愛し返される保証はどこにもないし、坊っちゃんがマドンナに天誅を加えられなかったように、正しく愛さなかったからといって、その女を責めることはできないのだ。

だから、『門』『行人』『こゝろ』において、漱石は、恋の敗北者の立場に次第に同化し、恣意的に男を選ぶ女への憎悪を、再び前面に押し出してくることになる。

参考文献
森田草平『夏目漱石』講談社学術文庫、一九八〇。
佐伯彰一「漱石における反小説」『ユリイカ』一九七七、十一月。

江藤淳「『それから』と『心』」（『講座』3）
吉田熙生「代助の感性」（『集成』6）
石原千秋「反＝家族小説としての『それから』」『反転する漱石』青土社、一九九七。
丸谷才一『日本文学史早わかり』講談社文庫、一九八四。
猪野謙二「『それから』の思想と方法」（『集成』6）
中山和子「〈自然の昔〉とは何か――『それから』」『國文學』一九九一、一月。
小森陽一「漱石の女たち――妹たちの系譜」『季刊文学』一九九一、冬。

第五章　惚れる女、惚れられる男――『行人』

『三四郎』の汽車の女

『三四郎』は、冒頭、女の奇妙な言動に三四郎が度肝《どぎも》を抜かれるところから始まっている。その女は上京する三四郎と、京都から同じ汽車に乗り合わせた、色の黒い、海軍の職工をしている男の女房で、夫は大連へ出稼ぎに行って最近音沙汰がなく、久しぶりに子供に会いに行くところらしい。三四郎とあまり変わらない年格好である。

三四郎も女も名古屋で降りることになっており、女は「名古屋へ着いたら迷惑でも宿屋へ案内して呉れ」と言いだす。ところが宿へ行くといつのまにか「梅の四番」という一つ部屋へ案内され、女はうろたえる様子もなく、三四郎と一緒に風呂に入ろうとしたりする。下女が丁寧にも布団を一つしか敷かないので、三四郎はやむなく布団の真ん中に敷布で間仕切りをこしらえ、

其晩は三四郎の手も足も此幅の狭い西洋手拭《タウエル》の外には一寸《すん》も出なかつた。女とは一言も口を利かなかつた。女も壁を向いた儘凝《じつ》として動かなかつた。

翌朝、別れ際に女は三四郎の
顔を凝と眺めてゐた、が、やがて落付いた調子で、
「あなたは余つ程度胸のない方ですね」と云つて、にやりと笑つた。（一）

まあ、三四郎ならずとも仰天するだろう。さて、この女と別れた三四郎は、思いめぐらす。

元来あの女は何だらう。あんな女が世の中に居るものだらうか。女と云ふものは、あゝ落付て平気でゐられるものだらうか。無教育なのだらうか、大胆なのだらうか。それとも無邪気なのだらうか。要するに行ける所迄行つて見なかつたから、見当が付かない。思ひ切つてもう少し行つて見ると可かつた。けれども恐ろしい。別れ際にあなたは度胸のない方だと云はれた時には、喫驚《びつくり》した。二十三年の弱点が一度に露見した様な心持であつた。親でもあゝ旨く言ひ中《あ》てるものではない。……（一）

ところで、三四郎と汽車の女との間に起こったのは、「女の誘惑」などではなく、二人が一間で寝るように誘導したのはむしろ三四郎のほうだ、とする千種・キムラ＝スティー

ヴンの議論がある。確かによく読めば、三四郎は恐らく「あわよくば」と思っている。実際、このエピソードに始まって、美禰子との会話などに至るまで、三四郎はそれほど「ウブ」だとは思えないのだ。もっとも、汽車の女に対して三四郎が誘導したというのは言い過ぎで、二人の間に暗黙の共謀が成立していたとでも言うべきだろう。「貴方は余っ程……」という女の台詞はむしろ初めてその挫折した共謀を明るみに出した言葉なのだ。だから本来ここで三四郎は、自分自身の欲望を突きつけられた、と言うべきである。

『彼岸過迄』で使われる、「怖れる男」と「怖れない女」という対比が、後期の漱石作品の主導動機を表すために用いられることが多いが、恐らく『三四郎』のこの部分あたりが、その主題の「初出」とも言うべきものなのだろう。だが、いったいこのような「女の誘惑」が、なぜ男にとって恐ろしいのだろうか。

浄瑠璃の積極的な女たち

いちばんありがちな考え方は、次のようなものだろう。封建的な道徳のなかで、女は自ら男を誘惑したりしてはいけない、家のなかでじっとしていなければならないものだとされてきた。だが、明治の新時代によって解放された女たちは、男に対して積極的に振る舞うようになった。それが男たちは怖いのだ、と。

この考え方は、現実に即して見ようとするなら、性道徳の階級的差異を考えなければならないのだが、私はここでも「文学的記憶」に絞って考えてみたい。というのは、江戸文藝のなかでは、女たちは堂々と自ら恋する男に身を与え、時には夜這いすら敢行しているのである。なかでも、夜這いで名高いのは『南総里見八犬伝』の浜路だ。

大塚村の庄屋蟇六《ひきろく》の養女浜路は、幼いころから、蟇六の妻の甥犬塚信乃《しの》と一緒に育てられ、ゆくゆくは信乃とめあわせられるものと、村人も思い、浜路も心のうちに信乃を将来の夫と思い定めていた。ところが美貌の娘に育った浜路を陣代の簸上《ひかみ》宮六が見初め、ぜひ妻にしたいと申し入れてくる。出世の糸口と喜んだ蟇六はこれを承知し、新たな仕官の道を求めるためと称して、信乃を許我《こが》（古河のこと）へ旅立たせる。信乃のほうでは別に浜路に未練はないらしく、旅立ちの支度をしているのだが、旅立ちの前の晩、浜路は信乃の部屋を訪れて、めんめんと恨み言を述べる。いわゆる「浜路クドキ」と言われる場面だ。浜路は、二人はすでに夫婦約束までした仲、連れて逃げてくれ、さもなくば殺してくれ、と迫るのだが、信乃は、「淫奔」と非難されるのを恐れ、かたくなに拒絶する。

江戸文藝の常道からすれば、ここで浜路は、せめて一晩の情けをかけてくれ、と言っても良さそうなものだが、謹厳な馬琴はそこまで言わせていない。その代わり、「濡れぬ前《さき》こそ露をも厭へ」と言い放つ浜路に、その覚悟があるのは当然だろう。『八犬伝』のパロディーである春本『恋のやつふぢ』には、「浜路クドキ」の柳川重信《やながわしげのぶ》の挿絵の代わりに、「古雅へ旅立ちの夜、信乃、浜路と契る」という春画が入れてある。

『南総里見八犬伝』より柳川重信の挿絵「浜路クドキ」（国立国会図書館蔵）

　これに限らず、八百屋お七や油屋お染は、吉三郎や久松に進んで体を与えているし、前の章で挙げた『妹背山』のお三輪もそうだ。近松の『大経師昔暦』では、女中お玉が手代の茂兵衛に思いを懸けてしつこく言い寄っているのだが茂兵衛は靡かず、彼の苦境をお玉が救ってくれたので、これに報いて日頃の思いを叶えてやろうと茂兵衛がお玉の寝所へ忍んでゆくのが、内儀おさんと間違いを犯す原因になっている。

　江戸は性が解放されていた、という今はやりのオダをあげているのではない。「性の解放」という問題のたて方自体がヴィクトリア朝的なものなのだから。問題は、浜路も、お七も、お染も、「淫奔《いたずら》もの」呼ばわりされずにヒロインたりえていたのはなぜか、なぜ漱石作品の男たちは積極的な女に今さら怯えなければならないのか、ということだ。

簡単なことである。浜路やお七の行為が正当化され、美化されるのは、彼女らが、愛する男、いや生涯の夫と定めた一人の男にのみ操を捧げるからだ。だが、「汽車の女」はじめ、美禰子、『行人』のお直、『こゝろ』の静は、愛しているのかどうか分からない男にすら誘惑めいた言葉をかける。お直で言えば夫の弟二郎だし、静で言えば、それほどあからさまに描かれてはいないが、語り手の「私」に対する言葉遣いが妙になまめかしい、とひところ取り沙汰された。逆に言えば、江戸文藝の女たちは、ただ一人の男を対象に選ぶかぎりにおいて「誘惑」が許されていたのである。そして、近代の批評家たちも、内面化された江戸的基準に惑わされて、美禰子における三四郎への愛、お直における二郎への愛、静における「私」への愛を想定して辻褄合わせをしてきたのだ。

多方向的な「興味」

さて、『行人』の筋を確認しておこう。とはいえ、「何も起こらない」のが『行人』という小説の特徴と言ってもいいくらいだ。漱石自身、まとまった筋の構想を持っていたとは思えない。物語は長野二郎という語り手が、中産階級の家庭らしい彼の家に厄介になっているお貞という娘の縁談をまとめるために大阪に赴くところから始まる。そこで三沢という友人をめぐる奇談を聞かされたりするが、ここに二郎の母、兄の一郎、一郎の妻お直が

合流する。ところが一郎夫妻の間はどうもしっくり行っておらず、一郎は二郎を呼んで、

「直は御前《おまえ》に惚《ほれ》てるんぢやないか」（「兄」十八）

と言いだす。二郎は驚くが、一郎は、自分が「霊も魂も所謂《いわゆる》スピリットも攫《つか》まない女と結婚してゐる」と言って嘆き、さらに、

「（略）直の節操を御前に試して貰ひたいのだ」（二十四）

と頼むのである。二人で一緒に和歌山へ行って一晩泊まって来てくれというのだ。二郎は、兄の強要に負けて、ともかくお直が兄をどう思っているのか聞いてみると言って、和歌山へ二人で出掛ける。ところが生憎の嵐になって、停電のため暗闇のなかに弟と嫂は相対することになってしまう。ここで、お直が二郎に妙に艶めかしい言葉をかけるのが、のちのち批評家たちの議論の種になる。

だが、これは二郎とお直の愛の物語だとか、いや愛しているのはお直のほうだけだとか、これまで繰り返されてきた議論は、「女は誰か一人の男を愛している」という江戸的前提から抜け出せないものでしかないと言わざるをえない。

漱石は巧妙に、「愛」ではない対異性感情の実例を挙げて伏線を張っているのである。まだ一郎が登場しない前のこと、胃病で入院している三沢を見舞った二郎は、三沢の部屋の筋向かいに入院している「あの女」の話を聞かされる。それは藝者で、ある茶屋で三沢と自暴自棄という体の呑み比べをやったあげく、二人とも胃を悪くしてしまったという。このエピソードには、三沢と女と双方の原因不明の苛立ちが匂わされているのだが、それはともかく、

三沢は、身体《からだ》の回復するに従つて、「あの女」に対する興味を日に増し加へて行くやうに見えた。自分が已《やむ》を得ず興味といふ妙な熟字を此処に用ひるのは、彼の態度が恋愛でもなければ、又全くの親切でもなく、興味の二字で現すより外に、適切な文字が一寸見当らないからである。(「友達」二十五)

二郎自身、しだいにこの女に「興味」を持つようになってゆくが、いっぽう彼女の付添いの「美しい看護婦」とも、いつのまにか親しくなっており、

三沢は其前から「あの女」の看護婦に自分が御辞儀をする所が変だと云つて、始終自分に調戯《からか》つてゐたのである。(二十六)

マインド
警視庁捜査一課・碓氷《うすい》弘一6
今野 敏

殺人、自殺、性犯罪……。ゴールデンウィーク最後の夜に起こった七件の事件を繋ぐ意外な糸とは？　藤森紗英も再登場！　大人気シリーズ第6弾。

●760円

川の光
松浦寿輝

平和な川辺の暮らしは突然失われた。安住の地を求め旅に出たチッチとタータを襲う試練、思いがけない出会い……小さなネズミ一家の大きな冒険譚！

●760円

坊っちゃん殺人事件【新装版】
内田康夫

取材のため松山へ向かう浅見光彦。旅の途中出会った女性が、遺体で発見され、容疑は光彦に――。浅見家の〝坊っちゃん〟事件簿！

●640円

「のと恋路号」殺意の旅【新装版】
西村京太郎

自殺した婚約者の足跡を辿り「のと恋路号」に乗ったあや子にニセ刑事が近づき、婚約者が泊まった旅館で従業員が殺された……！

●640円

ただいま家事見習い中
ハウスワーク代行・亜美の日記
鯨統一郎

書き下ろし

家事代行会社のアルバイト亜美が行く先で、トラブルが発生！　意外にも鋭い推理力を持つ亜美は、事件を解決へ導けるのか？

●720円

眠り姫のロード スマイリング！2

土《ど》橋《ばし》章宏

書き下ろし

「ツール・ド・しまなみ」の出場を目指す巧海、千佳、啓太の中学生三人は、ある日地域おこしに来た謎の女性をコーチに紹介されるが。待望の第二弾！

●680円

レインコートを着た犬

吉田篤弘

「犬だって笑いたい」と心密かに期している〈月舟シネマ〉の看板犬ジャンゴ。小さな映画館と、十字路に立つ食堂を舞台に繰り広げられる雨と希望の物語。

●660円

中央公論新社　http://www.chuko.co.jp/
〒100-8152 東京都千代田区大手町1-7-1 ☎03-5299-1730(販売)
◎表示価格は消費税を含みません。◎本紙の内容は変更になる場合があります。

という成り行きになってゆく。そして、

自分の「あの女」に対する興味は衰へたけれども自分は何うしても三沢と「あの女」とをさう懇意にしたくなかつた。三沢も又、あの美しい看護婦を何うする了簡もない癖に、自分丈が段々彼女に近づいて行くのを見て、平気でゐる訳には行かなかつた。其処に自分達の心付かない暗闘があつた。其処に持つて生まれた人間の我儘と嫉妬があつた。其処に調和にも衝突にも発展し得ない、中心を欠いた興味があつた。要するに其処には性の争ひがあつたのである。さうして両方共それを露骨に云ふ事が出来なかつたのである。

（二十七）

恋愛でもないが親切でもない、異性に対して働く「興味」ということを二郎は言っているのだが、それならお直という「女」が、二郎のような若い男に同じような「興味」を持つのに何の不思議があろう。江戸的な先入観では、見境なく美しい女を見て情欲を燃やすのは男だけで、女にはそういった多方向的な情欲はないものとされてしまう。

ところで、一郎の、妻が不貞を働いているのではないか、という疑いは、西洋文学で「寝取られ男恐怖症」としてたびたび現れるモティーフである。『行人』のストーリーがセルバンテスの『ドン・キホーテ』に出てくる挿話に似ていることはつとに指摘されていることだし、シェイクスピアの『オセロウ』『シンベリン』『冬物語』なども、妻が別の男を愛しているのではないか、と夫が疑うところから悲劇が起こるという筋立てを持っている。

「恋愛」は西洋から来たものか?

ここでやはり、水村美苗の『行人』論に触れておかねばなるまい。水村は、一郎や二郎を、「西洋の文藝」から学んだ「恋愛」という思想にからめとられた明治の青年として捉え、そもそも西洋の文藝における「恋愛」は、法と自然(ノモスとピュシス)の対立を前提とするものであり、家父長の意向(法)によって強制的に嫁がされた女が、恋人に出会って恋愛することによって抑圧されていた内面(自然)を回復させる、という想定のもとに成立するとしている。ところが一郎とお直は「見合い結婚」をしたのであろうし、そこには「法と自然」などという二項対立はもともと存在していないのであり、三沢がかかわり合いになった「精神病の娘さん」についての男たちの解釈から一郎の妄想に至るまで、彼らは、このような二項対立のないところに「女の主体」を見出そうとする錯誤に陥っている、と水村は論じている。

「恋愛」という言葉が、明治以後、英語の「ラヴ」の訳語として作られた、ということはよく言われる。だがそれなら、江戸文藝に描かれた「男女の情話」は何だったのか、というのは自然に起こる疑問だろう。この点については稿を改めて論じるほかないのだが、ひとまずことかかわりのある点についてだけ述べておきたい。

たとえば、近松の世話浄瑠璃の第一作『曽根崎心中』のお初徳兵衛の道行の段に、

女は夫の姿を見男は女の体《てい》を見て

という一節がある。お初はもちろん堂島新地の遊女で、親の許しを得た「夫婦」ではない。しかしここで「夫」と言っているのは、決して例外的な事例ではない。やはり近松の『心中二枚絵草紙』では、大坂北の新地天満屋の女郎お島と間夫《まぶ》市郎右衛門の別の場所での同時心中が描かれているが、そこでも「側に夫のある心、夫はおしまと連立ちて」云々とある。

また、歌舞伎では『恋飛脚大和往来《こいびきゃくやまとおうらい》』として知られる梅川忠兵衛もののひとつ、近松の『冥土《めいど》の飛脚《ひきゃく》』の、梅川と忠兵衛が大和の忠兵衛の親元へ逃げてゆく「新口村《にのくちむら》」のハイライトは、忠兵衛の父孫右衛門と梅川が、お互いに正体を知りながらそ知らぬふりで「嫁・舅」の会話を交わすところにある。

こうした心中者たちの「恋愛」は、確かに社会秩序に反した行為だが、江戸の浄瑠璃作者がそれを美化しえたのは、ひとえに、女のほうが「妻」として一人の男に操を立ててい

るからである。ただし、女はもっぱら女郎なのだからこの操は必ずしも肉体的なそれではない。

女の貞節としての恋——江戸文藝の世界

「親の許さぬ恋愛」と「貞節」のこの奇妙な結合があからさまに現れているのは、「お半長右衛門」つまり菅専助作、安永五年（一七七六）初演の『桂川連理柵《かつらがわれんりのしがらみ》』のお半の台詞だろう。「お半長」というとどうしても上方落語の傑作「胴乱の幸助」を思い出してしまうのだが、この落語のおかげで、浄瑠璃「お半長右衛門」は、明治初期、子供でも知っている話であったことが分かる。京都柳《やなぎの》馬場《ばば》押小路《おしこうじ》の帯屋長右衛門は、養父繁斎《はんさい》、その後妻のお戸瀬と、連れ子の儀兵衛、妻のお絹という複雑な家庭事情を持つ三十八歳の男だが、伊勢参りの帰りに近くの信濃屋の十四歳になる娘お半と過ちを犯すというスキャンダルもあって家庭内は大もめにもめ、ついに桂川でお半と心中する。

　胴乱の幸助に言わせると「ませた娘」のお半は、手代の長吉にいやらしくまとわりつかれるのがいやさに石部の宿で長右衛門の布団のなかへもぐり込んで男女の仲になってしまう。ところが彼女は長右衛門のことが忘れられなくなり、嫁入りさせようという親に逆らい、昨日今日まで手習ひの　お師匠様のおつしやつたは。姫御前《ひめごぜ》は一生に夫といふはただ一人。二人と肌を触れるのは　女子でないといひ教へ。女今川庭訓に書いてあるのを。忘れなとおつしやつたを覚えてゐる　ソレ。伊勢参りの下向の時。堅い石部のお前をば悪い気にして。初床も小さいときから抱へ歩行《がち》。可愛がられりや。愛しうなり。広い世界によいお方は。長右衛門様よりあるまいと

と言って掻きくどく。

これと良く似た理屈が、『西鶴諸国ばなし』巻四の二「忍び扇の長歌」の主題を成している。さる大名の姪が、一目見て彼女に恋い焦がれてしまった身分の低い男の情けに感じて駆け落ちしたが、見つけられて男は成敗され、「不義」を行った以上自害せよと言われた女が、

人間と生を請《うけ》て、女の男只一人持《もつ》事、是《これ》作法也《なり》。（略）おの〱世の不義といふ事をしらずや。夫ある女の、外に男を思ひ、または死《しに》別れて、後夫を求《もとむ》るこそ、不義とは申《もうす》べし。男なき女の、一生に一人の男を、不儀とは申されまじ。

と、婦道を逆手にとって訴え、髪を下ろして男の菩提を弔ったという。

こう並べてみれば、近松その他の浄瑠璃作者たち、そして西鶴が、「封建道徳」に抵抗する拠点としての「恋愛」を賛美したのでないことが分かる。つまり女たちの恋は、「婦女庭訓」の一系列としてのみ認められているのである。そのことをもっとも雄弁に物語っているのは、先に挙げた『梅暦』の、作者による解説だろう。丹次郎とお長（蝶）の濡れ場を描いたあと、作者は言う。

かゝる行状《ありさま》を述て草紙となすこと、婦女子をもつて乱行《みだりがわしき》をしゆるに等し、もつともにくむべしといふ人有《あり》。嗚呼《ああ》たがへるかな。（略）されど婬行の女子《にょし》に侶《に》て貞操節義の深情のみ。一婦にして数夫に交り、いやしくも金《こがね》の為に欲情《よくしん》を発《おこ》し、横道《よこみち》のふるまひをなし、婦道に欠たるものをしるさず。

さらにくりかえして言う。

わが著せし草紙いと多く艶言情談ならざるはなけれども、いづれも婦人の赤心《まこと》を尽して、婬乱多婬の婦女をしるせしことなし。

確かに「オモテ」の道徳において、親の許しなく男と肌を合わせるのは「淫乱」のそしりを免れないが、文藝を支える「ウラ」の道徳・美学は、それがただ一人の男に向けられたものであるかぎり、これを認め、「婦道」にかなうものと見なす。これが江戸文藝の完成した「女の恋」に関するモラルなのだ。もちろん、同じモラルが男に適用されないのは言うまでもない。

このモラルに依っているからこそ、油屋お染、八百屋お七、信濃屋お半、庄屋の娘浜路、悉く「親の強いる縁談」に抵抗する娘たちが、江戸文藝のヒロインたりえたのであって、何も江戸の作者たちは、恋愛を拠点として封建道徳への抵抗を志していたわけではない。そう読み取るのは近代の批評家の幻想でしかないのだ。さてここで、前の章で持ち出しておいた、「パオロとフランチェスカ」に立ち返らなければならない。一郎は、この「女・男・男」の三角関係に言及することによって、「恋愛」の「結婚」に対する優位性を説こうとした。ところが二郎はこの図式に「男・女・女」の三角関係である「三勝半七」を持ち込んで一郎を一瞬混乱させてしまったのである。では、

パオロとフランチェスカ——西洋の文藝

江戸文藝

一郎の妄想

のうち、後の二つを特徴づけるものがあるとすれば、何だろうか。ダンテの『神曲』地獄編第五歌で、ダンテ、ウェルギリウスが出会ったフランチェスカの言葉に耳を傾けよう。

愛は優しい心にはたちまち燃えあがるものですが、
彼も私の美しい肢体ゆえに愛のとりことなりました、
その身を亡者にされた仕打ち、私今も口惜しゅうございます。
愛された以上愛し返すのが愛の定め、
彼が好きでもう我慢のできぬほど愛は私をとらえ、
御覧のように、いまもなお愛は私を捨てません。

つづいてダンテが、なぜ彼らはお互いの秘めた思いを知ったのか、と問うと、それは二人でランスロットの愛の物語を読んでいたときです、と答える。

その読書の途中、何度か私どもの視線がかちあい、
そのたびに顔色が変わりましたが、
次の一節で私どもは負けたのでございます。(平川祐弘訳)

前の部分からするとパオロが先に愛したように見えるが、後の説明では同時に恋したことになっている。漱石はロンドンで、スティーヴン・フィリップスの劇詩『パオロとフラ

ンチェスカ』を観るか読むかしたらしいが（江藤淳）、この劇でも二人が恋に落ちるのは、ふたり並んで、ランスロットとギネヴィアの許されざる愛の物語を読んでいる時のことだ。いずれにせよ、パオロとフランチェスカは、相思相愛の仲だったから「制度と自然」の対立が成立するのであり、仮にフランチェスカが一方的にパオロに「惚れていた」としても、それだけでは姦通にはならない。「自然」は、女だけではなく男のなかにもあるものとされているのだ。

「お半長右衛門」は、ところが、相思相愛の物語ではない。帯屋、信濃屋両家を巻き込んだ騒動の末に入水の決意をしたお半の手紙を読んだ長右衛門が、彼女一人死なせては義理が立たないというのでその後を追うのである。浜路の場合も、信乃は彼女の「愛」を受け入れようとはしていないのだから、「親の勧める縁談」への抵抗は、彼女一人の心の内でのみ行われていることになる。八百屋お七にしても、油屋お染にしても、親の勧める縁談には断じて従おうとはしていないのだから、三角関係は成立していない。ひとり、『好色五人女』巻二の樽屋おせんという「姦通」を犯した女の例があるが、一郎の立てた図式とは裏腹に、世間は姦通相手の男の名前ではなく、夫である「樽屋」の名を冠して彼女を記憶している。

そして、江戸文藝のなかでは、「激しい恋」に身をやつすのはもっぱら女の役割であり、恋の対象となる男は、何やら女の情熱に押し切られ、ずるずると悲劇へ引きずり込まれていくような趣がある。「お直が二郎に惚れているのではないか」という一郎の疑惑が、パオロとフランチェスカとは異なり、江戸文藝に連なっているのは、そこで問題にされているのが「女の一方的な恋」だけであり、疑惑の対象である男の意向、つまりこの場合で言えば二郎の気持ちを一郎がほとんど問題にしていない点なのである。そして、江戸文藝のなかで信濃屋のお半や『諸国ばなし』のお姫様が「美化」されうるのは、彼女らの「恋」が、一人の男に向かってひたすらに流れ込むことによって、「親の意向」のような狭い意味での貞節が、「一人の男への恋」という広い意味での貞節によって乗り越えられてしまうからなのだ。つまり逆から見れば、複数の男に「興味」を抱くような女、あるいはどの男をも「愛」そうとしない女、いわゆるノン・モノガミーの女は、「不自然」な存在とされてしまうのである。

女のほうから惚れ込むこと

『行人』が奇妙なのは、そこに出てくる男たちが一様に「女がどの男を愛しているか」を問題にしながら、自分自身が女をどう思っているのかを語ろうとせず、語る必要があるとも思っていないことなのだ。二郎はお直に「正直な所姉さんは兄さんが好きなんですか、又嫌《きらい》なんですか」(「兄」三十二)と聞くのだが、同じ質問を兄の側に振り替えてみようとはしない。二郎自身、三沢から結婚話を持ちかけられて、どうにもふんぎりがつかず、

「いつそ一思ひにあの女の方から惚れ込んで呉れたならなどゝ」（「塵労」二十三）虫のいいことを考えている。女景清の話でも、精神病の娘さんの話でも、「惚れる」のは女で、これに応えるのが男なのだ。

「女景清」の話とは、長野家の父が聞いてきた話で、高等学校在学中で二十歳前後のある男が、その家の召使に慕われて契りを結んだあと、結婚の約束をするのだが、一週間経つか経たぬに後悔しだして破約してしまった、というものだ。精神病の娘さんのほうは、ある家に嫁いだあとで、恐らく、新婚当初からの夫の放蕩のためだろう、夫の家を出て三沢の家に預けられることになったのだが、その時すでに精神に異常を来していて、三沢が出掛けようとすると必ず玄関まで送ってきて「早く帰つてきて頂戴ね」と言うのだそうだ。ところが三沢は、「色情狂」なのではないかという二郎に反対して、

「僕は病気でも何でも構はないから、其娘さんに思はれたいのだ。少くとも僕の方ではさう解釈してゐたいのだ」（「友達」三十三）

と、病気が悪化して死んでしまった娘さんの面影を胸に抱いている。

後のほうでも、娘さんの法事に行った三沢《ど》は、その親たちの愚劣と元の夫の軽薄を罵って、「もし其女が今でも生きて居たなら何んな困難を冒しても、愚劣な親達の手から、若《も》

しくは軽薄な夫の手から、永久に彼女を奪ひ取つて、己《おの》れの懐で暖めて見せるといふ強い決心」（「帰つてから」三十一）を披瀝する。

にもかかわらず、三沢はあっさり結婚してしまい、果ては二郎にも結婚相手を斡旋しようと言いだす。三沢にとって、死んだ娘へのこれ程激しい思いと、自分の結婚とのあいだには矛盾はないのだろうか。

「気狂になつた女に、しかも死んだ女に惚れられたと思つて、己惚《おのぼれ》てゐる己《おれ》の方が、まあ安全だらう。其代り心細いには違《ちがい》ない。然し面倒は起らないから、幾何《いくら》惚れても、惚れられても一向差支ない」（「帰つてから」二十三）

すると三沢にとって死んだ娘さんは、彼の現実には決して介入してこない安全なファンタジーだということか。これはまさに、結婚外恋愛の制度化であり、そのことによって家父長制的な社会秩序の維持に貢献した江戸の遊廓に群れ集う男たちの論理と同じものだ。だが、問題はさらに根深い。この三沢の台詞のなかには「惚れる」という言葉が四回出てくる。だがその内の一つは「己惚」の惚れだ。すると、あとのほうの「惚れても、惚れられても」というのは、畢竟、「娘さんが惚れても、三沢が惚れられても」なのではないのか。つまりここに出てくる「惚れ」は、すべて、娘さんが三沢に「惚れ」、三沢が自分自身に「惚れ」ているということで、愛のヴェクトルはおしなべて三沢一人に向かっているのである。

一郎もまた、精神病の娘は三沢に惚れていたという解釈に固執している。そう、彼らは皆、三四郎や与次郎の立派な後裔だったのだ。彼らの頭のなかに、「西洋の文藝」から学んだ恋愛という言葉が住み着いているとしても、それは江戸的伝統のなかで、ある本質的な変容を被ってしまっている。江戸的な「恋愛」とは、女が男に惚れることによって男の栄光を増す類のものなのである。たとえば、「男・女・女」の三角関係が、「女・男・男」の三角関係のように、争奪の対象となった「男」の内面は如何に、という問題を引き起こさないのは、惚れてくる女の数は多いほどいいからであり、最終的には一夫多妻制という解決策があるからなのだ。

図式化すれば、こういうことになるだろうか。一郎とお直の結婚が見合い結婚であったとすれば、江戸的な武士階級あるいは上層の町人階級の結婚としては、何の問題もない。浄瑠璃や歌舞伎に描かれているのは、あくまで特殊な世界だからだ。そして、西洋の文藝、ことにヴィクトリア朝英国のそれが、「恋愛結婚」という理想を持ち込んだとき、この秩序に罅《ひび》が入る。だが、慣習的思考のゆえに、ヴィクトリア朝紳士の、まず男が女性に恋して忠誠を誓う、という恋愛の本質的マナーはいつしか忘れ去られて、「女に惚れられる男」、つまり助六や丹次郎の美学が西洋語の分厚い鎧をかぶって復活してきたのである。西洋の恋愛は、まず男が女性に全面的な誠実と忠誠を誓い、女性が自分を選び取ってくれるのを待つものだとすれば、江戸的なそれは、女性が身を投げ出して男への「誠」を証明し、しかるのちに男はおもむろにこれを受け入れる、というものなのだ。

『三四郎』以来の漱石作品がある種のどうしようもない混乱を含んでいる一つの原因は、この差異に無自覚なまま、登場人物が「西洋的な恋愛」をしようとしているからなのである。そして、明治二十年代以後の「近代日本文学」においては、北村透谷や二葉亭四迷がこの伝統に抵抗し、森鷗外は『舞姫』『雁』のような作品でほとんど無意識に江戸に準拠している。この伝統は、大江健三郎や村上春樹にまで脈々と受け継がれており、恋愛とは「女」の問題であり、「女」が全人生を賭けて探究すべきものだという通俗的ディスクールを産出する。

メレディスの皮をかぶった「江戸」

「御前メレヂスといふ人を知つてるか」と兄が聞いた。

「名前丈は聞いてゐます」

「あの人の書翰集を読だ事があるか」

「読む所か表紙を見た事も有ません」

「左右《そう》か」

（略）

「其人の書翰の一つのうちに彼は斯んな事を云つてゐる。——自分は女の容貌に満足する人を見ると羨ましい。女の肉に満足する人を見ても羨ましい。自分は何《ど》うあつても女の霊といふか魂といふか、所謂スピリットを攫《つか》まなければ満足が出来ない。それだから何うしても自分には恋愛事件が起らない」

「メレヂスつて男は生涯独身で暮したんですかね」

「そんな事は知らない。又そんな事は何うでも構はないぢやないか。然し二郎、おれが霊も魂も所謂スピリットも攫まない女と結婚してゐる事丈は慥《たしか》だ」（「兄」二十）

再びメレディスの登場である。一郎が言いたいのは、確かに自分は夫として妻お直の肉体を所有してはいるが、心が通い合っていない、ということでしかないだろう。だが、メレディスがこのような事を言ったのか、言ったとすればどういう意味でなのか、気になるところだ。

問題の「書簡集」は、一九一二年にメレディスの息子の手によって編集、ロンドンで刊行された二巻本に間違いあるまい。『行人』の連載は大正元年（一九一二）の年末から始まっているので、漱石がさっそく取り寄せて読み、作中に取り込んだものと思われる。さて、その書簡は、一八六一年、婚約した一友人に宛てたもののことだろう。ここではまず始めに、ロバート・エドワード・ブルワー゠リットン（有名なブルワー゠リットンの息子）らの詩「タンホイザー」についての批評が書かれている。「タンホイザー」はワグナーの楽劇で有名な古伝説だが、ロマン主義の文脈では、ヴィーナスの肉欲的愛とエリザベートの精神的愛の対立、そしてヴィーナスに魅かれてキリスト教的禁欲を破り罪人となったタンホイザーがエリザベートの愛によって救われるというのが取り敢えずの主題だと考えてよい。だがメレディスは、エリザベス（エリザベート）を、「堅苦しい娘」と呼び、「どうも彼女を見ていると、タンホイザーが肉感的な女神のほうを選んだのが正しいような気がする。人々は彼女を淫猥なものだと考えているが、彼女こそ母なる大地の最愛の娘ではないかと思えてきた」と書いている。

その後で、友人の結婚と結婚相手について少しコメントし、続いて問題の部分が来る。

私は今たいへん体の具合が悪いので、魂に触れることによってしか女性を愛することができないし、（いわゆる「神の天使」である）生命の事実に抗う力が働いてしまうのだ。だが私は、目が捉えるものに引かれる人々、――そう、女性の肉体とか、その他諸々に対して貪欲な人々にさえ羨望を感じているよ――実に羨ましい！　私の場合、そういう欲求が一時間以上もたないので。

英文学者夏目漱石がこれほどの誤読を犯した、あるいは誤読と知りつつ援用したというのが、まことに興味深い。因みにメレディスはこの二年前に最初の妻が別の男と駆け落ちしているのだが、この書簡の「タンホイザー」に関する部分から窺われるのは、彼が「肉体的愛」は「精神的愛」に劣らず重要だと考えていることだ。そして問題の部分では、婉曲な言い回しが取られてはいるが、良く読めば、単に健康状態が思わしくないので、女性の肉体に対する健全な欲求が衰えている（あるいはインポテンツ）、と嘆いているにすぎないのである。* 「神の天使」とか「生命の事実」とは、性行為の婉曲的表現だろう。「肉体だけでは満足できない、だから恋愛事件が起こらない」などということは、まったく言っていない。

意図的かどうかは知らないが、漱石によるメレディスの誤読は、「西洋的恋愛」は精神的なものだ、という近代日本知識人の典型的な誤解、あるいは単純化を示している。実際の差異は、すでに述べたように、男が献身するか、女が献身するか、というところにあるのに、一郎といい、『こゝろ』の先生といい、それを「肉体―霊魂」といった差異に求めてしまっている。それにしても、「容貌や肉体を得るだけでは満足できない、霊や魂やスピリットを得なければ満足できない」という論理は、どこかで聞いたことがないだろうか。しかり、これは女郎を身請けする前に「心底」を試さずにはおれない大尽の女性評価の仕方と同じではないのか？

たとえば、夫の妻に対する狂おしいまでの不満、という良く似た主題を持つトルストイの『クロイツァー・ソナタ』にも、

あの女は謎だ、以前もそうだったし、また今でもその通りだ。俺はあの女の本性が分からない。（米川正夫訳）

という表現がある。また、漱石作品への影響も言われるイタリアの「世紀末」作家ダヌンツィオの『死の勝利』にも、恋人の魂が摑めない、ということに苦しむ主人公が現れる。ところで、ロシアという国は、恋愛や結婚問題に関しては、「西欧」ではないために、いくぶん日本と似通った立場にあると考えるべきだろう。ことに、ドストエフスキーの『白痴』や、チェーホフの『イワーノフ』が、江戸文藝と同じように「男・女・女」の三角関係を扱っていることは注目に値する。西欧近代の文藝のなかでは、二人の女に「惚れられ」て苦悩しているムイシュキン公爵やイワーノフは主人公の資格を持たないだろうし、日本やロシアではまさにそのために彼らは「英雄」たりうる。ここに、近代日本人がひときわロシア文学に親近感を覚える理由の一半があるのだろう。またダヌンツィオのほうは、もちろん、主人公は濃厚な表現で恋人に数多くの恋文を送った上で煩悶しているのである。

敗者の美しさ

「霊や魂や、スピリット」という西洋語に惑わされてはならない。これは単に江戸的な「心底《しんてい》」の思想を西洋語で言い換えたものにすぎないからだ。そして「霊も魂も所謂スピリットも攫まない女」という、文法的にいささか怪しい言い回しが、実は「攫ませてくれない女」というニュアンスを潜ませ、一方的に女性に献身を求め、要求を出しているのは明らかである。

一郎がお直に対して抱く不満は、ごく簡単に、彼の母が代弁してくれている。

「あれだから本当に困るよ」

（略）

「夫婦となつた以上は、お前、いくら旦那が素《そ》つ気なくしてゐたつて、此方《こっち》は女だもの。直の方から少しは機嫌の直るやうに仕向けて呉れなくつちや困るぢやないか。あれを御覧な、あれぢや丸であかの他人が同なじ方角へ歩いて行くのと違やしないやね。なんぼ一郎だつて直に傍へ寄つて呉れるなと頼みやしまいし」（「兄」十三）

この母の不満が、いささかは近代性を帯びているにしても、婦道、女大学の延長上にあるのはたやすく見て取れる。母は、愛だの魂だの言わない分だけそれが露骨に出ているのである。しかし一郎は、所詮自分が江戸的な「家長」として、妻に自分の機嫌を取ることを求めているのでしかないことを認められずに、西洋の言葉でその暗黙裡の要求を言い換えているのだ。

ならば一郎に、こう反問してもいいだろう。お直に魂を要求する前にお前は妻に魂を無条件で手渡しているかと。もちろん彼にはそんな事は思いも寄らない。魂を手渡すとすれば、お直がそれに応えようとしないとき、彼はただ惨めな敗北者になるだけだからだ。それは妻に不貞を働かれながら痴愚のように女を愛しつづけるドストエフスキーの『永遠の夫』の主人公や、シャルル・ボヴァリーの運命、哀れなコキュの運命である。しかし、「西洋的恋愛」なるものが仮にあるとすれば、つまり「江戸的恋愛」と異なる形の愛があるとすれば、それはまさにこのような、敗北者となることを賭けてのものでなければなるまい。メレディスが「エゴイスト」と呼ぶのは、このような賭けに出ようとしないで女を手に入れようとする男のことなのである。

江戸的伝統が、これより半世紀を経ても根強く残っていることを、伊藤整の発言から窺うことができる。

ぼくらは気に入った女ができると、おれはこの人格を降伏して彼女に求愛していいか、それは屈辱的なことじゃないかと先ず考える。この意識は西洋人にはないように思う。それを乗りこえてゆく考え方の習慣ができている。そこがまず恋愛から始まるのでなくて、われわれは人格の降伏という意識を経ないでは恋愛はできない。

これは昭和四十年のものだが、上野千鶴子が言うとおり、「野蛮な女性観」であると言わざるをえない。しかし、これは単に倫理的な意味で野蛮なのではなく、単なる「女性観」の問題でもない。女性の前に屈伏し、なおかつ踏みつけにされ、敗北してゆくマゾヒズムの快楽を知らず、男性の悦びの半ばしか知らずにいるという意味で野蛮なのだ。そこでは、シャルル・ボヴァリーやグレート・ギャツビーの、ひざまずいて情けを乞い、踏みつけにされて生きる悦びと美しさは理解されえない。人格の降伏と屈辱のなかにこそ、恋愛の快楽があるのではないのか。もちろん、谷崎潤一郎のような作家はいるが、われわれはいまだ、村上春樹の小説の主人公のように、女が突然現れて奉仕してくれるのをぼんやりと待っているという、「健全」で貧しい快楽しか正当化できずにいるのである。

男たちの共同体

それにしても、『行人』の登場人物は、実によく、自分の女性をめぐる煩悶や心の揺らぎを、他人に打ち明ける、それも、「男」に向かって。

作品冒頭の部分での、藝者だった「あの女」と、その付添いの美しい看護婦をめぐる二郎と三沢の「性の争い」に関する二郎の述懐を先に引用した。そこでは、「さうして両方共それを露骨に云ふ事が出来なかつたのである」としたあとに、次の文章が続く。

自分は歩きながら自分の卑怯を耻《はじ》た。同時に三沢の卑怯を悪《にく》んだ。けれども浅間しい人間である以上、是から先何年交際《まじわり》を重ねても、此卑怯を抜く事は到底出来ないんだといふ自覚があつた。自分は其時非常に心細くなつた。かつ悲しくなつた。（「友達」二十七）

少し厭味な言い方をしてしまえば、この文章を違和感なく読み進めることができたら、漱石の立派な愛読者である。双六《すごろく》よろしく、安心して次のコマ『こゝろ』へ進めば滂沱たる涙を流せるだろう。

そもそも、二郎や三沢のどこが「卑怯」なのか。このエピソードで見るかぎり、お互いに相手の心持ちが分かっていながら口に出さないのだから居心地は悪いに違いないが、ではどうすれば彼らは「浅ましい人間」たることを免れるというのか。日本人お得意の謙譲の美徳を発揮して「僕はあの女に興味があるが、君もそうだとしたら僕は潔く身を引く」「いや、それはいけない。あの女は君にこそ相応しい」とでも譲り合うのだろうか。ずいぶん女性を侮辱した話ではないか。

一郎が二郎にお直の貞操を試すように頼む場面でも、一郎―二郎という「男と男」の関係においてだけ「信義」という意識が働いているのがわかる。二郎が一郎の頼みをいったん断った際、一郎は「己は生涯御前を疑ぐるよ」と脅しをかけている。

「二郎己《おれ》はお前を信用してゐる。けれども直を疑ぐつてゐる。しかも其疑ぐられた当人の相手は不幸にしてお前だ。但し不幸と云ふのは、お前に取つて不幸といふので、己には却て幸《さいわい》になるかも知れない。と云ふのは、己は今明言した通り、お前の云ふ事なら何でも信じられるし又何でも打明けられるから、それで己には幸ひなのだ。だから頼むのだ。己の云ふ事に満更論理のない事もあるまい」（「兄」二十五）

人を「疑う」というのは、ある意味で大変失礼なことである。落語の「柳田格之進」では、長い付き合いの商家の主人宅から五十両の金を盗んだのではないかと疑われた江州浪人柳田格之進が、それが冤罪だと分かったなら主人ならびに番頭を切り捨てる、と約束させている。

漱石作品が、こうした武士的な倫理感を基調にし、「男と男」の関係に対して異常なほど厳格な登場人物によって織りなされる大小のドラマを含んでいることは、言うまでもない。だが、今の一郎の台詞は、この倫理感が「男と女」の間ではまったく機能していないことをはしなくも露呈している。「何でも信じられるし何でも打明けられる」相手が弟であって妻でないことは、「幸い」どころか、最大級の不幸ではないか。つまり男たちにとって、「誠実」というものは男同士で、または女から男に捧げられるもので、男が女に捧げる誠実ということが彼らの念頭に浮かぶことすらないらしいのだ。

たとえばシェイクスピアの『空騒ぎ』『シンベリン』『冬物語』では、妻の貞節を疑った男は、その疑ったという事実によって懲罰を受けることになっているか、罪を犯したものと考えられる。これに対し、江戸的な伝統のなかでは、女は「信義」の対象にならない、それどころかもともと信用の置けないものと考えられている。念のために言っておくが、これは飽くまで「江戸的」なものであって「日本的」なものではないし、「前近代的」なものでもない。江戸的な女性蔑視は、中世以来、仏教と儒教の影響の下で形成されたものだからだ。

「女の強さ」という逆説

もちろん、『行人』という小説が、構成上の破綻を含みながらも名作だと言いうるのは、江戸文藝のなかでは、いま述べたような男性中心的な倫理が、男にとって理想的な女の登場人物によって調和と美を与えられているのに対して、『行人』のなかでは、お直という絶対的他者が中心に据えられることによって次々と男たちの「期待」を裏切ってゆくからである。

お直は、一郎に妻らしく尽くす、というオモテの倫理にも、結婚相手以外の男を密かに恋い慕う、というウラの美学にも従おうとしない。つまり、女が誰か一人の男に激しく恋の炎を燃やすという、今日なおある種の大衆文学に生き残っている物語の枠組みのなかに据えつけられながら、お直はその役割を演じようとしないのだ。結局、一郎の身の上には、彼の妄想以外に何事も起こらないのである。そして、女が自ら行動しなければ色恋沙汰は起こらないという江戸文藝の約束ごとのなかで「恋愛」が妄想されたとき、それが男性中心的な美学を引きずっているがゆえに、女が色恋の主導権を握ってしまうというパラドックスが生まれるのだ。

「男は厭になりさへすれば二郎さん見たいに何処へでも飛んで行けるけれども、女は左《そ》右《う》は行きませんから。妾《あたし》なんか丁度親の手で植付けられた鉢植のやうなもので一遍植《うえ》られたが最後、誰か来て動かして呉れない以上、とても動けやしません。凝《じっ》としてゐる丈です。立枯になる迄凝としてゐるより外に仕方がないんですもの」

自分は気の毒さうに見える此訴への裏面に、測るべからざる女性《にょしょう》の強さを電気のやうに感じた。さうして此強さが兄に対して何う働くかに思ひ及んだ時、思はずひやりと

した。(「塵労」四)

確かにこの部分にはある種のリアリティーが宿っている。では「女性の強さ」がここに見られるとしたら、「男性の弱さ」は、何に起因しているのだろう。実はそれこそが、前にも述べた「男性性の矛盾」というものなのだ。男は女という「財」を得ることによって男性性を獲得する、だから男は女に依存することによってしか男というジェンダーたりえない、という矛盾。この矛盾は男性支配社会すべてに共通のもののはずだが、江戸的美意識の伝統のなかで、「女に惚れられ」るのが色恋の世界での男性性の基準、男らしさの指標となる場合、女がお直のように「誰かに惚れる」ことを拒絶して「鉢植え」のように自足してしまえば、男が自ら働きかけるという伝統が「江戸」以来途絶えている日本の美意識の構造のなかでは、たちどころに男性性は崩壊に向かう。「女が偉くなると、独身者が増える」という『三四郎』の原口の言葉は、女性が経済的に自立してしまえば、もはや男に惚れるのをやめるだろう、ということを予言しているのである。

もちろんお直という女は経済的自立など獲得してはいない。その代わり、もし一郎が強固な家父長の権力を用いる覚悟さえあれば、彼女を離縁することができるのだが、一郎にはその度胸はないし、お直にはその危険を冒すだけの居直りがある。三四郎も、一郎も二郎も三沢も、自分が一人の女に思われているということを支えに生きていこうとし、それが叶わぬときに彼らの自我は崩壊に向かうだろう。彼らの自我は「女」が支持することによって初めて完成する。それが男性性のアイデンティティーというものだ。

そうである以上、どの男をも愛そうとしない女ほど男にとってスキャンダラスな女はない。八百屋お七やお夏の、男を思うがゆえに引き起こすスキャンダルなど、この美意識のなかではスキャンダルの名に値しないのだ。和歌山の宿、関西からの帰りの電車のなか、自分の下宿で、再三にわたってこの「恐ろしさ」に直面した二郎は、次第に兄・一郎と同じ位相に立って「女」を眺めるようになってゆく。ここに、「男たちの共同体」が、女を共同体の外部へと排除しながら成立する契機がある。それが次の作品『こゝろ』が、同性愛小説と呼ばれるゆえんなのであるが、これは正確には、男性同性愛と呼ぶべきだろう。なぜなら、江戸的伝統において、男性同性愛、すなわち男色は、「男と男」の間にだけ成立する倫理と、女性蔑視の上にのみ美化されているのではないかと思われるからである。

参考文献

水村美苗「見合いか恋愛か――夏目漱石『行人』」『批評空間』1・2。

千種・キムラ＝スティーヴン『『三四郎』の世界――漱石を読む』翰林書房、一九九五。

江藤淳『漱石とアーサー王伝説』講談社学術文庫、一九九一。

伊藤整・安岡章太郎・江藤淳「文学の家庭と現実の家庭」『群像』一九六五、十月。

上野千鶴子・小倉千加子・富岡多恵子『男流文学論』ちくま文庫、一九九七。

＊なお飛ヶ谷美穂子『漱石の源泉』（慶應義塾大学出版会、二〇〇二）は、漱石へのメレディスなど英国小説の影響を考察した好著だが、この引用箇所を漱石の解釈どおりにとっている。

第六章　『こゝろ』は「同性愛小説」か？

『こゝろ』論百花繚乱

イサク・ディーネセンの名で知られるデンマークの作家カーレン・ブリクセンの『アフリカ農場（アウト・オヴ・アフリカ）』に、次のような一節がある。

悲しみにある友人と並んで歩いていて、たえず心の中で「やつのような目にあわなくてよかった」とくり返すような男は、良心のとがめを覚えて、考えをそらせようとすることだろう。ふたりの女友達がいて、一方が他方の悲しみと不幸に同情を示している場合はちがう。この場合、運に恵まれた方が、たえず心の内で同じく「この人のような目にあわなくてよかった」とくり返すのはあたりまえのことである。だからといってふたりのあいだに険悪な感情が生まれることはない。それどころか、ふたりをよりいっそう近づけて、つきなみな悔みの言葉に個人的な音調を加えることになる。（渡辺洋美訳）

こうした男と女の違い、つまり男は自分の幸運を不運な友達に対して恥じ、女は幸運を喜ぶ、といったものが、どの程度普遍的か、よくわからない。しかし、漱石の『こゝろ』の主要なモティーフともいうべきものこそ、この男同士の抱く感情に近いもので、しかもそれが男特有のものであるらしいことが、作品の持つ意味と密接に結びついている。

『こゝろ』は、三つの部分から成る。それぞれ、「先生と私」「両親と私」「先生と遺書」と題されており、第一の部分では、「私」として現れる語り手の若い学生が、「先生」と呼ばれる一回りほど年長の男と知り合い、なにか秘密を持つらしいこの人物に興味を持ってゆく過程が描かれている。第二の部分は、この「私」が、大学卒業を控えて、父が病に倒れたために、いったん帰省しているときに、「先生」から分厚い手紙をもらうところで終わっている。そして最後の「先生と遺書」は、先生の、手紙として差し出すにはあまりに長い手紙の内容で、先生が若い時分に起こった事件の概略を記し、自殺の覚悟をほのめかして終わっている。

最近の「『こゝろ』論ブーム」は、小森陽一や秦恒平がだいぶ以前にこの作品に加えた解釈から端を発したようなところがある。いずれも、「先生」の自殺後に、「私」が、先生の残された奥さん、静と結ばれるのではないかという想定のために小さなセンセーションを巻き起こしたものだ。ただ、秦の場合は作家としての自由な解釈の結果だし、小森の場合は作品全体を脱構築した結果として生まれた一つの読み方の提示だから、あまりこれにこだわる必要はない。それにしても、始めに記したように、私はこの、高校の国語教科書

ずっと人気のある漱石

文学史には、宮澤賢治やポオなど、死んでから評価が高まったという文学者や、スタンダールやメルヴィルのように早死にはしていないが評価されるのが遅かった文学者がいるが、夏目漱石は、生きているうちから読まれ、売れて、没後も延々と人気が廃れることなく読み継がれている作家である。しかもそれがほぼ全部の長編小説について読まれ、それ以外の『文学論』を含む評論など、ますます読まれる範囲は広がっている。こんな作家は海外でもあまり例を見ない。しかも、『明暗』『行人』『彼岸過迄』など、中絶、ないし明らかに破綻している作品まで読まれているのだ。

自然主義全盛の時代に、漱石は性的なことがらを描かなかったし、政治的危険思想の持主でもないから、中産階級の家庭で、子女が読んでも差し支えないとされた、という事情もあるだろうが、やはり人間というのは教祖を求めるもので、漱石は日本近代文学の教祖になってしまったのか、という思いはする。もうちょっと多様に読んでほしい。

ところで本書元本を書いた時は、柄谷行人と小森陽一がしかけた「漱石ブーム」の最中だったが、当時はまだ私も柄谷の影響を受けており、言い回しがところどころ柄谷調である。

掲載ナンバー・ワンを今でも誇っている「感動的」な物語に強い違和感を覚え続けており、小森の論文をきっかけとして、似たような違和が表明されるようになったのを、たいへん心強く思ったものだ。ほかにも、百花繚乱と評したくなるほどさまざまな『こゝろ』解釈が行われているが、追って紹介してゆきたい。

さて、問題の「先生」の遺書に書かれた彼の「過去」だが、これこそ、読者によっては手もなく感動してしまう青春残酷物語で、人によっては「なにそれ」とはなから感情移入を拒否する底《てい》のものなのである。

「先生」は若くして両親を失ったが、かなりの財産を後に残された。ところが、まだ学生の彼に代わって財産管理に当たった彼の叔父は、まずその娘と「先生」を結婚させようと画策する。先生はこの目論見に抵抗するが、そのうち叔父が財産を横領したことに気づく。親戚の者に間に立ってもらって事後処理を済ませた先生は、叔父との縁を切り、軍人の未亡人が娘と二人で住んでいる屋敷に下宿することになる。そして、人間不信に落ち込んでいた先生は、未亡人母娘の温かい応対ぶりに、人間らしい気持ちを回復してゆき、「静」という名のお嬢さんに恋するようになる。

ところがここに、Kというイニシャルで呼ばれる先生の友人が登場してくる。彼は先生と同郷の幼なじみで、浄土真宗の家に生まれたのだが医者の家へ養子に出され、医学を修めるために大学へ来ているはずだった。ところが宗教や哲学方面に興味を持ってしまった彼は、養家を欺いて医学の修業をせず、ついにこれが顕れて養家からも実家からも義絶されてしまう。ところで先生は、「常に精進という言葉を使」い、高尚な生き方を目ざして邁進するこの友人を「畏敬」しており、彼が苦境に陥ったことを知って、渋る下宿の奥さんを押し切り、Kその人が嫌がるのを拝むようにして彼の下宿へ同居させることにする。

橋本治説＝ホモ小説『こゝろ』

すでにここまでの段階で、『こゝろ』という小説の持つ、ある「臭み」に気づかざるをえない。それは、「先生と私」の章で描かれる先生と「私」、そして若き日の先生とKという、男と男の関係が、気持ち悪いくらい精神的に崇高なものとして描かれている点である。漱石作品にはこれまでも、坊っちゃんと山嵐はともかくとして、『それから』の代助と平岡、『行人』の一郎と二郎の間のように、あたかも異性間の愛憎両面を含む葛藤めいた男同士の関係が見られたが、『こゝろ』のそれはひときわ濃密で、「男男関係」が、「男女関係」を圧倒せんばかりの重みを持たされているのだ。ここに、「甘え」の研究で知られる精神病理学者土居健郎《どいたけお》の「同性愛的感情」の指摘と、作家橋本治による、『こゝろ』はホモ小説だという解釈が生まれたのである。

もちろん、土居の漱石作品研究はかなりの水準に達しているし、『こゝろ』や『行人』の「同性愛」的側面の指摘は紛れもなく画期的なものだったと言っていいだろう。だが橋本は、独特の文体を駆使して、土居の「同性愛的」という言葉遣いを罵倒し、「的」どころか、この小説は、冒頭、鎌倉の海水浴場で「私」が先生と出会う場面から、百パーセントのホモ小説だというのである。ただし、土居にせよ橋本にせよ、「同性愛」「ホモ」という用語を使っているが、この場合、それが男の同性愛、すなわちゲイと呼ばれる関係に係わるものであることは、極めて重要な意味を持つので、「ゲイ小説」と言い換えるべきだろう。

ところでその冒頭の部分だが、確かにここからすでにある生臭さが漂っていることは、否定できない。

私が其掛茶屋《かけぢやや》で先生を見た時は、先生が丁度着物を脱いで是から海へ入らうとする所であつた。私は其時反対に濡れた身体を風に吹かして水から上つて来た。

そして、先生は一人の西洋人と一緒だったという。

其西洋人の優れて白い皮膚の色が、掛茶屋へ入るや否や、すぐ私の注意を惹いた。(略)彼は我々の穿《は》く猿股一つの外何物も肌に着けてゐなかつた。(略)私の凝としてゐる間に、大分多くの男が塩を浴びに出て来たが、いづれも胴と腕と股《もも》は出してゐなかつた。

女は殊更肉を隠し勝であつた。大抵は頭に護謨《ごむ》製の頭巾を被つて、海老茶や紺や藍の色を波間に浮かしてゐた。さういふ有様を目撃した許《ばかり》の私の眼には、猿股一つで済まして皆なの前に立つてゐる此西洋人が如何にも珍らしく見えた。（「先生と私」二）

この西洋人は、この小説のなかで二度と姿を現さないから、いったい何を意味しているのか、気になるところではあるが、むしろ、この部分で注意を引かれるのは、語り手つまり「私」の、「男の肉体」に向ける視線の執拗なことである。「私」は続いて毎日のように海辺に通って先生を観察し、ついに、彼が落とした眼鏡を拾うことによって先生と口を利く端緒を摑む。まさにこれこそ、ちょうど心を惹かれた異性に近づく手順と同じではないか、ということになるのだが、さらに気になるのがこれに続く記述と、その文体なのである。

次の日私は先生の後につゞいて海へ飛び込んだ。さうして先生と一所の方角に泳いで行つた。二丁程沖へ出ると、先生は後を振り返つて私に話し掛けた。広い蒼い海の表面に浮いてゐるものは、其近所に私等二人より外になかつた。さうして強い太陽の光が、眼の届く限り水と山とを照らしてゐた。私は自由と歓喜に充ちた筋肉を動かして海の中で躍り狂つた。先生は又ぱたりと手足の運動を已めて仰向になつた儘浪の上に寐た。私も其真似をした。青空の色がぎら〳〵と眼を射るやうに痛烈な色を私の顔に投げ付けた。
「愉快ですね」と私は大きな声を出した。(三)

『こゝろ』のメインプロットとも言うべき、先生とKの関係の物語自体が、妙に違和感を感じさせるのだが、それ以前に、ここの記述は強烈な違和感を与えるのである。土居は、「私」が先生に興味を持ち、引かれていくのは、若者が年長の男性に自己の理想像を見出すものとして必ずしも珍しくはない同性愛的感情だとしているが、そう片づけてしまうには、海のなか、太陽のもとで戯れる男二人の描写は、余りに官能的、ないしはギリシャ的であり、確かに橋本の、同性愛「的」どころかホモまるだしだ、という指摘のほうが、この文章の与える違和感を的確に説明してくれる。

トーマス・マンの『ヴェニスに死す』は、作曲家のマーラーをモデルとすると言われる作家のアッシェンバッハが、タッジオという美少年にヴェニスの海岸で出会い、心を奪われてしまうという筋立てを持つ小説だが、どうもゲイの出会いには海岸がよく似合うらしい。もっとも、「海岸での出会い」は、男女の恋愛物語でも定番ではあるけれど。アッシェンバッハは、ヴェニスにコレラが蔓延したあと、いったんは去ろうとしたヴェニスに舞い戻り、その都市に「殉死」するかのように伝染病に冒されて死んでゆく。出会いの場所が海岸に設定されているのは、死によって永遠化される愛というドイツ・ロマン派の美学の舞台として、水のほとりがひときわ相応《ふさわ》しく思われたからでもあろうが、先生の「殉死」へと向かって進行してゆくゲイ小説『こゝろ』の場合、「海彼《かいひ》」に死後の他界を見出すという日本的な観念が作用して、男と男の海岸での出会いが設定されたとも想像できる。

しかし、『こゝろ』がかりに「ゲイ小説」だとしても、この小説を難解なテクストにしているのは、それがゲイ小説であることが長く見落とされてきたといった理由だけではない。たとえば、『こゝろ』に同性愛の要素を見出すことが、「倫理的小説」であるこの作品への冒瀆になると見なし、意図的にその冒瀆を行おうとするのは、決して有効な対『こゝろ』戦略とは言えない。それどころか、従来の「倫理的小説」としての『こゝろ』の読みは、ほとんど無意識的に、ここにたゆたう、美と倫理が表裏一体となった江戸以来の男色の感性を通してまったく正統的になされてきたとすら言いうるのだ。つまりこの作品は、「倫理的小説に見えるが実はゲイ小説」なのではなく、「男色小説であるが故にますます倫理的小説」なのである。そして、倫理的小説としての『こゝろ』に対する反発は、もっぱらその「倫理」が、私―先生―Kといった男同士のあいだだけで機能し、重要人物である先生の奥さん、静が、意思を持たない「物」のように、男たちのドラマから排斥されているところから生まれていた。そして実は、江戸以来の、男色の美化と擁護のディスクールこそ、ほとんど常に、女性嫌悪を基盤としているのではないか。つまり『こゝろ』において、倫理と男色と女性嫌悪は、互いに切り離せない要素として密接に結びついているのである。

西洋の男性同性愛文学

ジョン・ボズウェルは、西欧近代の社会が同性愛に対して抑圧的だったのはキリスト教その他の信仰が原因だったという俗説を膨大な資料によって反駁し、古代ギリシャ、ローマは言うまでもなく、中世前期まで、八、九世紀の男色文学、十一世紀と十二世紀の、キリスト教同性愛文学の爆発的な隆盛の例を挙げて、同性愛に対する「不寛容」が、十三、十四世紀以降に起こったものであることを実証している。

宗教的共同体における教師と生徒の恋愛関係は、ギリシアの同性愛との明白な類似にもかかわらず、まさに中世的理想であった。その時代の偉大な教師の多くは、とくに彼らの生徒に対する愛の強さのゆえに有名だったのである。(ボズウェル『キリスト教と同性愛』)

ここでは、男性同性愛は、肉体的な結合よりも「情熱的友愛」の持つ精神性の高さのゆえに賛美され、オモテの教義においてはキリスト教と矛盾するものでありながら、ウラの美学において宗教との融合を見せている。もちろん、ケネス・ドーヴァーが言うように、同性愛とそれをめぐるディスクールは多彩な側面を持っていて、過度の単純化は慎まねばならない。だが、ボズウェルの研究に照らして、二つの点を明らかにすることができるだろう。一つは、男性同性愛者があたかも「被抑圧者」であるかのように扱うのは近代的なものの見方にすぎないということだ。同性愛者の抑圧は「普遍的」なものではなく、それが本格化したのはヴィクトリア朝以後のことでしかない。その証拠に、日本でも西欧でも、前近代へ遡れば膨大な量の男色関係文献を掘り出せる。逆に、女性同性愛に関してはほとんど資料がないという事実が示しているのは、女性の抑圧こそが普遍的であり、前近代においては、男性同性愛は男性性からの逸脱ではなく、より強固な男性性を獲得する場であると、ある種の言説の制度のなかで見なされており、男性同性愛擁護の言説は、女性の抑圧、さらに女性同性愛の抑圧に時に加担してしまう危険を背負っているということだ。

第二に、男色の問題に、あるいは『こゝろ』に、あまりに「特殊日本的」な要素を読み込んではならないということである。われわれの遠近法はある意味で狂っているので、西欧と日本における「近代」の訪れの時間的な差を過大に見積もってしまう傾向がある。だから、産業資本主義、ないしは中産階級的性道徳についてはたかだか五十年先立って西欧で始められた「近代」、あるいはより広くとっても三百年の差異しか持たない西欧の「近代」を、あたかも西欧文化そのものと同一視するという過ちに陥ってしまうのである。

たとえば、『こゝろ』の第三部、「先生と遺書」の冒頭部分で、先生が、彼と、遺書の読み手である「私」の関係を、妙に生々しい肉体的なイメージで語るところがある。

あなたが無遠慮に私の腹の中から、或生きたものを捕《つら》まへやうといふ決心を見せたからです。私の心臓を立ち割つて、温かく流れる血潮を啜《すす》らうとしたからです。其時私はまだ生きてゐた。死ぬのが厭であつた。それで他日を約して、あなたの要求を斥ぞけてしまつた。私は今自分で自分の心臓を破つて、其血をあなたの顔に浴せかけやうとしてゐるのです。私の鼓動が停つた時、あなたの胸に新らしい命が宿る事が出来るなら満足です。(二)

滝沢克己は、先生と「私」の関係が、キリストと聖ヨハネの関係に良く似ていることを指摘したが、確かにこの部分を読めば誰でもそう思わないわけには行かないだろう。私なりにパラフレーズすれば、女(静＝イヴ)の唆《そそのか》しに乗って犯されてしまった原初の罪(Kを裏切ったこと)を、男(先生＝キリスト)が死(自殺＝磔刑)によって贖《あがな》い、その肉と血を聖なるものとして弟子に分け与える、という構図において一致している、ということになるだろう。たとえばこの解釈に対して、漱石は「ヤソ嫌い」だった筈だという批判を持ち出すのは、あまり意味を持たない。

たしかに夏目漱石には、「東洋対西洋」という問題系が存在しており、これを証し立てる文章は多数の著作のなかに散見される。しかし、『こゝろ』を読むに際して、これを考えに入れる必要はないのみならず、これにとらわれると解釈を誤る。寺に生まれて、「常に精進といふ言葉を使」い、「手頸に珠数を懸け」、聖書を読みコーランに興味を示し「シユエデンボルグが何うだとか漸うだとか」言い、房州へ旅行すれば「日蓮の事を云々」するKという人物が持つ意味を、「東洋対西洋」の枠組みのなかで考えることができないのは自明だろう。

そのKの思想が、どのような方向性を持つものであったかを見て取るのは、比較的たやすいし、『こゝろ』の記述は通俗的でさえある。つまり、肉を離れ霊を求め、女人を遠ざけて高い精神性を保つ、というのがKの理想なのである。繰り返すが、ここで仏教とキリスト教の比較論や、ネオ・プラトン主義的な「恋愛」の霊肉一致の理想などを連想してはならない。漱石は、ある理由のために、『こゝろ』では東西両洋の対立などという問題を超越しているのだ。その理由とは何か。それは、女性が物質性・肉体性・地上性と結び付けられて、男の「精神的向上心」を妨げるという思想が東洋西洋に共通して存在しているということであり、あからさまに言ってしまえば、『こゝろ』において、漱石の女性嫌悪は、西洋憎悪を乗り越えてしまったのである。そしてこの「精神的崇高性」によって結び付けられた男たちのあいだに発生するのが「倫理」であり、西洋のゲイ文学、日本の男色文献はほとんど常に、こうした精神性の高さのゆえに、女を排除して形成される男同士の友愛をほめたたえているのだ。

中沢新一は、「人間の道徳の発生と、男子だけでつくられた結社の存在は、切っても切れない結びつきをもっている」と述べている。だから、「道徳」を追求しようとすれば、男たちが作り上げた信頼関係を突き崩さずにおかない女性の介在、そしてその物質性と功利性は、憎悪の対象たらざるをえない。もちろん、女性が物質的で功利的になるのは、メレディスが洞察したとおり、社会の覇権を男が握っているからである。

『坊っちゃん』以来の漱石のアポリア、つまり「弱い立場にある女を憎めるか」という問題は、『こゝろ』において、憎悪を巧みに隠蔽するという形で結晶したのである。それを可能にしたのが、漱石の前に、江戸以来の文学的伝統として立ち現れた、女性蔑視と道徳とを共に包み込む美学コードとしての男色だったのである。それなら、『こゝろ』こそ、漱石が行き着くべくして行き着いた世界であり、代表作の名に恥じない作品なのではないか。

十二世紀のイングランドのリヴォール、シトー修道会の司教聖アエルレドは、男同士の愛を弁護するために、イエスとヨハネの例を持ち出し、彼らの関係を「結婚」とまで表現しており、「頭ばかりでなく心でも愛している」友愛の麗しさを讃える。

イエスは、ただ一人の弟子にのみ、彼が「イエスが愛した弟子」と呼ばれるように、一つの特権として、いっそう親しさを増した愛のこのようなシンボルをお与えになったのだ。（ボズウェル）

『こゝろ』という表題が持つ含意を含めて、先生と「私」の関係がここで描かれたイエスとヨハネの関係に酷似しているとしても、驚くには当たらない。なぜなら、こうした文学表現を可能とする下地は、江戸文藝のなかに十分すぎるほど用意されており、それは今述べたように、洋の東西を問わない女性嫌悪の思想構造に支えられているからである。

「野傾論」の東西

そこでまず、男色擁護のディスクールがどのように女性嫌悪に支えられているか、実例を示しておこう。「野傾論」という表現ジャンルがある。野郎《やろう》と傾城《けいせい》の比較優劣論という意味で、日本近世の仮名草子・浮世草子・洒落本などにたびたび見受けられる。ただ、十七世紀の仮名草子では、単なる男色女色の優劣論で、十八世紀の浮世草子以降になると、遊女評判記と野郎評判記の一変形として、買色の対象である傾城と野郎の美点欠点の比較が、ディテールを交えた事実談の体裁で語り合われるようになってゆく。だから「野傾論」という名称は後者のみを指すべきかもしれないが、必ずしも境界ははっきりしていないので、一括して野傾論と呼んでおくことにする。古川誠によれば、これは江戸期の日本で、「色道」という行動様式のなかに男色と女色が仲良く並んでいたことを示すものだという。

野傾論だけで一編をなすものも、浮世草子あるいは洒落本の一部にこれが組み込まれている場合もあるが、おおよそはプラトンの対話編よろしく、登場人物が男色擁護派、女色擁護派に分かれて舌戦を繰り広げる。もちろん、仮にここで女色派が勝利を収めたとしても、あくまでディベートの一種にすぎないのだし、当時の社会が男色女色両者を下位文化として認めていたことの証しでしかない。かつ、陰間《かげま》（男娼）が相手であろうと、武士社会における年長者（念者《ねんじゃ》）と年少者の友愛関係であろうと、性愛の仕手と受け手の区別は付けられているのだから、「同質の」を意味するホモ－セクシャルという言葉を男色に用いるのは不正確かもしれない。野傾論とは、男と女の愛がいいか、男同士の愛がいいかといった問題を超越的な立場に立って論じたものではなく、女を相手にするのがいいか、少年を相手にするのがいいかという、仕手としての成人男子の立場に立った議論なのである。

ところで今プラトンの名を挙げたが、すぐ気づくのはプラトンの『饗宴』もまた一種の野傾論を含んでいるということではないだろうか。そればかりか、紀元一世紀ギリシャのプルタルコスの『愛をめぐる対話』をはじめとして、中世西欧文学の中にも、全く同一の形式と良く似た内容を持つ『ガニュメデスとヘレネ』のような男色女色優劣論の伝統が存在する。

ドーヴァーは、プラトンがその対話編でソクラテスに語らせているような少年愛についての哲学的思想を、ギリシャ市民一般のものと考えるのは早計だとしており、時代、地域による多様性に注意を促している。それにしても、念者―稚児《ちご》の一対という形をとるギリシャの少年愛が、日本中世から近世にかけての僧侶―武家社会のそれと酷似しているのは否定できないし、東西の野傾論における、男色擁護者の言い分は、驚くべき一致を見せる。

女色擁護者の議論が似てくるのは、驚くにも当たらないだろうが、男色派は必ず、女性嫌悪をふりかざし、女が男を迷わすこと、女が卑しい生き物であること、しかも結婚という形を取りがちな女色が、常に功利性に付きまとわれて不純なものとなってしまうことを挙げ、少年愛の脱俗性と功利を脱した純粋さ、その精神性の高さを称揚する。プルタルコスの対話編などまさに、利に絡んで行われようとしている結婚を阻止するために始められ、少年愛の擁護者たちは、「本当の愛は女性たちとは何の関わりもないものなのだ」（柳沼重剛《やぎぬましげたけ》訳）とまで極論するに至る。

かたや日本では、

今時の女を見れば、男の死するとはや、十人に九人は男を持ち、その上、親の合はすれば、たとひ目のつぶれ鼻の欠けたるごときの者も、是非に及ばず、添はでかなはぬなり。

野傾論の濫觴《らんしょう》とされる仮名草子『田夫物語《でんぷものがたり》』における男色派の議論の一節である。だが、この後半部分はいささか的外れに思えるかもしれない。親同士がアレンジした結婚は、女色の延長線上にないはずだから。しかし確かに、たとえ美しい娘が相手の色恋であっても、結婚ということを射程に入れれば利得が絡んでくる、という議論はなりたつだろう。『こゝろ』の先生がまっさきに突き当たったのが、まさにこの問題であり、利得の絡んだ結びつきへの恐怖が、彼の固定観念となってしまう。

私は又突然結婚問題を叔父から鼻の先へ突き付けられました。叔父の云ふ所は、去年の勧誘を再び繰り返したのみです。理由も去年と同じでした。たゞ此前勧められた時には、何等の目的物がなかつたのに、今度はちやんと肝心の当人を捕《つら》まへてゐたので、私は猶困らせられたのです。其当人といふのは叔父の娘即ち私の従妹に当る女でした。その女を貰つて呉れゝば、御互のために便宜である、父も存生中《ぞんじょうちゅう》そんな事を話してゐた、と叔父が云ふのです。私もさうすれば便宜だとは思ひました。(「先生と遺書」六)

先生は、この縁談を断った理由を、兄妹のように育った間柄なので恋の情は起こりようがないからだと説明している。だが「便宜」という言葉、そしてこの翌年先生の知るところとなった叔父の財産横領は、先生が従妹と結婚すれば彼が父から受け継いだ財産を叔父の家へ取り戻せるという思惑が絡んでいたことを示唆している。そして、先生のアイデンティティーを形成したのは、こうした人間関係への嫌悪だったのである。

母と娘の「策略」

土居健郎は、先生は何らかの精神疾患を病んでいて、「叔父の横領」も、果たしてどれほどの額だったか、先生はこれを過大に見積もっているのではないかと指摘しているが、ここで重要なのは先生の、または漱石の個人的な問題を文学作品として昇華する際に働いた伝統的な要因、「文学的記憶」を抽出し、確認しておくことだろう。

私は何ういふ拍子か不図《ふと》奥さんが、叔父と同じやうな意味で、御嬢さんを私に接近させやうと力《つと》めるのではないかと考へ出したのです。すると今迄《まで》親切に見えた人が、急に狡猾な策略家として私の眼に映じて来たのです。（略）私の煩悶は、奥さんと同じやうに御嬢さんも策略家ではなからうかといふ疑問に会つて始めて起るのです。二人が私の背後で打ち合せをした上、万事を遣つてゐるのだらうと思ふと、私は急に苦しくつて堪ら

なくなるのです。（十五）

のちに『道草』で描かれることになるように、幼いとき養子にやられた漱石が、金銭のやりとりに還元されてしまうような人間関係のあり方に深い心的外傷を負わせられていたのは今あらためて言う必要もない。ところで、この先生の疑惑を、妄想ではなく事実であり、静とその母は、先生を婿にすべく謀議（?）を行っていたのだという解釈が、国文学界では定説となりつつあるという（石原千秋）。といっても研究者によって力点の置き方が違うし、それに従って印象も違ってくる。『こゝろ』の表層だけを読んでいくと、Kのお嬢さんへの「切ない恋」を告白された先生が母親に、

「御嬢さんを私に下さい」

と談判に及び、奥さんが、

「宜《よ》ござんす、差し上げませう」

とその場で答え、娘に訊かなくていいのか、と先生が気にすると、

「大丈夫です。本人が不承知の所へ、私があの子を遣る筈がありませんから」（四十五）

と答え、婚約が成立してしまい、静は何も知らされないうちに話が進行していたように見える。

だが、最後の母親の台詞は、実は母と娘が、すでに十分な謀議を凝らしていたことを示している、というのが「定説」の中身なのだが、これに付随して、

①静がKと親しげにしたのは、先生の嫉妬心を煽ってプロポーズの決心に追い込むための手管である。

②Kの自殺の原因が失恋にあることも、母娘ともに気づいていたが、知らぬふりを決め込んだ。という解釈にまで踏み込む鶴田欣也の論もあり、これは意見が分かれる。これに、

③母娘がKではなく先生を選んだのは、先生の財産のゆえだ。

という解釈も、暗々裡に提出されることが多い（米田利昭など）。

だが、こうした解釈が正しいとして、それが何だというのか、という見方もありうる。すでに述べたとおり、ヴィクトリア朝英国の恋愛結婚の風習のなかでは、娘が求婚者の財産を含めて品定めを行うのは当然のことなのだから。

私は其人に対して、殆んど信仰に近い愛を有《も》つてゐたのです。（十四）

という先生の述懐は、ちょっと見るとこのヴィクトリア朝的な、ネオプラトニズムの刻印を帯びた男女の霊的結合の思想をなぞっているように見えるだろう。だが、信仰と言いながらその一方で、「誘《おび》き寄せられるのが厭でした」（十六）と言い、Kが現れてからは、

果して御嬢さんが私よりもKに心を傾むけてゐるならば、此恋は口へ云ひ出す価値のないものと私は決心してゐたのです。（三十四）

と考える先生は、肝心かなめのところでヴィクトリア朝から訣別してしまっている。その愛が信仰であるとすれば、先生は身を投げ出して選び取られるのを待つほかないはずだが、彼は女の恣意に振り回されるのを嫌い、女の「心底」をつかみとらずにおれず、その愛が財産目当てではないと確認せずにはおれない、江戸的な女性観、恋愛観に戻っているからである。

男同士の「友愛」の美学

奥さんと静が実際に何をしたのか、という「解釈」を一義的に決定しようとしても余り

意味はない。『こゝろ』という作品は、女の策略という解釈を生み出しつつ、しかもそれが従来の「倫理的な」読みを解体するどころか、却って「男同士の友愛」の美学を強化するという狡猾な構造を持つテクストなのである。先生の人間不信は、そもそも彼の叔父という「男」によって植えつけられたものだ。だがそれはいつしか「結婚」の功利性、ひいては「女」の功利性へと変換されてゆき、実に巧みに「奥さん―静」の策略という読みを誘発するテクスト構造と、Kという高邁な男の像と相まって、『こゝろ』に感動する読者を、いつの間にか女性嫌悪と男性の崇高性の美学へと引きずり込んでゆくのである。

これが、『坊つちやん』に見られた、武士的な美学であることは、西鶴作『男色大鑑』の読者には言うまでもないことだろう。その前半部では、武士社会における念者と前髪立ちの少年のほとんど狂気に近いまでの激しい情熱と、少年をめぐる三角関係の血なまぐさい結末が描かれている。いっぽう、中世の稚児物語では、僧侶社会内における男色関係が、これとは趣きの異なる縹渺《ひょうびょう》たる美意識のもとに、脱俗のきっかけとして描かれる。男色がもっぱら武家・僧侶の社会を背景として文献に残されているのは、必ずしも町人・農民或いは公家の世界にゲイ・ピープルがいなかったことを意味しない。それは単に、僧侶・武士を律する規範としての精神のあり方が、男色を文学作品として美学化する基礎を与えたということにすぎない。同時にそれは、女性嫌悪の美学でもある。たとえばやはり西鶴作の『好色五人女』は、全体の主題をつかみ取りにくい連作だが、しいて一貫した主題を求めるならば女性恐怖であり、それが巻四の衆道賛美へと展開していくさまを見て取ることもできる。

この武士的な「美―倫理」は、江戸後期の文学作品のなかでも立派にその命脈を保っている。上田秋成の『雨月物語』には、表題からして生々しく男色を連想させる男同士の友愛の物語「菊花《きっか》のちぎり」が、女性恐怖の色濃い「蛇性の婬《いん》」「吉備津《きびつ》の釜」と並べて収められている。「菊花のちぎり」などは、『こゝろ』の直接の文学的祖先と言ってもいいかもしれない。同時に、『春雨物語』中の「死首《しくび》の咲顔《えがお》」などは、男女間の恋愛というものが、親の意向、家の思惑にからめとられて不純な要素を含んでしまうという主題を持っている。

そして馬琴の『八犬伝』がある。私は以前『八犬伝』における女性恐怖の主題を論じたことがあるが、その時は、この主題と背中合わせに男色が暗示されていることを見落としていた。もちろん、縁もゆかりもない若者たちが友愛の絆によって義兄弟として結ばれるという物語構造もそうだが、それだけではない。『八犬伝』であからさまに男色のモティーフが現れるのは、京の都へ使いに立った犬江親兵衛が、歴史上男色家として名高い管領細川政元にその美貌を愛でられて軟禁される部分だが、これに先立って、犬川荘助―犬塚信乃《しの》、犬田小文吾―犬坂毛野《けの》という二組の犬士のペアが、それぞれ後者を前者より年少に設定し、しかも信乃、毛野という女名前を持つ女装の犬士として現れてくるし、年長者が年少者を教え導くという関係になっていることから、江戸の読者にとってこれが衆道を暗示していることは暗黙の了解事項だったはずだ。荘助、信乃二人を配した挿画の中で、荘助が月代《さかやき》、信乃が前髪立ちで描かれていることが、この印象を強める。

犬塚信乃が許我《こが》へ旅立つとき、浜路が夜這いまで敢行して恨み言を述べるのは、前の章で紹介したが、その前に信乃は荘助から、浜路をどうするつもりか、と問われて「女子はすべて水性なり」と言い放っているのだ。ここで信乃が、浜路―女は信用のできないもの、荘助―男こそ信用の置ける者という価値観を抱いており、浜路よりも荘助を選び取っているのだという言い方もできる。これも隠された三角関係なのである。

『南総里見八犬伝』より柳川重信の挿絵「犬川荘助と犬塚信乃」（国立国会図書館蔵）

確かに、馬琴―漱石というのは、ひときわ「武士的」で女性嫌悪者的な一面を持つ作家であるけれど、その中間に、西郷隆盛とその周囲の若者たちの、薩摩の「若二世《わかにせ》」組織に根ざした男子結社を置いてみれば、一つの武士的伝統が浮かび上がってくる（鷗外の『ヰタ・

セクスアリス』の「硬派」をめぐる記述とか）。

だが、そこに余りに「セクシャル」なものを読み込むべきではない。漱石と同年生まれの博物学者南方熊楠《みなかたくまぐす》は、岩田準一宛書簡のなかで、「浄の男道」と「不浄の男色」を区別しなければならないと執拗に強調している。熊楠は、精神的でピュアーな友愛を「男道」と呼んでいるわけだ。「同性愛の世界は、肉体的な欲望と道徳的コードの、ふたつの極からできあがっており、肉体的な性行為だけをとりあげて、この世界を論じたりすると、ことの本質を見誤ってしまうと、熊楠は考えているのである」（中沢新一）。熊楠は逆に、「道徳的な側面」を強調しすぎたのではないか、という疑いは残るにしても、馬琴―漱石という系譜のなかに「男色」が現れるとしたら、それは性的なものとしてではなく、道徳的なもの、年長者が年少者との契りを通してイニシエーションを行うという意味においてなのである。明治二十八年、松山中学に赴任した漱石は、斎藤阿具に宛てて、「当中学は存外美少年の寡《すく》なき処」と書き送っているが、これも、漱石が「ゲイ」だったということではなく、道徳教育のシステムとしての男道が、漱石―熊楠の世代の男に自明のものとして受け止められていたことを示すものだろう。

しかし、もし先生―Kのあいだにホモセクシャルな感情が通い合っていたとしたら、なぜそれは女をめぐる三角関係によって表現されなければならなかったのか。橋本治が言うように、「近代」が進行して男色を抑圧し、先生もKも「女を愛さなければならない」と思い込んでしまったからだろうか。

『こゝろ』と『ソネット集』の欲望の三角形

土居健郎は、『行人』について、その主人公一郎が孤独に陥っていくのは、むしろ弟の二郎を奪われたと感じたからではないか、と言う。同じように、先生がKの静に対する「切ない恋」を知って衝撃を受けるのは、むしろKを奪われた、と感じたからではないかという解釈も成り立つだろう。実は、この解釈をわずか数行で言い尽くす詩篇がある。シェイクスピアの『ソネット集』の一節だ。

きみが彼女を手に入れたのが、わが悲しみのすべてではない、
まあ、私は心から彼女を愛したとは言えようけれども。
彼女がきみを物にしたこと　これが私の第一の嘆き、
このほうがずっと骨身にこたえる愛の損失だ。
愛の犯罪者たちめ、私がきみらをこう弁明してやろう。
きみは彼女へのわが愛を知るゆえに彼女を愛するのである。（四十二節、高松雄一訳）

『ソネット集』は、前半部が美貌の青年に対する詩人の同性愛的(?)感情を歌い、後半は「黒い女(ダーク・レディ)」と呼ばれる謎の女性への愛を歌ったものとされている。引用した部分は、詩人の愛人である「黒い女」が美貌の青年を誘惑して関係を結んでしまい、詩人がこれを知って、嘆き、責めながらも許そうと努めている部分の一部である。「Kは正しく失恋のために死んだもの」と思い込んでいた先生が、「Kが私のやうにたつた一人で淋しくつて仕方がなくなつた結果、急に所決したのではなからうか」(五十三)と考えが変わってゆき、Kの自殺の原因が曖昧になってゆくように書かれているところから、異性愛を同性愛に反転させる解釈も出てくるのだし、ソネットは先生とKの呟きのようにも聞こえる。

ところでこのソネットがさらに興味深いのは、その引用部分最後の行の、青年が詩人の貴婦人への愛を知るゆえに彼女を愛するのだ、という記述が、『欲望の現象学』でルネ・ジラールが提示した「欲望の三角形理論」と、作田啓一によるこの理論の『こゝろ』への適用を思い起こさせるからだ。つまり、先生は始め静への結婚の申し込みをためらっていたのに、Kの恋の告白を聞いてからかえって静への欲望がはっきりした形を取る。これが「競争心」を含んでいることは誰の眼にも明らかだが、作田は、これこそ先生によるKの欲望の「模倣」だというのだ。土居解釈、あるいはシェイクスピアのソネットを介して見れば、この解釈もまた、先生とKの間に同性愛感情を嗅ぎつけるそれの一ヴァリエーションであることがわかるだろう。『こゝろ』解釈は、異性愛的なものから同性愛的なものへと転換してきたのである。

だが、佐々木英昭が指摘するように、先生はKを下宿へ連れてくる前から静に恋していたのだから、作田の解釈にはいささか難点がある。そして、ここで、イヴ・コソフスキー・シジウィックのゲイ文学に対する斬新な解釈を参照したい。

シジウィックは、男同士が女性を排除して形成する社会を、「ホモソーシャル（同性社会）」と呼んで、「ホモセクシャル（同性愛）」と区別している。

父権制権力が第一義的に、そして必然的に（同性社会とは違う）同性愛的であるなどということはないし、男の同性愛的欲望が第一義的に、必然的にミソジニー（女性嫌悪）と結びついているというわけでもない。（略）むしろ、男によって男に向けられるホモフォビア（同性愛恐怖）こそが女性嫌悪的なのである。（Sedgwick, *Between Men*）

ここで問われているのは、「ホモセクシャル」とは何を意味するのか、ということだ。シジウィックはもちろん、これまで私が確認してきた、古今東西、男性同性愛を扱った「ゲイ文学」が、ゲイ礼賛の根拠を女性蔑視に置いているという事実を前提としているのだが、彼女は、これらは「ホモセクシャル」な文学ではなく、ホモセクシャルと対立的な関係にある「ホモソーシャル」なテクストだと言っているのである。

ヘテロセクシャルでホモソーシャルな欲望

そして、シジウィックは、『ソネット集』を分析し、詩人の青年に対する愛はヘテロセクシャル（異性愛的）なものだと言うのだ。なぜか。ソネットに使われた言葉のなかには、異性愛―同性愛の二項対立がそもそも存在せず、

古代ギリシャの愛と同じように、『ソネット集』は、女を介して実現される制度化された社会関係の構造のなかにしっかり据えつけられた男同士の愛を示しているだけだ。

『ソネット集』の分析をそのまま持ち込むことはできないが、古代ギリシャの少年愛も、女の身体を通しての子孫（男）の再生産を肯定した上でのものであり、「ホモセクシャル」なものとは言えない、というシジウィックの記述は極めて示唆的だ。日本でも西洋でも、近代以前は、男は同性愛者であることによってより強固な「男らしさ」を獲得できるものであり、男同士の関係は、信義の厚さにおいて、女とのつながりよりも堅固なものとされてきた。しかし、「男らしさ」の追求は、もちろん女性性との対比の上で要請されるのだから、確かにこの思想はヘテロセクシャルな考え方なのである。

われわれはホモセクシャリティーに直面しているのではなく、むしろ、女の体を通して、女の体のなかで、権威ある男とのパートナーシップを強固ならしめようとする男のヘテロセクシャルな欲望に直面しているのだ。（Sedgwick）

大慌てで「野傾論」に立ち戻ろう。そこで男色派が拠り所とするのは、女が男を迷わし、色に溺れさせ、または男を裏切って、遂には「家」に代表される社会秩序をかき乱すものだ、という議論であり、女色派はこれに対して、女のなかにも立派に家政を取り仕切る者はある、と反論する。しかしこの両派が同じ穴のムジナであり、家―社会秩序の保持、ひいては父から息子への父権の委譲を絶対の価値基準として共有しているのは、こう書き出してみれば明らかだろう。「男色―女色」という二項対立を建てる点でも、野傾論はヘテロセクシャルな思考の枠組みにすっぽり納まる。男色擁護の言説が、女の劣等性を数え上げることによってしか自分の立場を明らかにできないという事実が、その言説のヘテロ性をはっきり物語っている。シジウィックが「ヘテロセクシャルでホモソーシャル」という表現で言い表そうとしているのは、一見ホモセクシャルに見える言説のこうした性格のことなのである。そして、どんでん返しよろしく、『こゝろ』の解釈は再び反転せざるをえない。

これまで私は、男色と女性嫌悪の根深い結びつきについて語ってきた。だが、何より重要なのは、ヘテロセクシャルな欲望のないところに女性嫌悪は生まれようがない、という簡単な事実である。だとすれば、野傾論も日本のゲイ文学も、『八犬伝』も『こゝろ』も、ほんとうに「ホモセクシャル」なのだろうか。

『こゝろ』の先生の内面のドラマは、父系制―あるいは長子相続制の危機をめぐって始められたものだ。祖父―先生の父（長男）―先生という、なめらかな財産の委譲が、次男である叔父の介入で脅かされ、更には、奥さん―静という「母系」の介入によって再び脅かされる。先生は「父」の不在に怯え、その代わりとしてKを連れてくる。シジウィックに従うならば、母―妻のような「女」の体を用いることによって、父―自分―息子という男のあいだでの権力の譲り渡しを行おうとする先生の欲望は、ホモセクシャルでなくホモソーシャル・ヘテロセクシャルなのである。野傾論での男色派が「家の存続」を至上命令として、

女ほど悪しきものはなし。国を滅ぼし、家を破る大敵なり。（『田夫物語』）

と主張するとき、すでに彼らの欲望がヘテロセクシャルなものであることは隠れもない。
だから女色派の、

子孫相継ぎてこそ、家をも保ちたまひしなり。

つまり少年だけを愛していたのではそもそも家の存続ができなくなるではないか、という反駁に、男色派は答える術を持たず、討論は終結してしまう。だがこれは、どちらが勝った、という性質の問題ではなく、男色派と女色派は、このテクストのなかで、共謀して、女を蔑視し、蔑視しながらも父権制を支えるものとして認めるというイデオロギーの縦糸と横糸を受け持っているのである。やはり仮名草子の野傾論『色物語』では、一人の老人が男色派と女色派の対立を止揚して、

をり〳〵は、若衆をも愛し、ひたすら、女色に、かたよらぬ、基となし、また、女を愛すとき、乱れ心を、戒め慎む

のが理想的な「色道」のありかただと説き、女性蔑視と家系存続のあいだの矛盾に解決を与えている。そして、ほとんどいつも男色派を沈黙に追い込むのが、「若衆も女から生まれた」という反論であり、男色が、女の肉体を介しての「男」の再生産を前提としていることを、はしなくも明らかにしている。

先に挙げたプルタルコスの『愛をめぐる対話』でも、最終的にはプルタルコスその人の、夫婦の結合が最も神聖なものだ、という結論によって討論は打ち切られるのだが、いっぽうでプルタルコスは、妻の役割を、夫を支えるものとしてはっきり規定している（『結婚訓』）。

少女たちの女性嫌悪へ

『こゝろ』の先生は、遺書の最後にこう書いている。

私は妻《さい》には何にも知らせたくないのです。妻が己れの過去に対してもつ記憶を、成るべく純白に保存して置いて遣りたいのが私の唯一の希望なのですから、私が死んだ後でも、妻が生きてゐる以上は、あなた限りに打ち明けられた私の秘密として、凡てを腹の中に仕舞つて置いて下さい。（五十六）

古典的な読みに従うなら、静はKの自殺の原因について何も知らされていないことになっており、それを飽くまで隠し通そうとするのが先生の愛情だということになるのだろう。それでも、妻に対するそうした保護者意識こそが女性蔑視だ、という声が上がるのは容易に予想できる。じっさい、学校で『こゝろ』を読ませると、主に女子学生からこうした批判が出てくるという。

ところが、静が「策略家」で、先生は無意識のうちにそれを憎んでおり、ライヴァルであるはずのKとの間にこそ同性愛的連帯感を感じていた、という読みが、遅かれ早かれ発掘されるように『こゝろ』のテクストのなかに埋め込まれているとしたらどうだろう。するとあたかも「野傾論」の男色派と女色派が共謀しているように、「純白な静」と「策略家静」という二つの読みは、対立するのではなく、弁証法的に補完しあっているのではないか。「策略家静」という見方が女性蔑視を基盤とした男たちの死の美学を準備し、「純白な静」という見方は、その静の純白性を媒介とするK―先生―私という、祖父―父―息子にも類《たぐ》えられる擬似父系制を支えてしまうのである。つまりどちらの読みを取るにしても、女は人間として信用できるものとは見なされず、ただその肉体を使用して「信用できる」男を再生産させる装置としてしか機能させられてはいないのである。

近代の西洋で、女性嫌悪―男性同性愛（？）の結びつきがはっきり現れるのは、十九世紀アメリカ文学である。そのアメリカ文学の「ホモセクシャル」も、あるいはE・M・フォースターの『モーリス』も、いま検討する暇はないが、ホモセクシャルではなく、ホモソーシャルではないのか、疑ってみる必要が大いにある。

それなら、「ホモセクシャルなテクスト」などというものは、西洋東洋を問わずわれわれの文化のなかに存在するのだろうか。明治天皇に対する乃木将軍の殉死を模倣して先生は死んでゆくが、これはすぐに、のちに三島由紀夫が昭和天皇に対して抱いた同性愛的感情と、これを精緻な形而上学として織りあげた「殉死の美学」を思い出させる。和辻哲郎が『日本倫理思想史』で一章を割いて語ったものである。漱石―三島の直接的な連関はないかもしれないが、それではこれは「ホモセクシャル」なものと言えるのだろうか。小森陽一は、やはり『こゝろ』における「同性愛」を扱った論考のなかで、『葉隠《はがくれ》』に描かれたような「殉死」が、時に主君に対する忠義をも裏切る場合があり、「ホモセクシュアルな二者関係の倫理は、常にホモソーシャルな個と社会の契約を脅かすことになる」(「『こゝろ』における同性愛と異性愛」)と論じており、先生は、Kとのそうしたホモセクシャルな関係を裏切り、ヘテロセクシャルな世界へとKを誘おうとした、としている。ならば、『葉隠』や『男色大鑑』は、ホモソーシャルな社会を脅かすホモセクシャルな「サムライ」の二者関係の世界だと言ってしまっていいのか。

たとえば和辻は、赤穂浪士の仇討ちが、こうした「殉死」の精神の系譜の上に位置づけられるとした上で、決してそれは当時の支配体制がおおっぴらに認めるものではなかった、と言っている。しかし実際には、社会秩序に対する挑戦に他ならない赤穂浪士の物語は、ある言説の制度のなかで独特の美学化を施され、おびただしい数の演劇、映画、ドラマとして再生産されているではないか。

問題なのは、『葉隠』的美学を再び語るとき、つまり「語り直す」際に、それがたやすくホモセクシャリティーから逸脱し、共同体がより受け入れやすい、女性蔑視を伴ったホモソーシャリティーを養分としてしまうことではないのか。そして何より、共同体に抵抗する美学として私たちの文化のなかに用意されているのが男性同性愛だけであって女性同性愛ではないということに、注意しておかなければならない。『坊つちやん』は、共同体に歯向かう「個人主義」の精神に根ざしている、と私は言ったが、個人主義者になる自由が与えられているのは、男だけなのである。近代以降、われわれは夥しい数の「共同体に抵抗する個人」の物語を聞かされてきたけれど、往々にしてその「個人」は、「純白な」女の無条件の、沈黙の支持に支えられた「男」でしかなかったのである。

ひとつ、『三四郎』論以来の問題で、気になることがある。男色を扱った江戸期のテクストのなかには、愛する美少年のために命を捨て、あるいはその誠を証し立てるために指を切る男たちが現れる。逆に、女色を扱うテクストのなかでは、間夫《まぶ》への忠義立ての証明のために起請文《きしょうもん》を書き指を切る遊女たちが現れる。後者が、実は三枚も四枚も書かれた起請文であろうと、死体の指から切り取った偽指であろうと、そのこと自体は問題ではない。気になるのは、女への愛の証のために指を切る男がまったくと言っていいほど現れてこない、ということなのだ。小森は、「『こゝろ』というテクストにおいては、ヘテロセクシュアルな「恋」の二者関係をめぐる倫理性は不在なのである」と言うが、より正確には、近世以来の日本文学のなかに、女への恋をめぐる男の側の倫理性が徹底的に不在だ、と言うべきなのである。

あるいは、そうした武士的な血なまぐささとは無縁であるかに見える、一九七〇年代以後の、竹宮恵子、木原敏江、山岸涼子から秋里《あきさと》和国《わくに》にいたる少女マンガの世界の、少年たちの同性愛は、ヘテロセクシャルなハッピー・エンディングをもっぱらとする古典的少女マンガへの異議申立てとして捉えるべきなのか。たとえば山岸涼子の『日出処《ひいづるところ》の天子《てんし》』が拠って立つのは、山岸の別の系列の作品（『天人唐草』や『夜叉御前』）を参考にすれば、どうやら、経血を流し、出産機能を備えるに至る自分自身の女の肉体に対する少女たちの恐怖と嫌悪であるらしい。同じような「少女たちの女性嫌悪」が、他の作品についても言えるのだろうか。そしてこれは江戸的なものとどのように係わってくるのか。

もはやこれは、『こゝろ』という作品解釈を越えた問題へと広がっていかざるをえないだろう。ここで言えることは、女性自身による女性嫌悪がある以上、『こゝろ』の愛読者が常に「男」である必要はない、ということであり、二項対立からなる思考がここで無化されている、ということだろう。そして、そもそも始めに私が抱いた疑問、なぜ『それから』や『こゝろ』が、人によってこれほど評価が分かれるのか、という疑問に答えておかなければなるまい。恐らくそれは、日本文学のなかに二つの文学伝統が存在しているからだ。漱石作品を支えているのは、江戸的・武士的・漢文学的・男性的な系列であり、もう一つが、平安朝的・公家的・和文的・女性的なものである。ここで、たとえばどちらがより「良い」かということを問うても仕方がない。だが、少なくとも近代日本文学における「文学的記憶」を問題にするとき、この二つは区別しながら考えなければ、無用の混乱を引き起こしかねないのだ。

たとえばフェミニズム批評は、そもそもヴィクトリア朝的な、蔑視の裏返しである女性の過剰な美化に対する反動という一面を持っている。だが、「純白な静」を空白地帯とする『こゝろ』の「江戸」的な美意識は、女性の美化ですらない。中世から近世への日本文化の推移のなかで、女性の美化そのものが消え去ったのだから。『こゝろ』が今もって国民的傑作とされているという事実が意味するのは、ロマンティック・ラヴ・イデオロギーの批判も、女性の美化の批判も、「江戸」が生き延びている日本では「早過ぎる」ということなのである。

（付記）その後、「先生」と静はともに家のあととりなので結婚はほぼ不可能だと分かった。そういうミスの多さと、女性嫌悪の強固さで、『こゝろ』は日本近代小説のワースト作品だと今は考えている。

参考文献

小森陽一「『心』における反転する〈手記〉」『構造としての語り』新曜社、一九八八。

土居健郎『「甘え」の構造』弘文堂、一九七一。

同　『漱石の心的世界』角川選書、一九八二。

橋本治『蓮と刀』河出文庫、一九八六。

ジョン・ボズウェル『キリスト教と同性愛――1～14世紀西欧のゲイ・ピープル』大越愛子・下田立行訳、国文社、一九九〇。

ケネス・ドーヴァー『古代ギリシアの同性愛』中務哲郎・下田立行訳、リブロポート、一九八四。

滝沢克己『夏目漱石の思想』新教出版社、一九六八。

『南方熊楠コレクション　浄のセクソロジー』中沢新一編・解説、河出文庫、一九九一。

佐伯順子『美少年尽くし』平凡社、一九九二。

古川誠「同性愛者の社会史」『別冊宝島　社会学・入門』一九九三。

石原千秋「『こゝろ』のオイディプス――反転する語り」『反転する漱石』青土社、一九九七。

松本洋二「『こゝろ』の奥さんとお嬢さん」『近代文学試論』17、一九七八、十一月。

寺田健「お嬢さんの〝笑い〟――漱石『こゝろ』の一視点」『日本文学』一九八〇、七月。

鶴田欣也「テクストの裂け目」『越境者が読んだ近代日本文学――境界をつくるもの、こわすもの』新曜社、一九九九。

米田利昭『わたしの漱石』勁草書房、一九九〇。

ルネ・ジラール『欲望の現象学』古田幸男訳、法政大学出版局、一九七一。

作田啓一『個人主義の運命』岩波新書、一九八一。

Eve Kosofsky Sedgwick, *Between Men : English Literature and Male Homosocial Desire*, Columbia

UP, 1985.

『和辻哲郎全集 第十三巻 日本倫理思想史・下』岩波書店、一九六二。

小森陽一「『こゝろ』における同性愛と異性愛」小森・中村三春・宮川健郎編『総力討論　漱石の「こゝろ」』翰林書房、一九九四。

藤本由香里「トランス・ジェンダー――女の両性具有、男の半陰陽」『私の居場所はどこにあるの？』学陽書房、一九九八。

『季刊文学・漱石「こゝろ」の生成』一九九二、秋、岩波書店。

谷沢永一・佐藤泰正・浅田隆・玉井敬之「シンポジウム『こゝろ』をめぐって」『解釈と鑑賞』一九八二、十一月。

＊「野傾論」として参照したのは、『田夫《でんぷ》物語』（『日本古典文学全集』）、『色物語』（『仮名草子集成』）、『傾城禁短気』（『日本古典文学大系』）、『風流曲三味線』（『叢書江戸文庫』）、『花菖蒲《はなあやめ》待《まつ》乳《ち》問答』『玄々経』（『洒落本大成』）、『風流比翼鳥』（『江戸時代文藝資料』）。

第七章　幻の「内発性」——『明暗』

「女の内面」の誕生

大正五年十二月九日、夏目漱石は死んだ。満年齢わずか四十九歳であった。そして、『朝日新聞』連載中の大作『明暗』が未完のまま残されることになる。近年、水村美苗が、漱石の伏線を発展させ、漱石作品からの引用を縦横に散りばめながら『続明暗』を書き上げ、読書界を驚かせたことは記憶に新しい。

しかし、未完のままであっても、『明暗』はそれまでの漱石の長編小説のような構成の破綻を持たず、始めから自在に作中人物の内面を語る手口、その文体によって、傑作とされてきた。芥川龍之介はこれを「老辣《ろうらつ》無類」と呼び、漱石に対して点の辛い正宗白鳥も、「私は『明暗』まで読んで、はじめて漱石も女がわかるようになったと思った」と評している。やはり漱石に冷淡な目を向ける現代の谷沢永一すら、漱石が生涯に書いた小説は『猫』と『坊つちゃん』と『明暗』だけで、あとは皆、小説のようなものでしかないと言っている。

そして、決まり文句のように『明暗』に与えられるのは、「真の近代小説」という評価であり、なかんずくそのヒロイン、お延《のぶ》の描写が賛嘆の的になっている。マドンナに始まって、『草枕』の志保田那美、里見美禰子、三千代、お直、静といった漱石作品のヒロインたちのある種の捉えにくさ、時には「色情狂」ではないのかと思わせる不思議な媚態、といったものから、確かにお延は手を切っている。そしてこれが「真の近代小説」であるとすれば、そこからは時代としての「江戸」の徴《しるし》は消え去っていなければならないし、事実、大正という、一時代隔てた地点で書かれたこの小説に、「江戸的なもの」は容易に見定めがたい。

『明暗』のストーリーは、だいたい次のようなものだ。津田とお延の夫婦は比較的最近結婚したばかりだが、それ以前、津田には清子という恋人がおり、彼女は理由も告げぬまま津田を捨てて他の男と結婚してしまった。津田はこのことを妻には隠している。お延との結婚には、彼女の叔父岡本が財産家だというような金銭的利害が絡んでいるらしく、父からの仕送りに頼っている津田は、痔の手術の費用に困っていて、お延がこれを岡本のところで工面してくる。いっぽう堀という男に嫁いでいる津田の妹お秀も、兄を案じて金を持ってくるのだが、兄と嫂《あによめ》のエゴイズムを強くなじる。

ここに、津田と清子の関係を知り、お延を津田に紹介した吉川夫人という不思議な女性が現れる。彼女は病院を訪ねて、清子が流産してある温泉場で静養している、と告げ、津田はまだ清子に未練があるから、なぜ津田を捨てたのか行って問いただしてこい、と唆す。

結局津田は、湯河原とおぼしき温泉場へ単身出向くことになるのだが、かたや、お秀と津田の会話を漏れ聞き、津田の友人で小林という男から清子の存在をほのめかされたお延は、夫の目的に疑いを抱いている。さて津田は、温泉場で清子に出くわすのだが、いったんは驚いた清子が、翌日は津田を招き入れて取り留めなく会話をはじめる。ここで『明暗』は中断している。

「女がわかるようになった」という白鳥の表現が示しているとおり、『明暗』をそれ以前の作品から截然《せつぜん》と分かっているのは、ヒロインお延が率直に自分の内面を語ること、いや、語り手が作品の途中からお延の内面に入り込み、お延の視点から語りさえするために、「謎めいた女」という漱石作品お決まりのヒロインとは別種の女性がここに導入されていることである。お延は、見合い結婚しようとしている従妹の継子《つぎこ》に、「誰でも構はないのよ。たゞ自分で斯うと思ひ込んだ人を」「たゞ愛するのよ、さうして愛させるのよ。さうさへすれば幸福になる見込は幾何《いくら》でもあるのよ」（七十二）と語り、自分が夫に自分を愛させるように仕向けることによって幸福になろうとしているのだ、と表明する。ここには、それまでのヒロインが決して語ろうとしなかったような女の目的意識がはっきりと現れている。

「容貌の劣者」の系譜

だが、系譜学的に言えば、お延は美禰子やお直や静の末裔ではない。「謎めいた女」の系譜を受け継いでいるのは、むしろ、作品中絶の直前に現れ、津田をその「緩漫な動作」で魅惑し、温泉場まで引き寄せる清子のほうなのではないか。清子の、突然津田を捨てて別の男と結婚する、という行動が、美禰子のそれをなぞっているのは明らかである。そして、お延はむしろ、『行人』で、お貞の結婚相手を見定める二郎が不真面目だといって怒る妹お重《しげ》の系譜上に位置している。だとすれば、『明暗』の女の描き方がそれまでの小説と違うかどうかは、清子がほんのわずかしか姿を現していない以上、謎に包まれたままだと言うべきだろう。清子が美禰子だとすれば、お延は「三輪田のお光さん」だ。

三四郎は此時自分も何か買《かっ》て、鮎の御礼に三輪田のお光さんに送つてやらうかと思つた。けれども御光さんが、それを貰つて、鮎の御礼と思はずに、屹度《きっと》何だかんだと手前勝手の理窟を附けるに違ひないと考へたから已《や》めにした。(二)

このあと三四郎は、彼自身が美禰子の行動に「何だかんだと手前勝手の理窟を附け」ることになるのだから、三四郎―お光さんの関係が、美禰子―三四郎の関係に置き換えられるわけだ。そしてお光─三四郎─美禰子の擬似三角関係が、『明暗』のクライマックスでは、どうやらお延─津田─清子のそれとして、全面的な展開を見せることになるらしい。
ところで、『行人』のお重は、「夫婦関係が何《ど》うだの、男女《なんにょ》の愛が何うだのと囀《さえず》る」女である点からも、「愛の理論家」であるお延につながっている。

「本当にあたしのやうな不器量なものは、生れ変つてでも来なくつちや仕方がない」（八十）

と呟くお延が、継子、お秀のような近親者に比べて、自分が「不器量もの」だという意識を持っているところも、嫂のお直の美しさに嫉妬心を燃やしているらしいお重のポートレイトにつながっている。実際にお延の容貌がどの程度なのか、自分で思っているほどの不器量ものでないのかどうかは、この際あまり問題ではない。漱石がヒロインの内面に入り込んだのは、長編のなかでは『虞美人草』の藤尾のとき以来だが、藤尾とお延の印象がかなり異なり、作品の評価もこれに応じて違っているのは、この、お延が「美女」ではない、と自ら思っているというところにこそ秘密があるのだ。彼女の、「愛するのよ、そして愛させるのよ」という処世方針演説は、「容貌の劣者」意識があるからこそ、「美女の誘惑」の持つまがまがしさから免れており、だからこそ読者はお延に共感できる。小宮豊隆流の解釈では、津田夫婦はともにエゴイストであり、この作品のなかでエゴイズムから自由なのは、お秀や清子だということになる。しかし、津田はともかくとして、後世の読者たち、批評家たちは、エゴイストどころか、お延にヒロインとしての強い魅力を感じ、彼女に同情的である。

「緩慢」な美女たち

いっぽう漱石、あるいは『明暗』の語り手は、お延の内面には自在に入り込むけれども、お秀や清子といった「美女」の内面に踏み込むことを避けているようだ。たとえば、夫婦の愛、男女の愛とはどういうものかについて、お延とお秀は白熱した議論を展開するのだが、理論家お延はついに実際家お秀を説き伏せることができない。

もしお秀の有の儘が斯うだとすれば、彼女の心の働らきの鈍さ加減が想ひ遣られた。(百二十八)

だが、お延のみならず語り手も、ここではお延に肩入れして、お延と一緒になってお秀の「鈍さ」に苛立っているように思える。ところで、温泉場に現れる「美女」清子もやはり、「鈍い」と同じような、「いつも優悠《おっとり》して」いて「緩漫」だという「外面描写」を与えられているのみで、語り手はその「鈍さ」や「優悠」「緩漫」な人物のそうである所以を内側から説明することができていない。それはほかでもない、清子やお秀には、お延のような「我」がないものとして描かれているからなのだ。

反逆者の清子は、忠実なお延より此点に於て仕合せであつた。もし津田が室《へや》に入つて来た時、彼の気合を抜いて、間の合はない時分に、わざと縁側の隅から顔を出したものが、清子でなくつて、お延だつたなら、それに対する津田の反応は果して何うだろう。

「又何か細工をするな」

彼はすぐ斯う思ふに違なかつた。所がお延でなくつて、清子によつて同じ所作が演ぜられたとなると結果は全然別になつた。

「相変らず緩漫だな」

緩漫と思ひ込んだ揚句、現に眼覚しい早技《はやわざ》で取つて投げられてゐながら、津田は斯う評するより外に仕方がなかつた。（百八十三）

お延の内面描写を読んでいるのは、読者であって津田ではない。だが津田も、お延が、彼女の身体を、精神が企む何かの「細工」によって合目的的に動かしていると考えているのだ。「眼覚ましい早技で取つて投げられる」というのは、清子が突然津田を振って関と結婚してしまったことを指すのだろう。しかり、清子は依然として、「ぼんじゃりと、あどめもな」く、内面を窺い知ることのできない、肉体と精神の未分化な、他者、特に男に対する働きかけを、合目的的に、意識によって肉体を操って遂行していくのではない、「美女たちの系譜」に属しているのである。いや、というより、そのようにしか描写されていないのだ。

だからこそ、津田は清子に引かれるのだ。たとえば、フロイトは、この魅力を「ナルシシストの魅力」と呼んでいる。

かかる女性は厳密にいうなら、男性が彼女を愛する場合と同じ様な強さを以て自分自身を愛しているにすぎない。彼女の求むるところは愛することではなく愛されることであり、かかる条件を充たしてくれる男性を受け入れるのである。（略）かかる女性は男性に最大の魅力を持っているが、それは彼女が通例最も美人であるからという審美的な理由からのみでなく、また興味深い心理学的情勢の結果でもある。というのは次の如き事実が明瞭に認められるからである。すなわち、ある人間が自己のナルチシズムを最大限に放棄して対象愛を求めようとしている場合、他人のナルチシズムは非常な魅力を持つものなのである。小児が持っている魅力の大部分はその小児のナルチシズムや自己満足的状態や近づき難さに基くものであり、また、われわれのことを眼中に置かぬある種の

動物、例えば、猫や巨大な肉食獣などの魅力も同じ理由に基く。（「ナルチシズム入門」懸田克躬訳）

「愛するよりも愛されることを望む」というのを、お延の「愛して、愛させる」という決意と混同してはならない。お延の言葉を全く理解しないお秀の「鈍さ」こそが、対象愛を求めずに自分自身を愛するナルシシストのものであり、清子の魅力とは、その自己満足的状態にこそある。『行人』の二郎がお直のなかに発見した「恐るべき女性の強さ」も、「鉢植え」の自己満足に求められるべきだろう。

しかし、『明暗』で、漱石は本当に「女を描く」ことに成功したのだろうか。たとえば、これまで論じてきたように、漱石が、恣意的に男を選ぶ女に対して憎悪を抱いていたとすれば、女の内面に入り込むことによって、初めて、女はどのように「男を選ぶ」のかが、描かれていたはずだ。ところが、お延は、「誰でも構はないのよ。たゞ自分で斯うと思ひ込んだ人を」ただ愛して、愛させるのだ、と言っている。しかし漱石の読者たちが知りたかったのは、女たちがどのような思考の過程を経て、一人の男を選ぶのか、あるいはこの男を「斯う」と思い込むか、ということではないだろうか。だが、読者の前に登場したとき、お延はすでに津田を選び取ってしまっていて、その過程を教えてはくれない。お延には他に選択肢がなかったということもできるだろう。ならば、同じ質問を、津田を捨てて関に嫁いだ清子に尋ねてみればいいのだろうか。ところが漱石自身は、その理由を、清子の内面を書き残さずに死んでしまった。

それなら、たとえば『続明暗』の清子の台詞を参照すればいいのだろうか。『続明暗』の清子は、津田が「自分を捨てることがない」「何が何でも自分に会いに来たのではない」と言って、暗に、津田がそのようないい加減な人間だから自分に袖にされたのだと告げているかのようだ。だが、『それから』の章で述べたように、恋愛は勧善懲悪ではない。まるでこれでは「一途な愛は必ず勝利する」という「少女マンガにおける一大妄想体系」(藤本由香里)ではないか。「愛が本物なら、私にも分かりますわ」とこの清子は言うのだが、むろん漱石は「恋愛」がそのような因果応報のレヴェルで機能しないことを知っているからこそ小説を書きつづけてきたのだ。

しかし、誰でも知っている通り、本当のところ、その愛が真実かどうかなんて恋が実るためには何の関係もない。「命をかけようがどうしようが、実らないものは実らない」のである。(藤本)

「些とも本物ぢやない」と『続明暗』の清子は言う。この「本物」という発想は、〈自然〉や〈内発性〉といった漱石的術語の一種と考えるべきだろう。「善―悪」の江戸文藝的二

漱石の翻訳

村上春樹のように、漱石は海外でも人気があるというわけではないが、英訳は時には二種類あったりする。『明暗』はヴァルド・ヴィリエルモとジョン・ネイスン、『こゝろ』はエドウィン・マクレランとダミアン・フラナガン、『草枕』はアラン・ターニーとメレディス・マッキンリー、『門』はフランシス・マシーとウィリアム・シブリーの訳がある。『三四郎』『坑夫』は村上春樹の訳でも知られるジェイ・ルービンで、『坑夫』英訳には村上春樹の序文がついている。『それから』はノーマ・フィールド、『行人』はベンチョン・ユー、『道草』はマクレランが訳している。『彼岸過迄』は落合欽吾の英訳があるのだが、「To the Spring Equinox and Beyond」つまり「春分の日を過ぎるまで」とそのまま訳していておかしい。これは漱石が、正月から連載を始めて、春分の日過ぎまで続けるつもり、というので適当につけた題名である。だが中身が破綻しているのでしょうがない。

カナダのピアニスト・グレン・グールドが、ターニー訳の『草枕』を愛読していたという。マクレランは『暗夜行路』も訳していて、それで菊池寛賞を受賞しているが、私が見ると、『こゝろ』と『暗夜行路』なんて日本近代の二大女性嫌悪小説で、どういう人なんだろうと思うが、江藤淳と親しく、愛妻家だったようだ。

項対立が、『坊っちゃん』と『虞美人草』の試みののちに廃棄されたあと、漱石が「善」の位置に置き換えてきたのは、〈自然〉であることを理由とする代助の「勝利」であり、一郎の「敗北」だったのである。そしてまた、『続明暗』の津田は、その清子への思いが〈内発的〉ではないという理由によって再び清子に拒絶されている。だが、「内発性」などというものが、本当にあるのだろうか。漱石のテクストは、表層において「内発性」や「自然」にこだわりながら、その実、「恋愛は状況の関数である」（藤本）といったメッセージを発しつづけていたのではないか。

「ナルシシスト」になれない「近代日本」

『漱石全集』というテクストが読むに値するのは、こうした、男女関係や恋愛とは一見したところまったく異なる主題を扱っているかに見える文章のなかに、同じ精神構造、思考の型を見出すことができるからだ。それが、明治四十四年、和歌山市で漱石が行った有名な講演「現代日本の開化」である。ここで漱石は、近代化（開化）というものが、人間の生活を便利にする一方、増大した余暇を新たな仕事を作ることによって埋めずにいられなくさせ、精神の荒廃を生み出してゆくものだと論じている。だが、おかしなことに漱石は続いて、それでも西洋の近代化は内発的なものなのに、日本の近代化は「外発的」で、より一層悲惨なものとなっている、と言うのだ。

この論旨は、現代の日本にも通じるものとして、雑誌や新聞でしばしば引用されている。だが、「内発的近代」などというものは、せいぜい英国に発生したものにすぎないのであって、フランスはともかく、ドイツ、イタリア、ロシア、アメリカといった西洋諸国の近代は、多かれ少なかれ「外発的」なものだ。しかも、近代化の弊害といったものは、決して日本に限ったことではない。それでも、確かに近代日本には、こうした言説を再生産させるものが、太平洋戦争における敗北という事態の大きな変化にもかかわらず、いやむしろそれゆえにこそ、今日に至るまで潜在的に横たわっている。しかも恐らくそれは、太平洋戦争を支えた「大東亜共栄圏」のイデオロギーが前提とする、東洋と西洋の文化的伝統の違い、といった問題から発しているのですらない。それどころか、アジアの諸国は、植民地化という代償を払いながらも「外発的近代化」を日本ほど易々と受け入れなかったという意味で羨望の対象にすらなる。

そう、「近代日本」をめぐるこうした言説を再生産しているのは、近代日本が、これまで私が述べてきたような意味で「ナルシシスト」たりえていない、という意識なのである(「意識」である。「事実」ではない)。漱石は『文学論』の序文や、大正四年の学習院での講演「私の個人主義」で、彼の専門としていた英文学研究が「他人本位」で、欧米人の研究に現れた価値判断をそのままに受け取ってしまうようなものだったから駄目だったのだ、としている。しかし、「独自」の立場に立とうという意識そのものが、西洋の模倣と追従に生きようとするのと同じ程度に、西洋的であろうとすることなのだ。

読者がお延に共感できるのは、「容貌の劣者」意識を持っている彼女が、自分の肉体が自分の精神のしもべだと信じているからだ。たとえば「美女」は、自分にその意思がなくとも「男を迷わし」、些細なしぐさや言葉遣いが媚態として受け取られ、周囲に波瀾を引き起こす。これが「お家騒動もの」を論じてわれわれが確認した点だ。そして、近代日本は、こうした「肉体」を失ってしまい、西洋というモデルの模倣を至上命題とする精神に支配されているという意識の集合体であり、そのことに罪悪感を抱きつづけている。近代日本は西洋の「模倣」だという意識に捕らえられ、近代以前の伝統を持ち出してここにアイデンティティーを求めようとするのも、やはり「国家的文化アイデンティティー」という発想を西洋に仰いでいるのにすぎない。内発的でない開化が悲惨だからといって内発的になろうとすることもまた、「外発的—内発的」という二項対立に捕らえられているという意味で内発的なものではありえない。

「女が男を迷わす」という問題は、ここで、「西洋が日本を迷わす」という問題に転化する。しかし漱石は、じつは何一つ解決策など示してはいないのだ。それは、お延の「内面」は描けたが、われわれはいまだ、清子の内面に触れる機会をあたえられていない、という事態に対応している。

一九八〇年代、身体論、演技論、ポストモダン、情報社会論、江戸論、女性論などが隆盛を見たのは、こうした内発性―外発性という問いを無効にし、いわゆる近代の意識の自縄自縛から抜け出そうとする試みにほかならなかった。明治以来、西洋に追いつくことをオモテの目標としてきた日本では、これを補完するように、「日本の独自性」を主張する声が、繰り返し上げられてきた。だが、独自性を主張すること自体が西洋的な思考なのではないか、という議論の前に、この対立も無効にされてしまう。同時に、「身体」について執拗に考えること自体、きわめて「精神」的なことであり、「江戸」にユートピアを見出そうとすること自体が近代的な思考であり、「女」に何らかの可能性を探ろうとすることと自体が男性的な思考だというアポリアが、ついに日本の言説を袋小路に追い込んでしまったのである。もちろん、先程から私が言っている「ナルシシスト」としての「美女」なるものも、男が女に抱く幻想の一種でしかないだろう。身体、江戸、女性という記号は、精神、近代、男性という記号の抱え込む意識の堂々巡りから抜け出すための恰好のキーワードに見えたというわけだ。もとより、どれほど「論」を重ねても、それは寝なければいけないという意識から脱出しようとしている不眠症患者の苦闘同様、解決の道を開いたりはしないだろう。

「愛」は他者の欲望の模倣でしかないのなら、「あなたは馬鹿になれない人だ」と言われても、努力して馬鹿になることなど出来はしない。「馬鹿」ほど「内発的」なものはないからだ。ナルシシストに憧れ、自分もナルシシストになろうと努めること自体、決して自分がナルシシストではないことの証でしかない。たとえば長野一郎や津田においては、死、宗教、狂気、女を愛することといった状態が、なんらかの身体的うながしによって思わず知らず生きてしまう身体への憧れとして、「内発性」のたぐいないメタファーを形作っている。だが、もし「内発性」などというものがありえないとしたらどうだろう。いや、というより、江戸文藝の「善」の変形でしかない「自然」や「内発性」を身につければ、「美徳の報酬」を受けることができるという妄想からおのれを解放したらどうだろうか。その時、「内発性」についてなんの幻想も抱いていないジェイン・オースティンの、状況の函数でしかない内面を持つ人間たちの世界が立ち現れるだろうし、それはまさに「則天去私」という言葉が一般的に思い起こさせる状態とは逆のものなのだが、そこでこそ、まったく別の意味を持つ「倫理」や「愛」が改めて問題になるはずだ。

参考文献

水村美苗『続明暗』新潮文庫、一九九三。

藤本由香里「恋愛――恋愛という罠」『私の居場所はどこにあるの？』学陽書房、一九九八。

各章ごとに示した参考文献のほか、全体にわたって次の諸研究を参照させて頂いた。各章ごとの略称を示してある。漱石作品は、岩波書店『漱石全集』に拠り、漢字は新字に改めた。古典文学作品の引用は、岩波書店の新旧『日本古典文学大系』、小学館の『日本古典文学全集』、『新潮日本古典集成』、国書刊行会の『叢書江戸文庫』、吉川弘文館の『日本随筆大成』、岩波文庫、平凡社東洋文庫等に拠った。学恩に感謝いたします。


小宮豊隆『漱石の藝術』岩波書店、一九四二。

江藤淳『決定版夏目漱石』新潮文庫、一九七九。

桶谷秀昭『夏目漱石論』河出書房新社、一九七六。

柄谷行人『漱石論集成』第三文明社、一九九二。

矢本貞幹『夏目漱石——その英文学的側面』研究社、一九七一。

大岡昇平『小説家夏目漱石』ちくま学芸文庫、一九九二。

佐々木英昭『夏目漱石と女性——愛させる理由』新典社、一九九〇。

島田雅彦『漱石を書く』岩波新書、一九九三。

『岩波セミナーブックス　漱石をよむ』岩波書店、一九九四。

『日本文学研究資料叢書　夏目漱石Ⅱ』有精堂、一九八二（『叢書Ⅱ』）。

『日本文学研究資料叢書　夏目漱石Ⅲ』有精堂、一九八五（『叢書Ⅲ』）。

『講座　夏目漱石』全5巻、三好行雄・平岡敏夫・平川祐弘・江藤淳編、有斐閣、一九八一—八二（『講座』）。

『漱石作品論集成』全12巻、玉井敬之監修、桜楓社、一九九〇—九一（『集成』）。

『國文學　漱石論の地平を拓くもの』一九九二、五月、学燈社。

『國文學　夏目漱石の全小説を読む』一九九四、一月臨時増刊号、学燈社。

文庫版あとがき

『夏目漱石を江戸から読む』が刊行されたのは、一九九五年三月のことであった。私としては五年ぶり二冊目の著書である。だが、最初の本『八犬伝綺想』が冷評に近い扱いを受けた私はおびえていた。また冷たい扱いを受けたらどうしようと思ったのか、その前年から大阪大学に勤めていたのだが、前年秋ごろから今で言うパニック発作になり、新幹線に乗るのが怖くなってしまった。

刊行後、三日間眠れなかった私は、阪大の近くの子安医院という古ぼけた精神科医へ行って睡眠薬をもらおうと思った。『ドグラ・マグラ』の舞台になりそうなその医院は、今ではもうないようだが、老人の医師が出てきて、「世評が気になる」と私が言うと、「あんたな、大阪いうのは〝へんねし〟いうてな、あんたの本が評判良かったりしたら大変やで。あんた講師やろ。プロフェッサーならええで」と言って私を脅かしたが、睡眠導入剤のハルシオンをくれたから、帰って飲んだらすぐ眠れた。

今の私はプロフェッサーでもおかしくない年だが、なぜかプロフェッサーではない。和田芳恵のように、「伊豆の踊子」が好きな短大生相手に週一回くらい近代文学を教えたいところだが、そんな牧歌的な大学は今はない。

さて、二〇一六年は漱石没後百年、二〇一七年は生誕一五〇年とかで、漱石関係の著作もたくさん出た。知人からもいくつか送ってもらったが、もう今さら漱石についてやることもあまりないだろうと思った。それに、私は『こゝろ』をはじめとする漱石の女性嫌悪ぶりが最近ますます嫌になってきた。

本書刊行後に気付いたことをいくつか摘記しておく。『こゝろ』は、ミスの多い作品だが、「先生」も「静」も家のあととりである。結婚できるはずがないのである。漱石はたぶん確信犯で、だからこの二人の姓を書かなかったのである。

さて、私は六年ほど前、ヘンリー・ジェイムズの長編小説『ワシントン・スクエアー（ワシントン広場）』の邦訳を読了した。読了した、というのは、実は二十五年も前に、三分の二くらいを読んでそのままになっていたからで、当時私は帝京女子短大非常勤講師として教えていて、この原書の、研究社小英文叢書の、短縮版を教科書にしていたからである。この小説は、一九四九年にウィリアム・ワイラーによって『女相続人』の題で映画化されており、その映画を観て、面白かったので原作を教科書にしたのである。

筋は、一八八〇年の発表だからその当時のニューヨークに住む、金持ちの医師スローパーと、母を亡くした娘キャサリンが中心で、キャサリンは女相続人だが、あまり美しくないというところがミソである。しかし年ごろになったキャサリンは、美青年で、しかしあまり素行が良くない、カネもないモーリス・タウンゼンドという青年から求婚される。キャサリンもモーリスに惚れこむのだが、その人柄を信用せず、遺産目当てだと睨んだスローパー医師は、頑として結婚を認めず、もし結婚したらキャサリンを廃嫡《はいちゃく》するとまで言う。

私が読んだ翻訳は、その映画公開の際に蕗沢忠枝訳で『女相続人（ワシントン・スクエヤー）』として角川文庫から出たもので、確か池袋の芳林堂の上にあった古書店で買ったと記憶する。その後、河島弘美の邦訳が岩波文庫から出た。ジェイムズといえば、二十世紀に入ってからの晩年の作『鳩の翼』や『金色の盃』の、すさまじいまでの微細な心理描写で知られるが、『ワシントン広場』は『ある貴婦人の肖像』とともに初期の作で、難解なものではない。

さて、今回最後まで読んで、原作と映画はちょっと違うことを知った。映画は、不美人ということになっているのに、美人女優のオリヴィア・デ＝ハビランド（一〇一歳で存命）が演じていて、映像化されると不美人が美人になってしまう例としてよく使ったものだが、顔色を黒めに化粧して、少なくとも前半ではなるべく不美人らしくしている。さて、映画では、たとえ廃嫡されても一緒になろうと約束して、キャサリンはモーリスが来るのを待っているのだが、彼は来ず、父は娘に男を忘れさせるために共にヨーロッパ旅行へ出かけるのだが、帰国後父は死去、遺産をキャサリンは受け継ぐが、そこへモーリスが会いに来る。だがキャサリンは、戸を叩いて開けてくれと頼むモーリスに対して、遂に戸を開けない、という結末である。

しかし原作では、駆け落ちをすっぽかす、というのはないし、父の医師が死ぬのは十年以上たってからで、その間、キャサリンは縁談を断り続け、モーリスは別の女と結婚してカリフォルニアあたりへ行ってしまう。父の遺産は、さほど多くはキャサリンには残されず、もう四十を過ぎ、妻とも別れたモーリスが、完全に老嬢となったキャサリンに会いに来て、もう一度やり直そうと提案するが、それを退けるという結末だった。

さてもう一人の登場人物として、スローパー医師の妹のラヴィニアがいる。この女は、モーリスの味方のようで、何とか兄を説得しようとし、父娘のヨーロッパ旅行中は留守の邸を守り、そこへしげしげとモーリスが通ってきて相談している。それがどうも、読んでいると、ラヴィニアとモーリスに肉体関係でもできたのではないかと読めるのである。ジェイムズというのは、そういうことをよく書く作家である。

私は大学の英文科へ行ってすぐ、渡辺利雄助教授の授業で、ジェイムズの『アメリカ人』を読んだ。これは当時まだ河出書房の「世界文学全集」に西川正身の邦訳が入って新刊で買えたから、そちらをすぐ読んだが、どうも面白くなかった。これは、金持ちのアメリカ人青年が英国へ渡り、名家の令嬢と結婚しようとするのだがうまく行かずに終るという話で、ジェイムズはかつて、新文明の米国と、旧文明のヨーロッパの対比を描く「国際状況もの」の作家とされていたことがあり、『デイジー・ミラー』もそうだが、どういうわけか、長らくこれと『ねじの回転』が新潮文庫にあったため、さしてジェイムズの作として優れているわけではないのに、日本では代表作のように思われていた。国際状況ものは、『国際エピソード』もそうだが、あまり成功していない。

さて、授業の最後に、批評を読まされたのだが、そこには、結婚しようとした令嬢は、実は主人が小間使いに産ませた子であり、だから結婚できなかったのだという解釈が書いてあった。それを読んでレポートを書いたのだが、私は、テキストに書いてないことなのだから何とでも言えるといった、否定的なものを書いた。するとそれから二年くらいたって、教授になった渡辺先生が『英語青年』にエッセイを書いて、その時のレポートについて書き、私のものらしいのが一行分くらい引用された。私は学生時代に児童文学の同人誌に書いていたが、これは手書きだったから、私の書いたものが活字になったのはこれが最初だったかもしれない。

さて『明暗』は、ジェイムズの最後の作品『金色の盃』の影響を受けているとされている。これは新婚の若妻が、夫が人妻と密通しているのを発見して、それをやめさせるという筋である。漱石がその原書を読んでいたことも分かっており、メモには、ジェイムズの文章が難解であるということも書いてある。つまりこの対応でいえば、『明暗』の主人公は、三十歳くらいの津田と、その新妻お延であり、津田が、お延との結婚前に、清子という女と交際していたのが、突然清子が関という男と結婚してしまったため、お延と結婚した、しかも、それはお延の伯父の岡本というのが財産を持っていたから、そちらが目当てだったのではないかというあたりが、『明暗』の仕組みである。むしろ『ワシントン広場』に似ているともいえるが、こちらは漱石が読んだ証拠がない。

さて、谷崎潤一郎は、デビューとほぼ同時に、漱石の『門』を批判している。そして漱石没後、未完ながら名作とされていた『明暗』も批判している（「藝術一家言」）。耽美派、エロティック派の谷崎が、道徳的な漱石を評価しなかったのは分かるが、晩年に中央公論社の『日本の文学』の編集委員をした時、当時長老だった谷崎は、三冊扱いになったが、「それなら夏目さんも三冊にしなければ」と言って、いくらか態度を緩めたところもあった。それはいいとして、谷崎は『明暗』に出てくる、吉川夫人のやることが不自然だと言うのである。吉川夫人というのは、津田が世話になっている人の夫人だが、清子とのことも知っている。そして中途で、痔の手術をした後で、まだ清子のことが思いきれずにいる津田に、清子がある温泉場にいることを教えて、そこへ行くように唆かすのである。

谷崎は、いったいこの吉川夫人というのは何か、と言う。何で他人の恋愛に口を出してそんなことをするのか、まるで分からない、作品が不自然だと言うのである。

漱石の長編小説は、中絶した『行人』とか、破綻した『彼岸過迄』などがあるが、『明暗』は、弟子の芥川龍之介が「老辣無類」と評した、未完だが完璧な心理主義小説とされている。しかし谷崎がそう言うのを聞くと、なるほどと思われる。ところが、『ワシントン広場』の、モーリスとラヴィニアの「怪しげな関係」のところを読んで、私はふと、津田と吉川夫人にも、そういうことがあったのではないかと思ったのである。そう思って読むと、そんなことを暗示しているような文章も、ないことはない。

細君は快よく引き受けた。あたかも自分が他《ひと》のために働らいてやる用事がまた一つできたのを喜こぶやうにも見えた。津田はこの機嫌のいい、そして同情のある夫人を自分の前に見るのが嬉しかつた。自分の態度なり所作なりが原動力になつて、相手をさうさせたのだといふ自覚が彼をなおさら嬉しくした。

彼はある意味において、この細君から子供扱いにされるのを好いて居た。それは子供扱いにされるために二人の間に起る一種の親しみを自分が握る事ができたからである。そうしてその親しみをよくよく立ち割って見ると、やはり男女両性の間にしか起り得ない特殊な親しみであった。例えて云うと、或人が茶屋女などに突然背中を打《ど》やされた刹那に受ける快感に近い或物であった。

同時に彼は吉川の細君などがどうしても子供扱いにする事のできない自己を裕《ゆたか》にもっていた。彼はその自己をわざと押し蔵《かく》して細君の前に立つ用意を忘れなかつた。かくして彼は心置なく細君から嬲られる時の軽い感じを前に受けながら、背後はいつでも自分の築いた厚い重い壁に倚りかかって居た。

ただし、漱石は恐らく、『明暗』が完結したとしても、そのことは書かなかっただろう。第一、それでは歴然たる風俗壊乱になってしまい、発禁になる恐れもある。『それから』が姦通小説だと言われるが、あれには代助と三千代の肉体関係までは描かれていないし、鷗外の『青年』も、未亡人と関係をもつけれど、それは未亡人で、吉川夫人にはれっきとした夫があるから、姦通罪にすらなりうる。

漱石は、モーパッサンの短編「首飾り」について、なぜ種明かしまで書くのか、と非難している断片を残している。つまり、全部書かないのである。そして、そう思って読むと、清子がいきなり津田を捨てた理由は、吉川夫人との不潔な関係を知ったから、と考えられるし、吉川夫人としては、津田の若い肉体を楽しんでおいて、これを別の女と結びつけることに興味関心を持っていたと考えることができる。そう考えるなら、谷崎の疑問はある程度解決されうるのではないか。

こんなことを考えたのは、その前にたまたまエミール・ゾラの『ジェルミナール』を読んだからでもある。『ジェルミナール』は、『居酒屋』のヒロイン、ジェルヴェーズの息子たちの一人であるエティエンヌが、ベルギー国境に近い炭鉱で働き始め、資本家に抵抗してストライキを行い、敗れる物語である。その中で、資本家側である支配人のエンヌボーが、甥のポール・ネグレルを、やはり資本家の娘セシルと結婚させようとしているが、ネグレルはエンヌボーの妻と密通しており、エンヌボー夫人は、自分が楽しんだ後でその若者を結婚させようとしているのである。どうも、この当時の西洋小説には、こういう筋立てが多いのである。『明暗』の中には、津田と吉川夫人の関係を疑わせる文言はかなり見当たるが、逆に、そのようなことはありえない、と証しだてる文言もない。

三十歳の津田が、童貞であるはずはない。かといって、清子との間に関係があったとも思われない。ならば遊廓へ行っていたか、さもなくば下女とか下層の女とそういう関係があったか。いずれもありえただろうが、『明暗』にそのことに関する記述はない。ただ、吉川夫人とそうした関係が続いていたとすると、腑に落ちるものがある。『黄金の盃』に比べると、津田と清子の関係は、不貞ではないから、対応していないが、吉川夫人との関係があるなら、対応しているのである。

吉川夫人を単独で扱った論文として、片山祐子「『明暗』吉川夫人論」（ノートルダム清心女子大学国文科『古典研究』一九八四年三月）があるが、これはなかなか示唆深い論で、吉川夫人が、津田とお延の結婚に対して奇妙な責任の感じ方をしていることを述べ、夫人を「無意識の偽善者」としてとらえ、一般にこの語で呼ばれる『三四郎』の美禰子よりも、吉川夫人のほうが至近距離にあるとしている。夫人は恐らく三十代後半であろうが、従来、性愛の対象としては論じられなかった吉川夫人が、美禰子と同列に置かれることで、違って見えるようになっている。

もうひとつ。『行人』の一郎は、妻のお直が、弟の二郎のほうを好いているのではないかと疑っている。その後一郎は不安神経症めいた症状を見せ、友人のHさんにその苦悩を打ち明ける。私はこれも二十八年前に『オセロウ』と比較したことがある。当時から、一郎はお直を二郎にとられると思ったのではなく、二郎をお直にとられると思ったのではないかと言われていた。漱石は長男ではないが、ここで長男を描いた。ところが、それにしては母親の存在感が薄いのである。母の名さえ、「綱（母の名）」として妙におざなりに出てくる。三浦雅士は『漱石　母に愛されなかった子』（岩波新書、二〇〇八）を書いたが、私はこれはここ二〇年ほどの漱石論の中でもっとも優れたものだと思っている。長男というのは母に愛されがちなものだが、漱石は長男ではなく、一郎の母との関係が希薄なのは、それが分からなかったからであろう。

一郎は、あるいは同性愛者だったのではないか。より正確にいえば、ホモセクシャルに近い強度のホモソーシャルだったのではないか。それは、漱石自身にもあてはまる。漱石は弟子が好きだったし、弟子たちも漱石が好きだった。漱石は本当は、思うさま男を愛したかったのではないか。最愛の男は正岡子規かもしれない。イヴ・コゾフスキー・セジウィックは『男同士の絆』の序文で、ホモソーシャルは女性嫌悪だがホモセクシャルはそうではない、と書きながら、本文を読んでいくと、ホモソーシャルとホモセクシャルの境界は曖昧だと書いており、破綻している。実はホモセクシャルも女性嫌悪と結びつくのである。ひるがえってみるに、『こゝろ』は、同性愛の男が、女を愛さなければならないと思い込んで起こした悲劇なのではないか。

桜美林大学名誉教授の大木昭男《てるお》は、トルストイの『クロイツェル・ソナタ』と『こゝろ』の関係について授業をもっていたようだが、論文になったかどうかは分からない。『クロイツェル・ソナタ』は尾崎紅葉が小西増太郎とともに翻訳しており、当然読んでいただろうし、「先生」が、奥さんと静に対して「こうして男選びをするのか」といったことを考えるのは、『クロイツェル・ソナタ』そのままである。

あと『三四郎』で、美禰子のことを「女は」と書いているところがある。これを小森陽一などはエロティックな意味にとっていたらしく、これはもともとジェイ・ルービンが発見して江藤淳が広めたことなのだが、実はそうではない。漱石の弟子だった林原耕三の『漱石山房回顧・その他　林原耕三随筆集』（桜楓社、一九七四）に書いてあるが、「彼女」を使うのが嫌で、代わりに「女」にしたのである。もともと日本では、男女問わず「かれ」で、馬琴の作品でも女は「渠《かれ》」である。英語の she などの訳語として「彼女」が発明されたのだが、漱石はそれを嫌って「女」としたのだが、無理だと分かってその後の作品では「彼女」に妥協したという。

元本刊行時、中央公論社で最初に担当した石川昂さんと、実際に担当して今回もお願いした山本啓子さんと、紹介してくれた平川祐弘先生と、恵比寿で一席設けたのは三月三十一日のことだった。地下の禁煙の店だったから、私は二度ほど地上へ出て喫った。

参考資料

夏目漱石論

正宗白鳥

一

私はこの頃、はじめて『虞美人草』を読んだ。この長篇小説は、夏目漱石が朝日新聞に入社最初の作品で、森田草平氏は、「明治大正文學全集」に添附された解題に於いて、「この作品は、先生が入社後京都に遊んで、帰来直ちに筆を執られたもので、即ち純粋に作家として世に立たれた道程の第一歩で、先生としても比較的此の一篇に力を注がれたらしく、想いを構うること慎重に、プロットの上から云っても一糸乱れず、文章から云っても実に絢爛と精緻を極めたものである。」と云っている。

この批評は当っている。プロットが整然として、文章も絢爛と精緻を極めていることは、誰れにでも認められる。この一篇だけを例に取っても、漱石が近代無比の名文家であることは、充分に証拠立てられる。それでは、「虞美人草は読んで面白かったか。」と訊かれると、私は、言下に否と答える。「私にはちっとも面白くなかった。読んでいるうちは退屈の連続を感じた。」と、私は躊躇するところなく答える。

漱石は、独歩などと違って、文才が豊かで、警句や洒落が口を吐《つ》いて出ると云った風であるが、しかし、私には、そういう警句や洒落がさして面白くないのだ。「猫である」は、作者が匠気なく野心なく、興にまかせて書きなぐったところに、自然の瓢逸滑稽の味いが漂っていて面白かったが、『虞美人草』では、才に任せて、詰まらないことを喋舌り散らしているように思われる。それに、近代化した馬琴と云ったような物知り振りと、どのページにも頑張っている理窟に、私はうんざりした。馬琴の龍の講釈でも虎の講釈でも、当時の読者を感心させたのであろうし、漱石が今日の知識階級の小説愛好者に喜ばれるのも、一半はそういう理窟が挿入されているためなのであろう。

「気燄を吐くより、反吐《へど》でも吐く方が哲学者らしいね。」

「哲学者がそんなものを吐くものか。」

「本当の哲学者になると、頭ばかりになって、只考えるだけか、丸で達磨だね。」

哲学者を評した警句として、読者が感心するのか知れないが、私には、ちっとも面白くない。

「そよと吹く風の恋や、涙の恋や、嘆息《ためいき》の恋じゃありません。暴風雨《あらし》の恋、暦にも録《の》っていない大暴雨《おおあらし》の恋、九寸五分の恋です。」

「九寸五分の恋が紫なんですか。」

「九寸五分の恋が紫なんじゃない。紫の恋が九寸五分なんです。」

「恋を斬ると紫色の血が出るというのですか。」

「恋が怒ると九寸五分が紫色に閃《ひか》ると云うんです。」

こういう気取った洒落は、泉鏡花の小説のある部分と同様に、私に取っては、ちんぷんかんぷんである。

長篇『虞美人草』の前半は、こういう捉えどころのない、美文で続くのだからたまらない。私はさきに、漱石を無類の名文家と云ったが、名文家と云うよりも美文家と云った方が、一層適切である。兎に角、彼れは美文的饒舌家である。三語楼などが連想される。

こういう余計なものを取り去ってしまって、小説のエッセンスだけを残すと、藤尾と彼女の母、甲野、小野、宗近など、数人の男女の錯綜した世相が、明確ではあるが、しかし概念的に読者の心に映ずるだけである。女性に対する聡明なる観察はある。人生に対する作者の考察も膚浅ではない。しかし、この一篇には、生き〳〵した人間は決して活躍していないのである。思慮の浅い虚栄に富んだ近代ぶりの女性藤尾の描写は、作者の最も苦心したところであろうが、要するに説明に留まっている。謎の女にしてもそうだ。宗近の如きも、作者の道徳心から造り上げられた人物で、伏姫伝受の玉の一つを有っている犬江犬川の徒と同一視すべきものである。『虞美人草』を通して見られる作者漱石が、疑問のない頑強なる道徳心を保持していることは、八犬伝を通して見られる曲亭馬琴と同様である。知識階級の通俗読者が、漱石の作品を愛誦する一半の理由は、この通常道徳が作品の基調となっているのに本づくのではあるまいか。

私は、最近、菊池寛君の『新珠』など、二三の通俗小説を読破したので、連想がそれ等の小説に及んだが、藤尾や糸子、あるいは二三の青年の如き男女を表現している点では、むしろ、菊池君などの方が傑れているのである。わが仏尊しと見る偏見を離れて見るがいゝ。『虞美人草』の小説的部分は、通俗小説の型を追って、しかも至らざるものである。……しかし、漱石の大作家たる所以は、その通俗小説型の脚色を、彼れ独得の詩才で磨きをかけ、十重二十重《とえはたえ》の錦の切れで包んでいるためなのであろう。私の目には、あまり賞味されない色取りであるが、他の多くの人々は、その錦繡の美に眩惑されるのであろう。美辞麗句が無限に続いているように思われるのであろう。

馬琴は、「饑えたるものは食を撰ばず、逃ぐるものは道を撰ばず、貧しきものは妻を撰ばず。」と云ったような、格言じみた気取った文句で、一回一章を書きはじめることがあったが、『虞美人草』は、こういう癖を有っている。「蟻は甘きに集まり、人は新らしきに集る。文明の民は激烈なる生存のうちに無聊をかこつ……。」（十一回）「貧乏を十七字に標榜して、馬の糞馬の尿《いばり》を得意気に咏《えい》ずる発句と云うがある……貧に誇る風流は今日に至っても尽きぬ。」（十二回）などの書き出しは、今日の読者には、古めかしく思われるだろう。宗近と妹との対話、藤尾と母親との対話など、サクリ〳〵と歯切れがよくって、なか〳〵巧みなのだが、例の説明の邪魔が入るので、折角の興が醒まされ勝ちになる。

要するに、『虞美人草』は、最初の新聞小説であるがために、雑誌に掲げられるために執筆されていたそれまでの小説とは、作者の心構えが自から異って、そこに作為の跟が現れ、作者の欠点を暴露することにもなったのであろう。何としても冗漫だ。新聞の読者がよくもこういう長ったらしい随筆録漫談集を、小説として受け入れて、辛抱して読み続けたものだと、不思議に思われる。今日の時世では、朝日新聞のような新聞でも、こういう長篇小説を安んじて掲載していられないであろう。

私は、『三四郎』という小説を、半歳ほど前にはじめて読んだのであったが、これは、『虞美人草』ほどに随筆的美文的でなかったに関らず、一篇の筋立てさえ心に残っていない。読者を感激させる魅力のない長篇小説を読み通すことのいかに困難なるかを、その時感じたことだけ、今思い出している。

二

森田草平氏の『煤煙』が朝日新聞に連載されて、評判になっていた時分のことである。ある日、私は、博文館の応接室で、田山花袋、岩野泡鳴両氏と雑談に耽っているうち、談たま〳〵『煤煙』の価値に及んで、誰れかゞ非難の語を挿んでいたが、

「しかし、漱石の比じゃない。」と、泡鳴は例の大きな声で放言した。

「それはそうだね。」と、花袋は軽く応じた。

私は、黙っていたが、心中この二氏の批評に同感していた。「漱石の比じゃない。」という評語を、今日の読者が読んだら、「草平の作品は漱石には及びもつかない。」という意味に解するかも知れないが、あの頃なら、その評語は、「煤煙は、評判ほどのものではないにしても、漱石物のような詰まらないものではない。」という意味に受け入れられるのであった。それほど、あの頃の漱石は、一般の読者には盛んに、歓迎されていたに関らず、文壇からはおり〳〵侮蔑の語を投げられていた。泡鳴の如きは、最も勇敢に漱石や鷗外を蔑視して、「二流作家」呼わりをもしていたのであった。人間の栄枯盛衰、毀誉褒貶の定めがたきことは、ここにもよく現れているので、漱石の作品は、死後年を追うて、ます〳〵世上にのさばり返って、泡鳴の作品は、この頃たやすく手に入れることの出来ないくらいに埋没されている。それは、作品の真価の齎《もたら》す自然の結果なのであろうか。私は断じてそうは思わない。私自身の好悪を別にして、漱石の蔚然《うつぜん》たる大作家たることは否定し得ないのであるが、しかし、泡鳴が漱石などゝは異った素質を有った傑れた作家であったことも否定し得られないと思う。泡鳴の作品は今日の一般の読者に認めらるべく、あまりに深いところを持っているのではあるまいか。

世界の文学の種類は千差万別である。批評家や読者の好みもさま〴〵である。私にはおのづから私の好みがあって、それはいかんともし難いのである。たとえば、明治の中期以後、特異の作風によって、一部の文学愛好者に熱愛され、目まぐるしい文藝思潮の動揺変遷の間にも、堅くおのれを持していた泉鏡花氏の作品については、私は縁なき衆生と云っていゝ。幼少の頃から、いろ〳〵な文学に親しんで来た私も、鏡花氏などの作品を鑑賞する素質を、生れながらに欠いでいるのかも知れない。

そういうと、「自然主義を信奉している作家には、鏡花氏の藝術が分る筈がない。」と、旧套的評語が、鏡花贔屓の人々から下されるであろう。しかし私は、文学に於ける自然主義の信仰者であるかないかは別問題として、可成り種類の異った文学を翫賞して来た。哀傷の文学をも詠歎の文学をも、怪奇の文学をも、艶濃な文学をも、淡彩の文学をも、みなそれ相応に愛誦して来た。私は、長い間歌舞伎芝居に惑溺したこともあった。『即興詩人』に心魂を蕩《とろ》かされたこともあった。かつて『隅田川』を読んで恍惚としたこともあった。青年期に於いてさえ、落寞たる実生活を経験していた私は、藝術の世界に於いては、人一倍現実を離れた夢をそこに見ていたかも知れなかった。父祖の遺伝や環境から云っても、藝術的才華を身心に具えていないに違いない私は、自ら豊かな夢を描く力は欠いでいて、貧寒な文章をのみ書きつゞけて今日に至ったのであるが、自分の描かんとして描き能わざる美しい夢を描いた文学を愛好することは、人後に落ちなかったと思っている。しかし、鏡花氏の文字によって描かれた夢の世界は、私には窺い得られざる別の天地である。氏の文字や着想は、すべて私の翫賞欲を跳ね返して、氏独得の世界へ私を入れさせないのである。殆んど、一章をも一節をも快くは読み得られないのである。……氏の讃美者のいろ

〳〵な評語も、私に取っては、いつも空言としか思われない。したがって、明治以来の知名な作家の重な作品は大抵読破したつもりの私も、鏡花氏のだけは、いくばくも読んでいない。読もうとしても読めないのである。

それでも、氏の初期のものは、昔幾篇かを通読した。そして、『照葉狂言』『湯島詣』『夜行巡査』『高野聖』『琵琶伝』など、初期の作品は、氏のその後の作品よりも、鏡花臭があくどくなくって、純真素朴で、藝術として傑れているのではあるまいかと、ひそかに思っている。

私の学生時代には、当時の新進作家のうちで泉鏡花の名声が最も光っていた。島村抱月氏主宰の下に、我々数人の文科生によって催された合評会で、最初に撰んだものは、「新小説」所載の鏡花氏の『注文帳』であった。私が世間に発表した最初の文章は、この『注文帳』の批評であった。私はまた、その頃数人の級友とともに、鏡花氏を訪問したことがあった。島村氏も、屢々鏡花氏を推讃していた。欧洲留学から帰朝した後、間もなく島村氏は、当時の文壇の不振について批判を加えているうち、「しかし、鏡花だけは、他の凡庸の徒とちがっている。」と云って、文藝倶楽部所載の『霊象』と題された彼れの新作を称讃した。

年少の頃には、人はたやすく周囲にかぶれるものである。自然主義流行の時代にでも、マルクス主義流行の時代にでも、周囲が騒がしく囃し立てゝいると、年少の徒は、それ以外に真理はないと思って雷同するのである。確信をもって異を樹つることは難い。私も、鏡花讃美の声を、左の耳からも右の耳からも聞かされていると、訳も分らずに、正体も分らずに、鏡花のえらさに感歎しなければならない気持になることもあった。多数の拝む偶像をば、われも拝みたくなるのが、人間通有の面白い心理らしい。鏡花漱石など二三の文人について、私自身の経験した些細なことも万般の世相に広く押し及ぼして見ると面白いのである。

私は、今、新潮社出版の「現代小説全集」中の泉鏡花集を取り出して、久し振りに鏡花氏の作品に目を触れた。しかし、相変らず読むに堪えぬのである。何となく名文らしい感じがするだけで、私の心に響くところは少しもないのだ。巻頭の『玄武朱雀』は、ひどくイナセな景気のいゝ書きっ振りだが、この鏡花式とも云っていゝ調子づいた文章が、私には快く受け取れない。有り振れた平坦な写実的描写を試みないのが、この作者の特色であるが、異常な特色を有った文学は、それを受け入れるに足る素質を備えた少数の読者にのみ翫賞されるのであろう。『玄武朱雀』を努力して読み通した私はこの調子づいた文章に於いて、作者がうしろ鉢巻でステ、コを踊りつゞけているのを見るような感じがした。『國貞画《えが》く』は、久し振りに帰省した男が旧知を訪ねる道すがらの追憶などに、情趣が豊かに漂っている訳なのだが、それでさえ、文章がいやに踊っていて、感じが私の心に伝わって来ない。『白鷺』の如きは、優にやさしい女性の心を現しているらしいのだが、曲りくねった文章に、私の神経はじらされるばかりであった。……まだしも初期の文章の方が、いやみがなかったのではあるまいか。

私は、昔の鏡花氏の小説のうちに、酒宴の席に、雛妓か誰れかゞ入って来たのを形容して、「池田の宿から朝顔がまいって候。」と書いてあったのを、よく思い出すのである。含蓄のある洒落で、鏡花式修辞法から云えば、一つの標本的名文句としてい丶のであろうが、私の心は、こういう表現法にはどうしても従って行けないのである。

三

夏目漱石は、泉鏡花を非凡な作者として推称していたそうである。そう云えば、漱石の文章には、鏡花と似たようなところがないでもない。『虞美人草』のなかに散乱している洒落や警句には、鏡花の文章から受ける感じに似通ったものがある。一種のくさみをもった気取りである。

これ等二氏を、旧式の文学分類法により、「ロマンチシズムの作家欄」に収めて観察すると、両者の間にいろ〳〵な類似を見出し得られるのであるが、しかし、それは皮相な類似であろう。

私は、『虞美人草』以前の漱石の作品は、少なくも過半は、発表当時に通読している。

そして、運筆が自由自在で、千言立ちどころに成るといった文才を不思議に思った。『カーライル博物館』とか、『倫敦塔』とかを読んで、名文章として感心していた。当時の文壇には、鷗外以外には、こういうどっしりした文章を書く人はなかったのだが、鷗外はもっと骨っぽくて、漱石ほどの滋味を欠いでいた。『草枕』を二日で書き上げたとか、『二百十日』を一日で脱稿したとかいう噂を聞いて、その筆の速さに驚いたこともあった。しかし、『二百十日』だの『琴のそら音』だのは、小説としては詰まらないものだと、発表当時に、私はそう思ったのであったが、当時の読後感を、私は今も改めようとは思っていない。『倫敦塔』や『草枕』などが、漱石の天分と修養とをよく発揮した作品であって、世相の描写や、人間そのもの、真相を掘って行く力は、当時の彼れには、まだなかったのであった。四十近くなってから筆を取り出した彼れの作品には、『舞姫』も『うたかたの記』もなかった。青春の悩みなどは、彼れはついに描かないで済んだ。

漱石は、よくも悪くも、『虞美人草』から、小説道に踏み込んだのであった。妙なもので、小説を自己畢世の職業とすることに極ると、左右前後の人生を、小説家的眼光をもって見廻すようになるのである。それで、以前は、淡々として、俳句か俳体詩でもつくるような気持で、心のままに筆を動かしていた漱石も、(意識的にか無意識的にか)新たなる態度で、左右を見るようになった。彼れは、朝日新聞のお雇い作家となったがために、一歩々々人生を深く広く見るようになったのである。聡明炯眼な彼れは、たとえ多く書斎裡に跼蹐《きょくせき》していても、門下生や崇拝者に取り巻かれて、太平楽を云っていたとしても、魯鈍な観察に安んじていなかった。人間のいろ〳〵な心理を見る目は光っていた。『虞美人草』は、前期の漱石の趣味に蔽われて、小説的人物は、たゞお粗末な形を具えているに留まっているのだが、それからはじまって最後の『明暗』まで、彼れの小説道の努力は続いた。

しかし、四十以後に小説修業の途に上った彼れは、根本に於いて変化を来すことはなかった。時代の流行に附和雷同することもなかったし、左顧右眄煩悶苦悩するところもなかった。乙女小説から『蒲団』に転じた田山花袋のような自己革命など無論経験しなかった。彼れの小説の見本は、初期の『坊つちゃん』に於いて決定されているのであった。「猫」と、もに、最も広く読まれている小説で、私も三四度読んでいる訳である。先日本郷座の舞台に上演されたのをも見た。読んでも面白かった。芝居でも面白かった。通俗小説としても、通俗劇としても、しめっぽいところのない、明るいお目出たい、懐疑のない、健全なものであった。漱石が日本の国民的作家となっている所以もこゝにあるのであろうか。英国の国民的作家として先日逝去したトマス・ハーデイが暗憺《あんたん》たる運命観を保持していたのとはちがっている。漱石を愛敬する日本の国民性は、しかく、明るくってお目出たくって、懐疑のない健全なものなのであろうか。外来の自然主義風の文学が、地味の適しないところに播かれた種子の如く、発育不良で繁茂しなかったも、その訳なのであろうか。

私は、「猫」のまだ世に現れない以前、漱石がまだ無名作家であった時分、彼れに関する短評を、読売新聞に掲げたことがあった。それは、「源兵衛村から誰れとかゞ大根を持って来た。」というような剽軽な俳体詩を、「ホトトギス」誌上で読んで感心したゝめであった。

当時、私は新聞記事の材料を得るために、近所の畔柳芥舟《くろやなぎかいしゅう》氏をおり〳〵訪問していたので、ある日、氏に向って、俳体詩の話をすると、氏は、それに連関して、漱石の人となりを、いろ〳〵私に話して聞かせた。彼れが読書家であること、世間的名誉の外に超然としていることなどを話して、畔柳氏自身、彼れに敬服しているらしい口吻であった。「高浜君と俳体詩なんかをやってい丶気になってる。」と云っていた。これによって見ても、漱石は、無論、他の多くの文学者の如く文筆を以って世に立とうとする考えはなかったのだと察せられる。鷗外や上田柳村とも異っていた。私が読売新聞で、漱石を讃美し、柳村を貶した筆法を弄すると、柳村は、「積極的に何かやろうとするものを非難して、消極的な生活に甘んじているものを褒めるのはいいことであろうか。」という意味のことを、私に云った。しかし、間もなく、漱石は急転直下の勢いで世上に活躍しだした。

当時の読売新聞の主筆であった竹越三叉氏は、漱石招聘を企て丶、自分で交渉に出掛けたようであったが、私も一度主筆の命を奉じて駒込の邸宅に漱石を訪問した。新聞記者として訪問ずれのしていた当時の私は、学生時代に鏡花訪問を試みた時のような純な気持は失っていて、「お役目に訪ねて来た」という感じを、露骨に現したらしかった。部屋の様子も、主人の態度も話し振りも、陰鬱で冴えなかった。『草枕』を発表して名声嘖々《さくさく》たる時であったのに関らず、得意の色は見えなかった。「竹越さんが先日訪ねて来たが、僕を先生と云っていた。しかし、竹越さんの方が僕よりも年上じゃないだろうか。」「小説を書きだしてから、丸善の借金は済ました。」と、興もなげに云ったことだけは、今もなお覚えている。その時坂元雪鳥君が来ていたが、この人の話の方が元気がよくって座が白けないで済んだ。読売入社の件は無論駄目であったが、間もなく日曜の文学附録へ、一篇の評論を寄稿されたのが、漱石が読売に対する寸志と見るべきであった。

例の畔柳氏にこの話をすると、「漱石が新聞社なんかへ入るものか。」と、頼みに行く方が馬鹿だと云わぬばかりに云って、笑った。私は成程と同感した。

ところが、それから、半年も経たぬ間に、夏目漱石先生は、堂々と朝日新聞社に入社した。私は意外に感じた。人は、処世上の利害の打算によってどうにでも動くものである。あの人に限ってそんなことはないと断言するのは浅墓な考えである。漱石先生と雖《いえど》も例外である筈がない。竹越氏は私に向って、「漱石は、読売入社については不安を感じているらしいが、社では約束は確実に守る。本野一郎君に僕からそう云って、将来の地位の安全は保証する。」と云ったが、そういう言葉をそのまゝに受け入れるべく漱石は、あまりに聡明であった。読売では前途に不安を感じて、乗り気にならなかった彼れが、朝日ならと乗り出したところに、彼れの人生観察の目の動きが見られる。

島村抱月は、その頭脳の聡明さに於いては漱石に劣らなかったが、晩年一婦人の愛に惑溺して常道を逸した生活を過した人ほどあって、あまく調子に乗って利害を見る目のくらむことがあったらしかった。衆人の期待を荷って欧洲留学から帰朝した時、読売では、かねての関係もあることだから、彼れの助力を待ち設けていたのであったが、彼れは、容易に日日新聞の招きに応じた。当時は文藝には縁のなかったその新聞を舞台として、自己の勢力を扶植しようとした。おれが出れば不適当な舞台でも生かして見せると気を負っていたのであった。ところが、満一年を過ぎると無雑作に社の方から断られてしまった。その頃私は伊原青々園氏に聞いた。氏は抱月に忠告して、「君は日日のような場所違いの新聞に書くよりもやはり読売に書いた方がいゝじゃないか。」と云ったが、彼れは、自信あるらしく、忠告に耳を傾けなかったそうであった。

抱月よりも漱石の方が、自己と周囲との観察に於いて用意周到であった訳だ。

四

『坊っちゃん』は、筆がキビ〳〵しているのと、例の美文脈の彽徊味《ていかいみ》よりも、事件の運びに富んでいるのと、主人公の人となりがキビ〳〵しているので、万人向きの小説になっている。大抵の人に面白く読まれそうである。『不如帰』や『金色夜叉』などよりも、いやみがなくって、いゝ通俗小説である。しかし、こゝに現れているいろ〳〵な人間は型の如き人間である。こゝに現れている作者の正義観は卑近である。こういう風に世の中を見て安んじていられゝばお目出たいものだと思われる。

漱石がモウパッサンの『首飾り』を非難した講演録を読んだことがあったが、そこに含まれていた非難の個所は、このフランスの作家が、作中の薄給者夫妻の長い間の苦辛を無意味なものゝように取り扱った点にあった。モウパッサンに対する道徳の立場からの非難は、トルストヰによって、峻烈に下されたのであって、そういうところに、いろ〳〵な文学者の見解の相違が見られて面白いのであるが、トルストヰ自身の描いた人間は、漱石の描いた人物のように、やす〳〵と道徳の支配を受けるほど薄手ではなかった。そしてトルストヰの道徳観は、彼れの深い悩みと表裏していた。『坊つちやん』に現れた漱石のそれのように安価ではなかった。

漱石の大部の『文学論』集や『文学評論』集は、彼れの学殖と批判力とを充分に現したもので、文学研究者を裨益する良書である。私は学ぶところが少なくなかった。『英国十八世紀の文学評論』は、日本人の観察した西洋文学観として、これほど委曲を尽したものは、他に類がないだろうと思われる。私としては、漱石が小説は書かないでも、この調子で、英国各時代の文学史を書き残していたなら、もっと有難かったと思っている。

漱石と島村抱月

島村抱月といえば、早稲田で坪内逍遥に師事し、英文学を専攻して英国に学び、帰国後『早稲田文学』を編集、逍遥の文藝協会の幹部となるが、妻子がありながら女優・松井須磨子と恋愛関係になって、逍遥の怒りをかって文藝協会を須磨子とともに脱会、藝術座を旗揚げして、トルストイの『復活』を劇化して、須磨子が「カチューシャの歌」を歌いそれがヒットする。だが抱月は大正七年のスペイン風邪の流行で四十七歳で死んでしまい、須磨子は翌年あとを追って首吊り自殺した。

という華々しい経歴で知られるが、実は抱月（瀧太郎）が明治三十四年にロンドンに着いた時、夏目金之助もロンドンにいた。だが当時の漱石は世間的には無名で、むしろ高山樗牛が文藝批評家として盛名をはせていた。抱月は早稲田で将来を嘱望されていたが、漱石といえば孤独なロンドン生活で神経衰弱に罹っていた。だから抱月も、ロンドンで漱石を訪ねたりはしなかった。抱月が来た年の暮れ、漱石は帰国の途についている。その前に、ドイツ留学の滝廉太郎がロンドンに寄り、漱石の友人らは会いに行っているが、漱石は行かなかった。その後、『早稲田文学』の編集にたずさわっていた近松秋江は、自然主義が勃興すると抱月と意見があわず脱退しており、何度か漱石を訪ねている。抱月は評論家として知られるが小説も書いており、しかしあまりに下手なので今日読む者はいない。

『文学論』集の序文に於いて、彼れは、こう云っている。「倫敦に住み暮らしたる二年は、尤も不愉快の二年なり。余は、英国紳士の間にあって狼群に伍する一匹のむく犬の如く、あわれなる生活を営みたり。……帰朝後の三年有半も亦不愉快の三年有半なり。去れども、余は日本の臣民なり。不愉快なるが故に日本を去るの理由を認め得ず。日本の臣民たる光栄と権利を有する余は、五千万人中に生息して、少なくとも五千万分の一の光栄と権利を支持せんと欲す。此光栄と権利を五千万分一以下に切り詰められたる時、余は余が存在を否定し、若くは余が本国を去るの挙に出づる能わず、寧ろ力の尽く限り、之を五千万分一に回復せんことを努むべし。是れ余が微少なる意志にあらず、余が意志以上の意志なり。……英国人は余を目して神経衰弱と云えり。ある日本人は書を本国に致して余を狂気なりと云える由。……帰朝後の余も、依然として神経衰弱にして兼狂人のよしなり。親戚のものすら、之を是認するに似たり。……余が身辺の状況にして変化せざる限りは、余の神経衰弱と狂気とは、命のあらん程永続すべし、……」

こう鬱勃たる不平を述べている。「猫」その他の随筆録に於いてゞなく『文学論』の序文に於いて、精神の悩みを直截に述べているのは面白い。そして、神経衰弱にして狂人なるがため「猫」や『漾虚集』や『鶉籠』を著したと、皮肉を云っている。

「十八世紀文学論」のうちでは、スヰフト論が最も光彩を放っていて、これほど微細に且つ鋭利に、スヰフトを解剖し観察し翫賞したものは、英国に於いてもないに違いない。サツカレーやハズリツトなどのスヰフト観も、漱石に比べると見方が皮相である。そして、漱石は、この稀代の諷刺家厭世家スヰフトを非常に高く評価している。「不満足を現わす文学的表現」の階段を四種に分ちていろ〳〵に例を挙げたあと、スヰフトをもってそのどん詰まりとしている。

「普通の不満足は必ず一方に満足を控えている。もしくは夢見ている。スヰフトの不満足には此対立がない。……過去現在未来を通じて、古今東西を尽くして、苟しくも人間たる以上は、悉く嫌悪すべき動物であると云う不満足である。従って希望がない。救われ様がない。免かれ様がない。彼れの諷刺は噴火口から迸しる氷の様なものである。非常に猛烈であるけれども、非常に冷たい。人を動すための不平でもなければ、自ら免れるための不平でもない。どうしたって世界のあらん限りつゞく、不平の為めの不平だから、スヰフト自身は嘗て激していない。冷然平然としている。何だかスヰフトなるものが重たい石のように英国の真中に転がっているような気がする。そうして此石が一つある為めに、左右前後は無論、全世界に蠢動する人間と名のつくものが、悉く石に変化した様に思われる。なぜと云うと、彼れは如何に憎悪の意を洩らしても決して赤くならない。又決して慇懃にも出ない。同情は固よりない。……」

漱石の見たスヰフトは、通俗の文学史家の見たような浅薄皮相な諷刺家ではないのである。古今東西の文学史に散在している諷刺家や厭世家は、大抵は一方で甘い夢を見ているので、彼れと心を同じゅうして見ていると、世界の殆んど凡ての文学者が甘ちゃんなのである。馬琴の『夢想兵衛』などは、『ガリヴア旅日記』に比べると、お話にならないほど卑俗であり膚浅である。そして、漱石の所論を熟読していると、彼れはスヰフトを客観的に研究し解剖しているだけではなくって、スヰフトの見解に可成り同感し共鳴しているのではないかと疑われる。そうでなければ、あゝまで深くスヰフトの心境に立ち入った傑れた批評が出来る訳はないと私には思われる。

しかし、一部分だけでもスヰフトと心を同じゅうしている漱石が、自分の創作に於いては、なぜ『坊つちやん』の如き、通俗的小説を書くのであろうか。留学中にも帰朝後にも満腔の不平を抱いていた筈の彼れの鬱憤はこんな小説で洩らされる程度であったのか。……私は、漱石の創作に現れている彼れの心理について、少なからぬ興味を覚えだした。鷗外は聡明至極で筆致も明快であったが、心の働きが単純であった。漱石は複雑である。彼れは、生真面目に堂々とスヰフトを論じているうちにも、時々おひゃらかしを云ったり、忘れていたものをふと思い出したような態度で卑近な道徳に拘泥した口吻を洩らしている。こゝらが、譲歩のない冷静なスヰフトとは違った漱石の真面目なのであろうか。彼れは、「ドン・キホテ」についても、「多数の評家は諷刺と見るようだが、私には花見の鬘《かつら》同様な感がある。」と、おひゃらかしている。

五

私は、『それから』を改めて読んだ。

この長篇は二年ほど前に、帰省の途上、汽車のなかで通読して、直ちに簡単なる読後感を読売に寄稿したのであったが、作品から受けた印象は間もなく私の頭から全く消え失せていた。それほど感銘の薄い作品であった。

しかし、この小説は、漱石の作中でも、殊に深刻味のあるものとして、知識階級の読者に推讃されていると聞いたので、今度改めて読み直したのである。

『虞美人草』を読んだあとで、『それから』を読むと、この作者の小説構成術の進歩が見られる。前作では、小説らしいところはぽっちりしかなくって、随筆風の低徊趣味が果てしなく跋扈《ばっこ》していたのであったが、後作では、全篇の初中後がもっと有機的に構成されている。作中人物のそれぞれがもっと現実の姿を備えている。しかし、私には、最初読んだ時にまさった興味は感ぜられなかった。

『虞美人草』でも『彼岸過迄』でも、『心』でも、あるいは『明暗』でも、漱石の長篇小説の作風は、後に何か奇抜なことが出て来そうに読者に期待させながら、くどく長く読者を引ずって行くので、読者には辛抱が入る。凡庸な作者は、読者を釣って行くだけで、最後に玉手箱から取り出された手品の種は案外詰まらないことが多いのだが、漱石の玉手箱には、いつも相応に見事なものが潜められている。『それから』にも、主人公代助が友人の妻三千代に対する心理の交錯に、読者の心を充分に捉える力を有っているのである。彼れの胸に潜んでいた秘密を、女の夫や、父や兄や兄嫁や読者の前にさらけ出した時には、彼れの人生は混乱し、「世の中は真赤」になる訳である。……ところが、作者が筆を尽しているにかゝわらず、事相が私には空々しく思われて、胸を抉られるような感じがしないのだ。私ばかりがそうなのであろうか。

「代助は西洋の小説を読むたびに、そのうちに出て来る男女の情話があまりに露骨で、あまりに放肆で、且つあまりに直線的に濃厚なのを平生から怪しんでいた。原語で読めば兎に角、日本には訳し得ぬ趣味のものと考えていた。従って彼れは自分と三千代との関係を発展させるために、舶来の台詞を用いる意志は毫もなかった。」と云っているが、漱石は男女関係を描くにあたって、つねにこの心構えを棄てなかった。人倫五常の道義を表に振り翳しながら、傍ら、忌憚なく淫蕩の情景を描写していた馬琴とは違って、漱石はあくまでも品位を保っていた。それは彼れの創作の風格として尊重してい丶ことなので、私は、漱石がモウパッサンなどの作風を真似なかったのを遺憾に思っているのではないが、『それから』の代助が、そんなに熱烈に三千代を恋しているようには思われないのである。代助の心は躍っていない。血は湧いていない。作者の頭は自在に働いて、恋愛心理の経過に於いても、へまなことは書いていないのだが、どこまで行っても理詰めな感じがする。へまなところがなさ過ぎるので窮屈である。新聞小説執筆前の初期の作品、「猫」の如き、『草枕』の如き、『坊っちゃん』の如き、みんな、のび〳〵としてゆったりしていたが、『それから』やその他の長篇小説は、くどく詳しく書かれているに関らず窮屈である。「代助は泣いて人を動かそうとするほど、低級趣味のものはないと自信している。凡そ何が気障《きざ》だって、思わせ振りの、涙や煩悶や、真面目や、熱烈ほど気障なものはないと自覚している。」と云っているが、彼れの創作の用意にはこの気持が厳守されている。普通の小説の書き振りに対する彼れの反抗心もここに微見している。

彼れ漱石も、ある意味で代助の如く、ニルアドミラリの域に達していたのであろう。……私はこう思う。彼れは、学究的職業から離れて、小説によって生活の料を得ることになって以来、当面の必要上、世間と人間の真相を考察し冥想して、それを机上に持って来たのであろうが、考察冥想の結果として得た人と人との間の愛慾や闘争を、彼れは、つまりは、ニルアドミラリの目で見ていたのではあるまいか。彼れと同時代に自然主義作家として区別された花袋独歩藤村などは、案外傍観的や客観的の作家ではなくて、漱石の見方から判断すると、思わせ振りの涙や、煩悶や、真面目や熱烈を作品に傾注した、気障な作家であったのかも知れなかった。彼れがツルゲネーフ全集を読んでいるという噂を甞聞いたことがあったが、彼れはツルゲネーフに於いても、思わせ振りの気障な作家を見たかも知れなかった。

ニルアドミラリの極は、文学としてはスヰフトの域に達しなければならぬ。彼れは一面そういう素質を有っていたらしいのだが、それを、徹底させなかった。……思わせ振りのもの気障なものを、思わせ振りのもの気障なものとして、スヰフト式に冷静にあるいは冷酷に、人間という生物《いきもの》の愚かしき行作として描写しないで、尤もらしく重みをつけて書いたのは、彼れの職業意識と、伝統的道徳癖とに由るのであろう。彼れは腹の底では、雑多紛々の色恋沙汰などに、尊い人生の意義を見たりしてなんかいなかったのであろうか。深い人間心理を微細に取り扱ったいくつかの彼れの小説を読むと、よく知っているのに感心されるが、いつも実感が欠けていて、生《なま》な人間らしいところが欠けているので、強く胸を打たれることがない。

何と云っても、彼れの長篇小説のうちで生気に富んでいるのは『道草』である。『それから』なども、漱石の他の多くの小説の如く、頻りに道草を喰っている小説で、その道草が例の如く、アンドレーフの『七刑人』の説明だったり、ダンヌンチオの部屋の色の説明だったり、文学論だったり、社会観だったりして、やゝもすると、小説の中へ雑録がまぎれ込んだのじゃないかと思われるのだが、『道草』は、題は明らさまに道草を標榜していながら、内容は首尾を通じて、生々した人生記録なのである。

六

『門』を今度はじめて読んだ。

窓前の若葉を見上げては目を休めながら、半日足らずの時間で読み通した。逝く春の感ぜられるこの頃の時節には、私は毎年、「花よ〳〵と浮れぞめきし人の心も稍々鎮まりて、一輪早咲きの躑躅《つつじ》花の上を、羽弱《はよわ》の蝶の行き戻りする四月の末の春景色」という、北村透谷の『宿魂鏡』の書き出しの一節と、「江南四月草青々、千山花落杜鵑啼」という、鷗外一派の翻訳詩集『面影』のうちに収められた平家物語鬼界ケ島漢訳の一句を思い出すのを常例としている。これ等の平凡な詞句にも、それを初めて愛誦した当時の、少年の夢が纏綿としていて、私には言い知らぬ懐しみが存するのである。我々の文学翫賞には、作品それ自身の価値以外に、こういう読者各自の主観の色が添っているのである。

私は、『門』を机上に伏せては、窓外に淀んでいる懶《ものう》い春を眺めた。あるいは、漱石の他の文集にある『修善寺日記』や『思ひ出すことなど』を抜き読みして、小説以上の興味を感じた。漱石自身も職業意識の伴っている小説に筆を執るよりも、こういうものゝ方に、自己本来の趣味を感じていたのである。

縹緲玄黄外、生死交謝時、杳然無寄託、懸命一藕糸、命根何処是、窈窕不可知、

――孤愁来落枕、又揺蕭颯悲、仰臥秋已闌、苦病欲銀髭、寥廓天猶在、高樹空余枝、対比忡悵久、晩懐無尽期

病後に作られたこういう古詩を私は微吟した。そして、この詩人の気持がぴったり自分の気持に合うのを感じた。小説については、私の気持は何となく、彼れの気持とそぐわないところがあるように思われるのだが。……

しかし、『門』は、傑れた作品である。『それから』のように理窟責めのギチ〳〵した小説ではない。『虞美人草』のような美文で塗り潰された退屈な小説ではない。漱石は、ここに於いてけば〳〵した美服を脱いで、袴も脱いで、平服に着替えて、楽々と浮世を語っている。例の今に面白いものを見せるぞと云ったように、読者を釣ろうとする山気がない。はじめから、腰弁夫婦の平凡な人生を、平坦な筆致で諄々と叙して行くところに、私は親しみをもって随いて行かれた。この創作態度や人間を見る目に於いて、私は漱石の進境を認めた。――そう思って読んでいた。ところが、しまいの方へ近づくと、この腰弁夫婦は異常な過去を有っていることが曝露された。私は、旧劇で、鱶七が引き抜いて金輪五郎になったのを見るようだった。安官吏宗助実は何某と変って、急に深刻性を発揮するのに驚かされた。友人の妻を奪った彼は、『それから』の代助の生れ変りのような気がした。そう云えば、はじめから、何かの伏線らしい変な文句がおり〳〵挿まれていたのだが、他の小説とはちがって、『門』にはしみ〴〵とした、衒気のない世相の描写が続いていたので、

私は、それだけに満足して、貧しい冴えない腰弁生活の心境に同感して、変な伏線なんかをあまり気にしなかったのであった。それほど柔順な読者であったゝめに、後で作者のからくりが分ると、激しい嫌悪を覚えた。宗助が正体を現してからの心理も一通り書けているには違いないが、真に迫ったところはなかった。鎌倉の禅寺へ行くなんか少し巫山戯《ふざけ》ている。……作者はどの小説にも〳〵なぜこんな筆法を用いるのであろうか。腰弁宗助の平凡生活だけでいゝではないか。作者はそれだけで世相を描き出し得る手腕を有っているのである。

思うに、責任感の強いこの作者は、新聞小説家として読者を面白がらせなければならぬと云う職業意識から、こんな余計な作為を用いたのではあるまいか。初期の漱石は、水の流るゝ如く雲の動く如くに筆を運んでいた。

『門』のはじめの方に、「いくら容易《やさし》い字でも、こりゃ変だと思って疑り出すと分らなくなる。此間も今日の今の字で大変迷った。紙の上へちゃんと書いて見て、じっと眺めていると、何だか違った様な気がする。仕舞いには見れば見る程今らしくなくなって来る。」と宗助に云わせているが、こういった感じは、私もおり〳〵経験することがある。日常の茶の間ばなしのうちにこんなことを云わせて置いて、最後に迷いを晴らしに禅寺へ行くのが、宗助の人となりとしてそう不調和でないように仕組んでいるなんか、この作者が脚色に抜け目のないことが察せられる。兎に角、構成の才は充分に有っている人なので、戯曲を書こうと思えば書けた人なのである。

この頃劇場で上演用の新脚本に欠乏しているため、盛名ある漱石の小説の戯曲化が流行しだした。「猫」のような、どこから見ても芝居にならないものまでも脚色しだした。やがて、彼れの他のいろ〳〵な長篇小説が戯曲化されるのではないかと危まれる。生前の漱石は夢にも思わなかったことで、芝居嫌いの彼れが、地下で聞いたら、作品の神聖が傷けられたようにいやな顔をするだろう。

しかし、彼れの新聞小説には、お芝居じみたところがあるのだ。探偵小説じみたところもあるのだ。彼れは、探偵という者を嫌っていたに関らず、探偵小説を書き得る素質をも有っていた。『彼岸過迄』は、殊に探偵小説らしい分子に富んでいる。

彼れは、『門』を書いた後大病に罹って、暫らく新聞小説の筆を絶っていた。責任感の強い彼れは、お雇い作家としての義務を怠っていたことを心苦しく思っていたらしい。「久し振りだから成るべく面白いものを書かなければ済まない。」という気になっていた。俗受けを顧慮する気持が不断にも勝っていたことは、『彼岸過迄』に添えられた序文を読んでも察せられる。森鷗外が、日日新聞に於いて、平然として、あの非通俗甚だしい考証的史伝を書き続けた気持とは大いにちがっている。

私は、数年前に一度通読したことのあるこの長篇を、今度読み直した。この小説は、この作者のどの小説よりも手の込んだもので、漱石の頭脳がいかに複雑に回転するかに驚れる。前半の探偵趣味浪漫的探偵趣味、「異常に対する嗜欲」の発揮は、彼れが愛読していたらしいスチーヴンソンなどから、暗示され啓発されたらしく思われるが、理智に於いてスチーヴンソンより優れていた彼れは、『新アラビア物語』や『宝島』の作者のように、「異常」や「冒険」に陶然として心を浸したゞけではいられなかった。自分で作った夢を、自分で破っている。こゝには、鏡花趣味も含まれているが、漱石は白昼にタワイのない夢を見て、そこに安んじてはいられなかった。蛇頭を彫った異様な洋杖でも、女占い者の神秘らしい話でも、条理明晰に取り扱れている。鷗外や漱石の小説を通して見る人生には、神秘不可解の影はないので、外の作者は知恵が足りないからそんなものを感じるのではないかと思われる。

「話が理窟張って六ケしくなって来たね。あんまり一人で調子に乗って饒舌《しゃべ》っているものだから。」と、作中の人物に云わせているのは、作者自身、あまりに独りよがりの心理解剖をし過ぎているのに気がついたゝめの申し訳であって、「右か左へ自分の身体を動かし得ない唯の理窟は、いくら旨く出来ていても、彼れには用のない贋造紙幣と同じ物であった。」と、他の人物に云わせているのも、作者自身読者の思惑を気にしたゝめの照れ隠しであろう。

しかし、この小説のうちの「須永の話」は、今度も面白く読んだ。『虞美人草』の藤尾は、着物は派手に出来ているが肉体が作られていない。『それから』の三千代は、影が薄い。『門』のお米は日蔭の女らしく描かれているが、女性としての神経が通っていないような感じがする。……私は、「須永の話」を中心とした『彼岸過迄』に於いて、はじめて、漱石の頭から描きだされた潑溂たる女性を見るのである。それほど千代子はよく描かれている。温かい肉体を備えてそこに鮮やかに浮き出している。彼女に対する須永の嫉妬焦慮の気持も読者の胸に迫る力を有っている。今までの漱石の作中に現れていなかった気持である。私は漱石の人生観察心理解剖が、一作毎に深くなって行くのを感じる。彼れは新聞小説を職業としたゝめに、余儀なく人生研究に目を向け、その結果が自己の修養になったのである。

こういう性質の須永が千代子に対してこういう態度を取ったと云うだけで、一篇の好材料になる訳だが、この作者は、例の如く二重にも三重にもひねくって、須永をある不幸な運命の下に置かれた男として、そこに須永の性癖の由って来たる原因を索った。

鎌倉で小鯵の一塩を食うことから、ふと話の筋を引き出して、「是はまた誰れにも話さない秘密だが、実は単に自分の心得として、過去幾年かの間、僕は母と自分と何処がどう違って、何処がどう似ているかの詳しい研究を人知れず重ねたのである――欠点でも母と共に具えているのなら、僕は大変嬉しかった。長所でも母になくって僕だけ有っていると甚だ不愉快になった。そのうちで僕の最も気になるのは、僕の顔が父にだけ似て、母とはまるで縁のない目鼻立に出来上っている事であった。」という須永の話を読むと、読者は作者のからくりに気がついて、また例の趣向かと微笑されるのである。

果して、須永は現在の母親の実の子ではなくって、早逝した父親が小間使に生ませた子であった。しかし、続けて読んで行くと、この事実が、さして痛ましい世相として読者を動かすほどには描かれていなかった。むしろ、須永出生の秘密に関する追窮はいゝ加減にして、千代子との交渉をもっと発展させて小説を進めた方が面白かったのだが、それは漱石は、企てゝも為遂げ得なかったかも知れない。

七

『彼岸過迄』の須永と云い松本と云い、『それから』の代助と云い、『心』の先生と云い、その他の作品中の某々など、漱石の小説には、可成りの資産を有っていて遊んで暮している高等遊民が多い。知識があって、暇があるのだから、ともすると、丹念に自己解剖に耽るのである。そして、作中の老人は、詩会へ行ったり骨董を翫んだり謡曲をやったりする。今日の文壇で盛んに論争されている社会意識は、彼れの小説には殆んど現れていないと云っていゝ。しかし、彼れが、今日の世に働いていたなら、聡明なる見解をもってそれを取り扱っていたであろう。鷗外は、共産主義に関する歴史的研究をはじめたが、はじめたばかりで倒れた。彼れは旺んな知識慾によってそういうものを研究はしても、盲目的に時の流行に附随しなかったに違いなかった。「善とは家畜の群のような人間と、去就を同うする道にすぎない。それを破ろうとするのは悪だ。善悪は問うべきではない。家畜の凡俗を離れて、意思を強くして貴族的に高尚に淋しい高いところに身を置きたいというのだ。その高尚な人間は仮面を冠っている。仮面を尊敬せねばならない。」と云ったようなほこりを彼れは有っていた。しかし、漱石はもっと平民的であった。鷗外よりも豊かな藝術的天分は有っていたが、周囲を顧慮するところがあった。「成金の乱行を見ると、強盗が白刃《しらは》の抜身《ぬきみ》を畳に突き立てて良民を脅迫しているのと同じような感じになるのです……僕は是程臆病な人間なのです。」と、云うような須永の手紙の文句も、必しも作中の人物だけの心持ではないかも知れない。

『心』には、今までの作品のうちにも微《ほの》見《み》えていた憎人厭世の気持が最も強烈に出ている。憎人厭世が自己嫌悪に達しているのである。「私は個人に対する復讐以上の事を現にやっているんだ。私は彼等を憎むばかりじゃない、彼等が代表している人間というものを、一般に憎むことを覚えた。」と云っている作中の人物は、ついに自分自身の憎さに堪えられないで自滅した。漱石の人間研究心理研究の最頂点に達したものと云ってゝ。そして此処には例の美文脈が全く跟を絶っている。警句や諧謔がたまにあっても、「猫」や『虞美人草』時代のような作者自身面白がっているような洒落や警句とはまるで違っている。厳粛である。陰鬱である。私の読んだ範囲内に於いては、この一篇が彼れの小説のうちで、最も通俗味の乏しいものである。読者の好奇心を惹こうとする脚色ぶりは例の通りであるが、小細工はしないで、平押しに押して行っている。「私」と云う青年に取っての参考になると「先生の遺書」に云っているのが、青年の田舎の家庭の情況に照らして、何となく適中しているようでもあるし、田舎の老父の重患と「先生」の自殺とが対蹠的に人間の生存について読者の思いを致させるような書き振りは、彼れの他の小説のわざとらしい趣向とは格段の相違がある。

「悪い人間という一種の人間が世の中にあると、君は思っているんですか。そんな鋳型に入れられたような悪人は、世の中にある筈がありませんよ。平生はみんな善人なんです。少くともみんな普通の人間なんです。いざという間際に、急に悪人に変るんだから恐ろしいんです。」という、この一篇の結晶点として見るべき言葉を、前に引用した鷗外のほこりとしていた仮面説と比べて見ると面白い。両者は相反しているようなところもあり、似通っているようにも思われる。『假面』も、大学生である一人の青年に向って、主人公の信念が語られ、『心』も、大学生である一人の青年に向ってだけ、主人公の生死の秘密が洩らされている。ところで、鷗外はほこりを有って、青年の蒙を啓く如くに語り、漱石は、「先生」をして妻にさえ云わない心底を、委曲を尽して、青年にだけ語らせながら、「最も強く明治の影響を受けた私どもが、其後に生残っているのは必竟時勢遅れだという感じが烈しく私の胸を打ちました。」とか、「あなたにも私の自殺する訳が明らかに呑み込めないかも知れませんが、もしそうだとすると、それは時勢の推移から来る人間の相違だから仕方ありません。あるいは個人の有って生れた性格の相違と云った方が確かゝも知れません。」とか、自己の強烈なる信念の発露についても、謙遜させている。漱石には、執筆にあたって、移り行く周囲の風潮を顧慮するところがあると、私が云った所以である。

『彼岸過迄』には一端を現していたゞけの嫉妬が、『心』に於いては、最も熱心に追窮されている。財産に関する暗闘、親類縁者の反目、嫉妬、孤独感などが、在来の彼れの作品に見られないほどに強く、陰鬱に書かれている。いろいろな人々の心理を研究して、ついにどん詰まりまで来たようなものである。

そこで、彼れは、『心』の次には、『道草』を書いた。この小説は彼れの自叙伝らしく思われるが、この自叙伝小説を読むと、今までの彼れの小説の人物について思い当るところが少なくない。

『道草』読後感は、私は去年読売新聞に掲げている。

最後の大作『明暗』は、永久に未完のまゝで残されている。結末に近くほど波瀾を起させるのが、彼れの創作の慣例になっているので、『明暗』は、どう発展して完結するのか、読者には想像がつかないのみならず、作者自身の意図もハッキリしていなかったのじゃないかと思われる。そして書き残された範囲に於いての『明暗』は、少し箍《たが》がゆるんでいるような感じのする作品である。運びがまどろこしく退屈だ。しかし、お延とお秀などの女性は、よく描かれている、これまでの彼れの小説には、多くの女性は、断片的に現されているか、あるいは型に入ったように現実味を欠いでいたが、お延とお秀と、吉川夫人とは、充分に現実の女らしい羽を拡げて羽叩きしている。

「真昼間提灯を点けて往来を歩くのは、世の中の暗黒な所を諷した皮肉な仕事と取れば、取れないこともあるまいが、一方から云えば、鬘をつけて花見をするのと同一の気楽さから出ないとも限らない。花見の趣向などは現在に満足を表わす程度の尤も甚しいもので、不平や諷刺の表現でないことは明かである。現に『ドンキホテ』なども、多数の評家は諷刺と見ているようだが、私には花見の鬘同様な感がある。」

漱石はこう云っている。我々が彼れの作品に対して、事々しき穿鑿を試みるのも、花見の鬘同様なものに殊更らしく深刻な意味を附することのように、彼れには思われるかも知れない。

ところが、漱石自身は、『明暗』に於いても、小うるさいくらいに、心理の穿鑿に従事している。作中人物は、互いに相手の目叩《またた》きの数までも数えて、それによって相手の心理を批判するといった態度で、そのために作の進行がのろく、且つ実感が水っぽくなるのである。人物も筋肉の微動にも、一ページも書き続けられるほどにその人の心の表現が籠っているらしく見られているのだ。漱石の面前では、うっかり痒いところをちょっと掻く訳にも行かないようである。

しかし、『明暗』には、我々が日常見聞している平凡な現実生活の真相が多分に出ている。書き残されている範囲内で云えば、異常な事件がない。この作者には免れがたい癖であったロマンチクな取り扱い振りがない。詩がなくなっている。『三四郎』よりも『門』よりも、どれよりも平凡な筋立てで、人物も事件もそこらにありそうに思われる。兄嫁と小姑、若夫婦をつゝいて喜んでいる意地悪い中年女の交渉は、微細に渡って実相が描かれている。私は、『明暗』まで読んで、はじめて、漱石も女がわかるようになったと思った。老いたる彼れは、もう『草枕』にあるような詩的女性を朦朧と幻想し得られなくなったのであろう。鏡花式の夢から醒めて現実の女を見るようになったのであろう。それ故『明暗』は、運筆の点では作者老衰の兆が見えるにしても、意義のある作品たることを失わない。

も一つ面白いのは、この最後の小説のなかに、小林という皮肉ないやがらせを云う変な男が抛り出されていることである。ニルアドミラリの域に達しているという『それから』の代助にちょっと似ているところがあるが、代助は、要するにブルジョアのノラクラものである。小林は、卑俗であるが、自棄的闘志を持っている。プロレタリア意識をもってブルジョアに反抗している。有産階級が彼れを侮蔑するなら、彼れも有産階級を侮蔑してやる。復讐してやるという反抗心を有っている。漱石の作中に、皮肉揶揄反抗の気分は珍しくないが、プロレタリア意識を持った皮肉揶揄反抗は珍しい。

彼れの作品の殆んど全部を読み去り読み来った私は、最後の『明暗』に於いて、こんな人間が、水に油を点したようにぽつりと現出しているのに、甚だ興味を感じた。漱石としては、柄にない人物を創造した訳で、取り扱い方も上手ではない。しかし、社会主義か共産主義か、そういった仮色《こわいろ》を使う人間を、ブルジョア仲間へ割り込ませたところに、時代に関心する作者の気持が分るように思われる。


兎に角漱石は凡庸の作家ではない。私は未完の大作『明暗』の最後の一行を読み終って、この作者の一生を回顧した。そして、例の「縹緲玄黄外、生死交謝時、杳然無寄託、懸命一藕糸……」という彼の病中の詩を思い浮べた。

今夜は波の音が高い。（四月十八日、大磯にて）

右の如く漱石論を書いてしまったところへ、手許に書物がなかったゝめに読み落した『行人』がふと手に入ったので、次手に速読することにした。

例の如く読者をもどかしがらせる小説であるが、前半は読者を惹きつける力をもっている。弟に対する兄の疑惑には深刻性が含まれていて、弟と兄嫁とが暴風雨の夜和歌山の宿に泊るあたりは、異常に、緊張しているが、それから後は、甚だしく気が抜けている。中心を逸して、徒らにまわりを廻ってばかりいるような小説である。くどくってまどろこしくて、読後の感銘が甚だ薄い。漱石にも似合しからざる小説である。彼れの哲学観宗教観が窺われないこともないが、それが乾燥無味な叙述に終っている。この長篇執筆中、作者は病気をして一時稿を中絶させているが、作品の不出来なのはそのためかも知れない。

この小説は、『彼岸過迄』と『心』の間に作り上げられたのであるが、これ等前後の作品と連関させて考えると、この作者がいかに、男女関係についての暗い心理に思いを致していたか、またそういう暗い気持から脱却するためにはいかに苦闘しなければならぬかと、思いを潜めていたことが察せられる。……藝術として劣っていてもその点では興味がある。

小宮豊隆君は、漱石の修善寺に於ける大吐血を以って、彼れの生涯の転機としているが、それはそうかも知れない。しかし、大吐血後の漱石が前期の彼れよりも、人生の見方が一層温かになり、一層寛大になったとは思われない。却って反対ではないだろうか。『心』『行人』『道草』『明暗』がそれを証明している。他人の心の暗さ醜さを傍観的に描いたというような空々しいものではなくって、これ等に現れているいろ〳〵な疑惑は、作者自身の心に深く根を張っていたのじゃないかと思われる。そして、大病前の作品よりも洒落っ気が少なくて、一貫した真面目さがある。『坊っちゃん』時代の薄っぺらな明るさが影を潜めて、懐疑の深さが見られるようになった。

『思い出す事など』のうちの病床感想に、知友門下生愛読者などの好意に感激して、「世の人は皆自分より親切なものだと思った。住み悪いとのみ観じた世界に忽ち暖かな風が吹いた。」と云い、「四十を越した男、自然に淘汰せられんとした男、さしたる過去を持たぬ男に忙しい世が、是程の手間と時間と親切を掛けてくれようとは夢にも待ち設けなかった余は、病に生き還ると共に、心に生き還った……。」とも云っているが、こういう言葉は、大抵の病人が回復後に起す感傷語であって、特別に意味の深い言葉とは思われない。それに「さしたる過去を持たぬ男」と云っているのは、漱石の謙遜した言葉であって、若し彼が作家として名声を博していなかったなら、あんなに賑やかに彼れの病床が顧みられよう筈はなかった。

　人間は気力の衰えた時には、年甲斐もなく、いやに感傷的な言葉を吐きたがるものである。「人の死せんとするや、その言うことや善し。」と云うのも、畢竟は、気力の衰えをさすに過ぎないことがある。……『心』『行人』『明暗』など、漱石晩年の作品に、私は、彼れの心の惑いを見、暗さを見、悩みをこそ見るが、超脱した悟性の光りが輝いているとは思わない。

（「中央公論」昭和三年六月一日発行）

『道草』について

改造社の「現代日本文學全集」のうちの夏目漱石集が、先日配本されたので、私は、まず集中の『修善寺日記』と『道草』とを通読した。

明治以来の小説家では、夏目漱石ほど広く読まれている作家はないようである。紅葉も藤村も彼には及ばない。『金色夜叉』や『不如帰』は、最もよく売れて、その内容も今日の日本人によく知られているのであるが、これ等の小説は、漱石の作品ほどに敬意を寄せられていない。識者に重んぜられているのではない。

それで、私は漱石をもって、明治以後の国民的作家の第一人者と断定して、その著作全部を通読したいと、かねて心掛けていた。上下を通じてこれ程に崇拝されている作家の作品には、必ず現代日本人の心核に触れたもの、趣味好尚に適したものを含んでいるに違いないと思っているからである。そればかりではない。自分の心魂に教えを受けるには、ダンテとかトルストイとかいうような異国の文豪の遺作によるよりも、同じ国、同じ時代に生きている作家の生々しい作品によった方が、遥かに痛切なものがあるであろうと思っているのである。

学識も文才も、同時代の作家に比べて傑れているらしいことは、氏の筆に成ったどの作品を読んでも察せられる。私は氏の『文学評論』を読んで、十八世紀の英国文学の面目を鮮明に窺うことが出来た。これだけの見解は英人の文学史に於いても、多く見ることが出来ないだろうと思われた。

しかし、『それから』とか『彼岸過迄』とか『心』とか『明暗』とか、今まで、私の通読した氏の長篇小説によっては、私は左程に感動さゝれなかった。読みながら、退屈した。人にすぐれた文才をもって、一生懸命に面白そうに作っているという感じに打たれることが多くって、心が作中に引き入れられることは滅多になかった。文章のうまい通俗作家という感じがした。天上の光を此の世に持ち来たした作家でもなければ、人間の心の奥までも藻繰り込んだ作家でもない……彼れの著作には私達の目を射るような赫灼《かくしゃく》した光は放たれてはいない。私は、平然として氏の面目を見ることが出来ると思っている。

ところで、今度、以前飛び〳〵に読んだに過ぎなかった『道草』をはじめて通読したのであったが、これは、氏の全作中最も大切な小説ではないかと思われた。藝術上の見地から判断して、最も傑出していると見做すのではなくって、氏の全作品の註釈書として、私はこの小説に多大な価値を置くのである。いろ〳〵な作品の生れた源をこゝに辿ることが出来るように私には思われる。

『道草』は、恐らくは、漱石作中の唯一の自伝小説として受け入れてもいゝものゝ様に推察された。藤村氏の『家』や秋声氏の『黴』など、比べて見ると、新日本の文学の諸先輩の風格が窺い得られて面白い。

『家』も構成に於いて用意周到の趣があるが、『道草』は実に布置整然として一糸乱れずと云ったところがある。作中の事相が読者の頭脳に明晰に印象される。あまりキチンと書き尽されているために、次第にくどい感じが起るくらいである。それに、秩序が立ち過ぎているのと事相を作者の理論で押し進めているために、作品を取り囲んでいる世界が狭小な感じがする。この点では『黴』の作者の作品のある者は、理論ぜめの用意周到を欠いているために、却って悠々たる人生の一事件であるという感じを、われ〳〵の心に起させることが多い。

『家』は、描写が少しごた〳〵していて、『道草』ほど明晰でないが詩に富んでいる。抒情脈が通っている。ところが、詩に富んでいる藤村氏の作品には、自由奔放な空想を見ることが出来なくって、理窟家の漱石氏に、ロマンチックな味いの豊かな『草枕』などの作品が多いのだから面白い。

『家』にも『道草』にも、生計の豊かでない、しかし頭脳に於いては普通人に傑れている人物が、貧しい近親縁者のために多少の迷惑を掛けられることが作中の重要な事件の如く書かれている。それについての二作者の態度に違ったところのあるのが面白い。文学者らしい気の弱い人情に支配されているのはどちらも同じことだが、『道草』の方は感傷的でない。それで、『家』の方では知人縁者に対する感想や言葉におり〳〵いや味が感ぜられるが、『道草』では、いや味はないが、くすんだ変人の気六かしさが到るところに感ぜられる。……苦しい生活をしながら、自己の目的に向って精進しているのは、両者共通で我々が共鳴を覚えるのもそこにあるのであろう。

『道草』の主人公健三と、ある青年との対話のうちにこういうところがある。

「……その実僕も青春時代を全く牢獄のうちで暮したのだから。」

「牢獄とは何です。」

「学校さ、それから図書館さ。考えると両方ともまあ牢獄のようなものだね。……しかし、僕が若し長い間の牢獄生活をつゞけなければ今日の僕は決して世の中に存在していないんだから仕方がない。」

健三の調子は半ば弁解的であった。半ば自嘲的であった。過去の牢獄生活の上に現在の自分を築き上げた彼れは、その現在の自分の上に是非とも未来の自分を築き上げなければならなかった。……けれども、その方針によって前へ進んで行くのがこの時の彼れには徒らに老ゆるという結果より外に何物をも持ち来たさなかった。

「学問ばかりして死んでしまっても人間は詰まらないね。」

「そんなことはありません。」

彼れの意味はついに青年に通じなかったと、作者は書いている。三十五六歳に達している彼れは、淋しかった過去を顧みて詠歎しているが全篇の索寞《さくばく》たる生活記録のうち、この一箇所だけに惜春の情が、花井お梅（人を殺して、二十年も牢獄で暗い月日を過ごしたあと世の中へ出て来た女）らしい藝者に聯関して呼び起されているのが面白い。画龍点睛の妙味がある。

漱石は紅葉と同年輩であったが、紅葉が一生の仕事を終って逝去したあとから、文壇へ足を踏み込んで彼れ以上の仕事をしたのである。紅葉とは反対に、学究的生活を続けて来た漱石の文章に軽妙な味いがあったり、気の利いた洒落などがあったりするのは、氏が都会人であったゝめなのである。気六かしくて理窟っぽいところが多いのに関らず、文章が泥くさくなく野暮ったくないのは、氏が都会人であったゝめである。

『道草』に現れる人物は、大抵生活難に苦しんでいる人間ばかりで、しかも小説のモデルとして材料として、面白そうなのはない。『家』に現れている人物ほどにも、その生活振りが、われ〳〵の興味を惹かない。材料の平凡な点では、当時の自然主義作家の作物よりも平凡であるが、その材料をこれだけ長々と書きこなして、とに角、読者を終いまで引っ張って行くのは作者の才能の非凡なためなのであろう。……そして、私はこの『道草』の中の人物の影を、漱石の他の小説のなかに屢々発見し得られるように思う。微小な現実の姿を種にして、空想の世界をつくり上げた作者の創作力を想う。

『修善寺日記』は、病床日記であるが、索寞たる生活記録の『道草』と対照して、賑やかな環境に身を置いた成功者の心境を見ることが出来る。死を前にした心身の悩みが出ているが、そこには、東洋の達人の諦観の影が差している。『道草』には見られないものが現れている。これは年齢の相違から生じただけではあるまい。世に持て囃され尊敬され、周囲が華々しくなると、それまでいじけていた人間の心ものび〳〵して光って来るのであろうと私には思われた。

『道草』でも少しくどく思われたが、他の長篇にも、無理に筋をつくり上げたようでくどい感じがするものが少なくない。多数の読者を念頭に置いたゝめではなかろうか。新聞小説を義務として書き続けないで、『草枕』や「猫」や『坊つちやん』のように、自由に興にのって書き放したなら、漱石の残した文学は遥かにいゝものであったろうと、思われないでもない。

『道草』の結末に曰く、

「世の中に片付くなんてものは殆んどありゃしない。一ぺん起こったことは何時までも続くのさ。たゞ色々な形に変るから、自分にも解らなくなるだけのことさ。」

しかし、漱石の小説は、氏の聡明な頭で、ちゃんと片附けられているものが多い。

（「読売新聞」昭和二年六月二十七日）

解題　正宗白鳥「夏目漱石論」

「夏目漱石論」は、昭和三年（一九二八）六月一日発行の「中央公論」六月号に発表された。また、最終節にあたる「『道草』について」は、昭和二年（一九二七）六月二十七日に「読売新聞」に発表された。「夏目漱石論」の本文中でこの文章について言及していることと、昭和十六年（一九四一）八月に創元社から創元選書の一冊として発行された『作家論（一）』において、この文章が「夏目漱石論」の一部として扱われていることから、本書にも収載した。

執筆者の正宗白鳥《まさむねはくちょう》は、明治十二年（一八七九）、岡山生まれの作家・評論家。白鳥は筆名で、本名は忠夫。東京専門学校（早稲田大学）英語専修科を卒業し、読売新聞記者として文藝欄で批評の筆をふるった。二十五歳のとき、『寂寞』で文壇デビュー。自然主義作家・批評家として活躍した。昭和十五年（一九四〇）、帝国藝術院会員、昭和二十五年（一九五〇）、文化勲章受章。昭和三十七年（一九六二）、逝去。著書に『何処へ』『入江のほとり』『今年の秋』『自然主義文学盛衰記』などがある。

本書は平成七年（一九九五）三月、中央公論社から刊行された中公新書『夏目漱石を江戸から読む――新しい女と古い男』を底本とし、『夏目漱石を江戸から読む――付・正宗白鳥「夏目漱石論」』と改題したものです。文庫化に際して、本文に若干の訂正と追補を加え、新たに「コラム」と「文庫版あとがき」と「参考資料」を追加しました。

巻末に「参考資料」として正宗白鳥「夏目漱石論」を収載しました。昭和五十八年（一九八三）十月に福武書店から発行された『正宗白鳥全集　第二十巻』を底本とし、最終節の「『道草』について」の部分は昭和六十年（一九八五）一月に福武書店から発行された『正宗白鳥全集　第二十一巻』を底本としました（詳細は三三〇頁の「解題」を参照）。

「夏目漱石論」を本書に収載するにあたって、正字を新字にあらため（一部固有名詞や異体字をのぞく）、歴史的かなづかいを現代かなづかいにし、ふりがなを適宜追加しました。また、本作品は夏目漱石をはじめとする多くの文章からの引用がありますが、表記を若干変更したり省略していると思われるところがあります。しかし、正宗白鳥が引用した底本が不明であることと、すべてを指摘すると煩雑になるため、引用原文との異同は指摘しませんでした。本作品中の傍点は正宗白鳥によるものです。

（編集部）

中公文庫

夏目《なつめ》漱石《そうせき》を江戸《えど》から読《よ》む
——付《ふ》・正宗白鳥《まさむねはくちょう》「夏目漱石論《なつめそうせきろん》」

2018年5月25日　初版発行

著　者　小《こ》谷《や》野《の》敦《あつし》

発行者　大橋善光

発行所　中央公論新社
〒100-8152　東京都千代田区大手町1-7-1
電話　販売 03-5299-1730　編集 03-5299-1890
URL http://www.chuko.co.jp/

ＤＴＰ　柳田麻里
印　刷　三晃印刷
製　本　小泉製本

Printed in Japan　ISBN978-4-12-206579-6 C1195

各書目の下段の数字はISBNコードです。978－4－12が省略してあります。

中公文庫既刊より

う-9-4
御馳走帖
内田百閒《ひゃっけん》

朝はミルク、昼はもり蕎麦、夜は山海の珍味に舌鼓をうつ百閒先生の、窮乏時代から知友との会食まで食味の楽しみを綴った名随筆。〈解説〉平山三郎

202693-3

う-9-5
ノラや
内田百閒

ある日行方知れずになった野良猫の子ノラと居つきながらも病死したクルツ。二匹の愛猫にまつわる愛情と機知とに満ちた連作14篇。〈解説〉平山三郎

202784-8

う-9-6
一病息災
内田百閒

持病の発作に恐々としつつも医者の目を盗み麦酒をがぶがぶ……。ご存知百閒先生が、己の病、身体、健康について飄々と綴った随筆を集成したアンソロジー。

204220-9

う-9-7
東京焼盡《しょうじん》
内田百閒

空襲に明け暮れる太平洋戦争末期の日々を、文学の目と現実の目をないまぜつつ綴る日録。詩精神あふれる稀有の東京空襲体験記。

204340-4

う-9-10
阿呆の鳥飼
内田百閒

鶯の鳴き方が悪いと気に病み、漱石山房に文鳥を連れて行く……。『ノラや』の著者が小動物たちとの暮らしを綴る掌篇集。〈解説〉角田光代

206258-0

う-9-11
大貧帳
内田百閒

お金はなくても腹の底はいつも福福である――質屋、借金、原稿料……飄然としたなかに笑いが滲みでる。百鬼園先生独特の諧謔に彩られた貧乏美学エッセイ。

206469-0

て-8-1
地震雑感／津浪と人間
寺田寅彦随筆選集

寺田寅彦
千葉俊二
細川光洋 編

寺田寅彦の地震と津浪に関連する文章を集めた。地震国難の地にあって真の国防を訴える警告の書。小宮豊隆宛震災絵はがき十葉の図版入。〈解説・註解〉千葉俊二・細川光洋

205511-7

は-67-1
文士の時代
林　忠彦
紫煙のなかの太宰治、織田作之助、坂口安吾。そして川端康成、谷崎潤一郎、三島由紀夫ら文豪たちの素顔をとらえた写真集がよみがえる。〈解説〉林　義勝
206017-3

た-30-13
細　雪（全）
谷崎潤一郎
大阪船場の旧家蒔岡家の美しい四姉妹を優雅な風俗・行事とともに描く。女性への永遠の願いを〝雪子〟に託す谷崎文学の代表作。〈解説〉田辺聖子
200991-2

た-30-28
文章読本
谷崎潤一郎
正しく文学作品を鑑賞し、美しい文章を書こうと願うすべての人の必読書。文章入門としてだけでなく文豪の豊かな経験談でもある。〈解説〉吉行淳之介
202535-6

た-30-55
猫と庄造と二人のをんな
谷崎潤一郎
猫に嫉妬する妻と元妻、そして女より猫がかわいくてたまらない男が繰り広げる軽妙な心理コメディの傑作。安井曾太郎の挿画収載。〈解説〉千葉俊二
205815-6

み-9-7
文章読本
三島由紀夫
あらゆる様式の文章・技巧の面白さ美しさを、該博な知識と豊富な実例と実作の経験から詳細に解明した万人必読の文章読本。〈解説〉野口武彦
202488-5

み-9-9
作　家　論　新装版
三島由紀夫
森鷗外、谷崎潤一郎、川端康成ら作家15人の詩精神と美意識を解明。『太陽と鉄』と共に「批評の仕事の二本の柱」と自認する書。〈解説〉関川夏央
206259-7

み-9-11
小説読本
三島由紀夫
作家を志す人々のために「小説とは何か」を解き明かし、自ら実践する小説作法を披瀝する、三島由紀夫による小説指南の書。〈解説〉平野啓一郎
206302-0

み-9-12
古典文学読本
三島由紀夫
「日本文学小史」をはじめ、独自の美意識によって古今集や能、葉隠まで古典の魅力を綴った秀抜なエッセイを初集成。文庫オリジナル。〈解説〉富岡幸一郎
206323-5

各書目の下段の数字はISBNコードです。978－4－12が省略してあります。

お-63-1
同じ年に生まれて 音楽、文学が僕らをつくった
小澤征爾
大江健三郎

一九三五年に生まれた世界的指揮者とノーベル賞作家。「今のうちにもっと語りあっておきたい――。」この思いが実現し、二〇〇〇年に対談はおこなわれた。

204317-6

お-63-2
二百年の子供
大江健三郎

タイムマシンにのりこんだ三人の子供たちが出会う、悲しみと勇気、そして友情。ノーベル賞作家の、唯一のファンタジー・ノベル。舟越桂による挿画完全収載。

204770-9

ち-8-1
教科書名短篇 人間の情景
中央公論新社 編

司馬遼太郎、山本周五郎から遠藤周作、吉村昭まで。人間の生き様を描いた歴史・時代小説を中心に中学教科書から厳選。感涙の12篇。文庫オリジナル。

206246-7

ち-8-2
教科書名短篇 少年時代
中央公論新社 編

ヘッセ、永井龍男から山川方夫、三浦哲郎まで。少年期の苦く切ない記憶、淡い恋情を描いた佳篇を中学教科書から精選。珠玉の12篇。文庫オリジナル。

206247-4

く-20-1
猫
クラフト・エヴィング商會
井伏鱒二／谷崎潤一郎 他

猫と暮らし、猫を愛した作家たちが思い思いに綴った珠玉の短篇集が、半世紀ぶりに生まれかわる。ゆったり流れる時間のなかで、人と動物のふれあいが浮かび上がる、贅沢な一冊。

205228-4

く-20-2
犬
クラフト・エヴィング商會
川端康成／幸田文 他

ときに人に寄り添い、あるときは深い印象を残して通り過ぎていった名犬、番犬、野良犬たち。彼らと出会い、心動かされた作家たちの幻の随筆集。

205244-4

あ-84-1
女体について 晩菊
安野モヨコ 選・画
太宰治／岡本かの子／森茉莉 他

はたかれる頬、蚤が戯れる乳房、老人を踏む足、不老の童女……文豪たちが「女体」を讃える珠玉の短篇に、安野モヨコが挿画で命を吹きこんだ贅沢な一冊。

206243-6

あ-84-2
女心について 耳《みみ》瓔《よう》珞《らく》
安野モヨコ 選・画
芥川龍之介／有吉佐和子／円地文子 他

わからないなら、触れてみる？ 女の胸をかき乱す、淋しさ、愛欲、諦め、悦び――。安野モヨコが愛した、女心のひだを味わう短篇集シリーズ第二弾。

206308-2